脚本・宇田学
ノベライズ・百瀬しのぶ

日曜劇場『99.9』
刑事専門弁護士
SEASON I(下)

扶桑社文庫
0747

MADARAME LAW FIRM

斑目法律事務所

本書はTBS系ドラマ日曜劇場『99.9 ―刑事専門弁護士― SEASONⅡ』のシナリオ
（第6話～第10話）をもとに小説化したものです。
小説化にあたり、内容には若干の変更と創作が加えられておりますことをご了承ください。
なお、この物語はフィクションです。実在の人物・団体とは関係ありません。

日本の刑事裁判における有罪率は九十九・九％。

いったん起訴されたら、真相はどうあれ、ほぼ有罪が確定してしまう。

このドラマは、そうした絶対的不利な条件の中、残りの〇・一％に隠された事実にたどり着くために、難事件に挑む弁護士たちの物語である。

第6話　絶対崩せない証言!!　切り札は佐田の過去

――関係のないはずの事件がつながった。

斑目法律事務所の刑事事件専門ルームには二つのホワイトボードがある。ひとつは壁面のほとんどを占める巨大なもの。そしてもうひとつは、標準的な大きさで移動式のキャスターがついたホワイトボードだ。それらには依頼された刑事事件の概要がびっしりと手書きの文字で書かれ、被害者や容疑者、関係者などの写真が貼られているのが常だ。

今、この部屋では小さいほうになるホワイトボードの上部には『1998年10月23日』と書かれていた。その下には左右に『杉並区資産家令嬢殺人事件』『谷繁《たにしげ》社長の死』と二つの事件の概要が記されている。それぞれの事件は円で囲まれ、円の重なり合ったところには『三枝尚彦《さえぐさなおひこ》（現在62歳）』との説明書きとともに、白髪まじりでグレイの背広を着た男性の写真が貼ってあった。理白冷蔵という会社の社長で、先日、深山に「誰も私を逮捕することなんてできない」と言い放った人物だ。

「杉並区の事件概要です。被告人の真島博之《ましまひろゆき》さんは恋人だった小野美希《おのみき》さんを恋愛関係のもつれから殺害。容疑は否認しましたが、無期懲役の有罪判決が確定しています」

弁護士の立花彩乃《たちばなあやの》は刑事事件専門ルームのメンバーの前に立ち、話しはじめた。

「これ、『被告人死亡により再審請求手続き終了』って書いてありますけど」

モジャモジャ頭が特徴の明石達也《あかしたつや》が、なぜか頭につけているネット包帯のあたりを掻きながら、手元の資料を見て言う。そして、明石のそばには松葉杖がたてかけてある。

「再審請求中に刑務所内で亡くなったんです」

戸川奈津子《とがわなつこ》が明石に説明を加えた。二人とも弁護士の補助をするパラリーガルである。

「亡くなった被告の母親は、現在も再審請求を出し続けています」と彩乃は補足する。

「で、その事件と我々が依頼された谷繁さんの事件と、どういう関係があるんですか?」

同じくパラリーガルの藤野宏樹《ふじのひろき》が彩乃に尋ねた。

「みなさんにも調べていただいた通り、三枝さんが谷繁さんのお父さんを殺害した可能性は、極めて高いんです」と、彩乃は「極めて」を強調しながら答える。

「だからそれを再捜査してもらうんでしょ」

今度は左手に巻いている包帯を気にしながら、明石が言った。

すると、それまでは会話を黙って見守っていた弁護士の深山大翔《みやまひろと》が、「それがそうはいかなかったんだよね～」と軽い口調で言いながら、ホワイトボードの前にやってきた。

「谷繁さんのお父さんが亡くなった日時と、杉並の事件の被害者、小野さんが殺された日時が、重なってるんですよ。で……」と話しながら、ホワイトボードマーカーを手に取った深山は、二つの円の間にイコールを書いて、みんなの方に振り返った。

今度は彩乃が「谷繁さんのお父さん殺害の被疑者が、三枝さん」と、三枝の写真から『谷繁社長の死』の方に矢印を伸ばし『被疑者』と書き込んだ。

「同じ時間帯に起きた、杉並の事件の目撃証言をしたのも、三枝さん」

深山は三枝の写真から『杉並区資産家令嬢殺人事件』の方に矢印を伸ばし『目撃者』と書いた。

「じゃ、殺してからすぐ移動したとか?」と明石はひらめいたように言った。その瞬間、「あー、ズキズキする」と、痛みを訴えるかのように右手で左手と頭を交互に指さす。

しかし、「いや、二つの事件の現場は、車で一時間以上離れてる」と深山。

「ということは……」と奈津子は考えはじめた。すると、何かを思いついた藤野が立ち上がり、「瞬間移動したってことですか?　シャッて」と言いだした。だが、次の瞬間、全員から冷たい目で見られてしまい、「そんなわけはないので……」と、モゴモゴ言いながら腰を下ろした。

「アリバイを作るために、嘘の目撃証言をしたか」

深山は言った。

「えー！　マジで！」

明石は松葉杖を使いながら勢いよく立ち上がったかと思うと「あー痛っ」と顔をしかめて座り込んだ。

「谷繁さんのお父さんの死を自殺で処理したのは、その目撃証言を優先したってこと？」

奈津子が深山に尋ねた。

「で、その目撃証言の調書を作った検察官が、あちらの方です」

少しだけふざけた表情で深山が指した部屋の入口に、みんながいっせいに目を向けた。そこには佐田《さだ》篤弘《あつひろ》が立っていた。ヤメ検の弁護士で、現在はこの斑目法律事務所の刑事専門ルーム室長。だが、今日はデニムのシャツのインナーに紫色のTシャツ、白いパンツ、インナーのシャツの襟元にはサングラスをかけ……という、リゾートファッションをして、部屋の中を上目遣いで睨みつけている。佐田はモナコに行ったはずだったのだ。

「佐田先生……」

「あんただったのか！」

奈津子と明石が続けて声を上げた。

「あんたって言うなよ」

「あ、すいません」明石は佐田に怒られてすぐに謝った。

「モ、モ、モ、モ、モナコは……？」と藤野が慌てた様子で口ごもりながら尋ねると、佐田は「飛んだーっ！　風と共に去りぬ、だ」と不機嫌さを隠さずに言った。

「なるほどー」

適当に相槌を打った藤野に「ど、どういう意味ですか？」と、明石が尋ねる。だが、藤野は「よくわかんない」と首をかしげた。

「たしかに十八年前、俺が三枝尚彦を取り調べた」

佐田は重々しい声で話し始めた。

＊

十八年前……。佐田は検察庁に三枝を呼び、調書を取った。

「仕事の打ち合わせ帰りに、南星橋のたもとを通りかかったときに、練馬方面に走っていくバイクを見ました」と佐田に語る三枝の髪はまだ黒々としていた。

「その特徴は覚えていますか？」と佐田。

「バイクはゼファー400。乗っていた男性は黒のヘルメットに白い色のジャンパーを着ていて、胸には緑色の家のマークが入ってました」

スラスラと供述する三枝に、「あなたが見た男性はこの中にいますか？」と佐田は当時、捜査線上に上がっていた男性を含む若い男性、三枚の写真を並べた。

「ええ、こいつです。間違いありません」

迷いなく三枝が指した真ん中の写真の男、それは真島博之だった。佐田は三枝の表情を眺めつつ、調書に記入した。

＊

佐田は十八年前の話をなるべく正確に思い出し、刑事事件専門ルームのメンバーに話した。

「三枝という男の証言はあまりに鮮明で細部に及んでいて、逆に真実味がないと思った。だから俺は調書は取ったけれども、当時主任だった十条《じゅうじょう》という上司に、もう一度調べるべきだと伝えたんだよ。だからあとはすべて、主任検事の判断に委ねられる。俺の領分じゃない」

「容疑を否認していた真島さんは、あなたが取り調べた供述内容のせいで有罪になったんですよ。それほど重要な証拠だったんです」

腕を組んだまま、深山は佐田の立つ入口のほうへ向かい、冷静に、だが、少しだけ挑発するような表情で言った。

「最終的にどういう筋で事件を立てるかは、主任検事のやることだ」

「だとしても、あなたがおかしいと思った証言をちゃんと検証していれば、三枝さんはそこで逮捕されていたかもしれない。そして今になって、谷繁直樹さんは事件を起こさずに済んだ」

「それは結果論だろ？　当時はそんなことは予測できません」

「それは逃げじゃないですかねえ？」

笑顔だが、もう深山は完全に佐田を挑発している。それを真正面から受ける佐田。二人が揉めだしたので、明石と藤野はヤバいね、と、うなずきあう。そこで明石は空気を変えようと「そんなことより、僕のこの怪我……」と、深山と佐田の間に割って入ろうとした。だが、佐田は明石などまったく目に入っていないかのように、深山に向かって声を上げた。

「俺は！　やるべきことはやった。落ち度はない！　それに何より、三枝尚彦の目撃証言が嘘だったという決定的な証拠は存在していない」

今度は藤野がすっと二人の間に入っていった。だがやはり、佐田は完全スルーだ。

「それは谷繁さんのお父さんを殺害した犯人が、三枝さんであるということが、何よりの証拠じゃないですかね」

深山は藤野をどかして佐田に近づいていった。深山と佐田の距離はもう数十センチだ。どかされた藤野はドアのガラスにへばりつくような体勢になったので、仕方なくガラスを拭きはじめた。

「その証拠に決め手がないと思ったから、おまえ、ここまで俺を拉致ってきたんだろ。迷惑な話だな」

「話は堂々巡りですね」

深山が言うと、佐田はチッと舌打ちをした。

「〇・一%に埋もれた事実とやらを捜すのが得意なんだろう？　俺に文句があるんだったらな、その新しい証拠を見つけてからここに来てください」

佐田が大きく目を見開いて、わざと丁寧な語尾を使って怒りを表明する。すると、深山も佐田の真似をしてわざと目を大きく見開き、「はい！」と答え、自分の席に戻ってリュックを背負った。

「旅行のキャンセル代、おまえに請求するからな」

そう言った佐田に、深山はおどけた表情を向けた。

「なんだおまえ、その顔は」

ムッとしている佐田にはかまわず、深山は「行ってきます」と出ていった。

「深山先生！」と深山を追う彩乃。

「明石、行きまーす」「藤野は拭きまーす」

明石は松葉杖をつきながらひょこひょこと歩いていき、藤野は引き続きガラスを拭いていた。そして残された佐田は、少しだけ複雑そうな表情をしていた。


「ね～え！」

彩乃は事務所内を早足で歩いていく深山に呼びかけた。だが、深山は歩きながら話す。

「杉並の事件で目撃証言が認められていることが、三枝さんのアリバイを証明する一番の切り札になってる。だとしたら、その目撃証言自体を崩せば、三枝さんは言い逃れできない」

深山はロビーまで出てきたところでようやく立ち止まった。

「……それをどうやって崩すのかが問題よね」

「三枝さんが真島さんを目撃したと言ってる現場に行ってくる」

「十八年も前の話よ？」

「うん、だとしても、自分の目で確かめないとね」

資料用意しといて、と彩乃に言って、深山は去っていった。

「明石も行きまーす！　おい、ちょっと待ってくれ！　おい、怪我してんだから……3か所！」

明石はひょこひょこと、松葉杖をつきながら深山の後をついていった。

＊

佐田はマネージングパートナー室で、斑目法律事務所所長の斑目春彦《まだらめはるひこ》と向き合っていた。十八年前に自らが『杉並区資産家令嬢殺人事件』で三枝を取り調べた当時の事情を説明していたのだ。それを聞く斑目は「そういうことね」と言いながら、自分が座る白い椅子を左右に揺らしている。

「経済界の重鎮の娘が殺されたんです。とにかく早く犯人を上げろという圧力がすごかったのは確かです。そんなときに三枝という人物が、おあつらえ向きに目撃者として現れました」

「三枝の目撃証言は、願ってもない決め手になったってわけだ」

「三枝という名前が谷繁社長殺害の捜査線上に上がったときには、おそらくもう真島博之を起訴していたんでしょう。引き返すことができませんでした」

「警察も検察も、まんまと三枝にはめられたわけか」

「私ははめられたわけではありません」

佐田は心外だとばかりにムキになって言った。「ちゃんと再捜査するように言いましたから」

「真島は獄中で無実を訴えながら、死んだ。君が検察を辞めずに事件に関わっていたら、どういう結果になっていただろうね」

真島は事件当時、二十一歳だった——。

そんな真島の若さを思ったのか、斑目は立ち上がって窓際に向かい、優勝カップや盾などとともに飾られていた古いラグビーボールを手にした。そのラグビーボールには、『最高のチームで勝ち得た勝利！』などの寄せ書きとともに、多くの選手たちのサインが書かれていた。その中にはある名前があったが、今の佐田の視界には入らない。

「……『たられば』の話に興味はありません」と少し溜息を吐きながら、佐田は言う。

「じゃあ、なぜ旅行を取り止めてまで、ここに戻って来たんだい？」

斑目に問いかけられ、佐田は言葉に詰まった。

「自分にとっては小さなことでも、人によっては大きく人生を左右することもある。難しいな、刑事事件は」

そう言って、斑目はラグビーボールをそっと元の場所に置いた。佐田も遠い目をして黙った。

＊

深山と明石は住宅街を抜け、川沿いの道を歩いていた。十八年前に三枝が『杉並区資産家令嬢殺人事件』の被告・真島博之が乗るバイクを見たと証言した南星橋はもう、すぐそこだ。すたすたと歩いていってしまう深山に追いすがりながら、明石は声をかけた。

「おい。おい、ちょっと。速いよ！　誰も触れてくれないから、いま一度言うけど……待て！」

「え？」

深山が振り返った。

「おまえは、これが気にならないのか？　足、捻挫して、腕、腫れて、頭、五針も縫ってんだぞ！」「ああ」「ああって！　昨日、武田《たけだ》と店を出た後……」

明石は先日、行きつけの居酒屋『いとこんち』で武田と揉めて、表に出た後のことを説明しはじめた。

昨夜、夜のシャッターが閉まった店が並ぶ商店街で、明石は「よし来い、さあ来い！」と自分を挑発してくる武田という赤いジャージを着た男と対峙していた。

明石は店の中で言われた言葉に、ずっと腹を立てていた。試験に落ち続け、弁護士になれない明石の状況を「赤信号」と揶揄されたのだった。

「やってやるよ。誰が赤信号だ、この野郎」と武田にかかっていった明石だが、なんと地面に落ちていたバナナの皮に足を滑らせ、足首があり得ない方向に折れ曲がった。

「痛えええ──っ」と叫んだ明石だったが、ひねった足を地面に着くことができずに、片足でぴょんぴょん飛んでいたところ、隣の店のシャッターに頭を打った。その衝撃でアフロのかつらを乗せた提灯が地面に落ち、さらに蜂の巣が落ちてきたのだという……。

「『そんなバナナ』と『泣きっ面に蜂』が、こういうときに使う諺《ことわざ》だって、初めて実感したよ。まさかのバナナと蜂だよ」

妙に感心した様子で力説していた明石だが、ふと顔を上げると、深山は明石の話などまったく無視し、少し離れて橋のたもとの車止めの柵に座って周囲を観察していた。

「そんなバナナ！」と明石は言い放ち、「おい、バナナと蜂だぞ。バナナすげえ滑るんだから」と語りかけながら、松葉杖でひょこひょこと深山に近づいていった。

「お」

深山は立ち上がった。オートバイが橋の上を通過して練馬方面に走っていく。深山はバイクが走り去っていくのを目で追っている。

「聞いてないし」明石は不満そうにつぶやいた。

＊

検事の丸川貴久《まるかわたかひさ》は東京地検の個室で、再審請求が出された『杉並資産家令嬢殺人事件』の事件記録を見ていた。師弟関係にある検事正の大友修一《おおともしゅういち》からは念のために資料に目に通しておけと言われているが、分厚いファイルが何冊も机に積み重なっている。

真剣な表情でページをめくり、『話し合うために白鷺《しらさぎ》女子大学のグラウンドに呼び出し　口論となって揉み合っているときに彼女の頭を縁石に叩きつけて殺害』と事件概要などが書かれた資料の最初のページに戻ってきた。

そして、大きなため息をつき、困ったようにまぶたを指で押した。

そこには『担当検察官』の欄に『佐田篤弘（主任　十条武雄《じゅうじょうたけお》）』とある——。

*

佐田は斑目法律事務所の個室で考え込んでいた。そして意を決し、部屋を出た。一度家に帰ってからスーツに着替えると、以前の職場でもある検察庁に向かった。

「ご無沙汰しております」

かつての上司であり、現在は東京高検の検事長になっている十条の個室に通された佐田は、ソファに座り、丁寧に挨拶をした。

「ずいぶん久しぶりだな。もう何年になる?」

十条は優しい口調で佐田に語りかけた。フレームレスの眼鏡に七三分けの髪型。堂々と椅子に深く腰掛ける十条が着るパリッとしたチャコールグレーのスーツの襟には検察官のバッチが付いている。対する佐田は恐縮したように椅子に浅く腰掛け、その明るいライトグレーの襟には金色の弁護士バッチが付いている。互いの現在の立場が一目瞭然の構図だが、佐田が恐縮している理由はそこではない。

「ええ、ここを辞めて以来なので……十八年ぶりですかね」

「もうそんなになるのか」

「はい」

「普通は一度くらい、挨拶に来るもんだがな」

十条は少し皮肉を込めながらも、笑みを浮かべて佐田を見る。

「申し訳ありません」

「おまえらしいよ」

「はい」

「で？」

笑顔だった十条が突然真顔になり、高圧的な視線で佐田を見た。

「その十八年前の杉並の事件について、ひとつお伺いしたいことがありまして」

佐田はひきつったような作り笑いを顔に浮かべながら、切り出した。

「当時私は、あの三枝という男の証言は、はっきりしすぎてて不自然だから、もう一度捜査をしてほしいと十条さんにお伝えしたと思います。しかし、あの事件に関してはどこをどう見ても私の取った調書しか存在していない。再捜査はされたんでしょうか？」

「優秀な部下が取った調書を信じたってことだ」十条は立ち上がり、窓の外を見た。

「警察は総力を挙げて捜査し、真島の逮捕に踏み切った。私はその証拠を信じ、正当な判断をした」

振り返った十条は、佐田を見下ろした。「検察官として当たり前のことをしたまでだ」

そう言われた佐田は作り笑いのまま一瞬固まり、そして目線を十条から外した。

佐田が納得できない気持ちで廊下を歩いていると、正面から丸川が歩いてきた。お互いに一瞬立ち止まった。丸川が何か言いたげに佐田の顔を見ているような気もしたが、佐田はひょいと横によけ、再び歩きだした。

＊

「四九〇〇円になります」

夕方になり、刑事事件専門ルームの入り口では藤野が宅配ピザを配達人から受け取ろうとしていた。だが、「どうもありがとう……熱っつ！　熱っつ！　熱―――い」と藤野はピザの箱を持つことができない。

そこへ「戻りましたー」と深山が帰ってきた。部屋の中に入る流れであっさりとピザ屋から箱を受け取る。が、深山も「熱っつ！」となり、早々に机の上にピザを置いた。

「ええと、一、二、三、四、五……」と藤野が財布の中から出したお札を配達人に渡していると、今度は深山に続いて入ってきた明石がお札を持っていってしまった。明石のおふざけだが、藤野はツッコミもせず、自席に戻った深山に声をかけにいった。

「どうでした？　さすがに十八年も前となると、手がかりもなかったんじゃないですか」

「橋を通るバイクを何台も見たんですけど、昼間ですら全てを把握するのは無理ですね。まあ、そもそも……見てないんだから当たり前なんですけどね」

「見てない」という深山の言葉に藤野が疑問を感じる暇もなく、彩乃が割り込んできて一枚のＤＶＤをちらつかせた。

「資料の中に、当時のニュース映像を見つけたの。見ます～？」

ほっほ、と得意げな彩乃だったが、突然、「わあああっっっ」と事務所中に轟く叫び声を上げた。彩乃の机に置いてあった写真集の上にピザの箱が置かれている。それは彩乃が大ファンであるプロレスラーのオカダ・カズチカの写真集だった。

「す、すみません」と藤野が慌ててピザの箱をどけた。そしてまた「うわっ熱っち、熱っち」と騒ぎだす。一方、「カズくん……」と彩乃が絶望している間に、深山がＤＶＤを取り上げて、「見ようか」と奈津子にＤＶＤを渡す。

みんなで会議テーブルにつき、ピザを食べながらモニターを眺めていると、先ほど深山たちが調査のため足を運んだ東京都杉並区の南星橋からの中継映像が流れてきた。

『午後十一時三十分頃、バイクに乗った真島容疑者は、殺害現場となった白鷺女子大学のキャンパスを出た後、この橋を渡って、あちらの練馬方面へと逃走したのが目撃されています。バイクはかなり、スピードを出しており……』

「スピードが出てたなら、よけい見えないでしょ。なんであんな証言がまかり通ったの」

彩乃はピザを頬張りながら憎々し気に言った。

だが、深山はそんな彩乃を気にかけるそぶりもなく、マイ調味料『深山特製グリーンサンボルソース』をピザにかけて、「うん」と頷きながら食べていた。それを見た彩乃は勝手にソースを手に取り、自分のピザにもかけた。

「んー、本当だ。おいしい。何これ？」

尋ねるが、深山は無視してテレビの画面を見つめ、「ふーん」と頷いた。

「何よ？　いいじゃん」彩乃は深山を睨み付けた。


結局その夜、刑事事件専門ルームのメンバーは全員で残ることになった。深夜二時を過ぎ、明石は座ったまま松葉杖に顎を乗せて眠り、藤野は自席で例によってシャツとトランクスになってワイシャツをかけて眠り、奈津子は持参したトラベル用の枕で眠っている。そんななか、深山と彩乃は繰り返し、何本もの当時のニュース映像を見ていた。

『真島容疑者は事件のあと、あちらの橋を猛スピードで逃走しているところを目撃されたということです……』などと南星橋を歩きながらリポーターがしゃべる。

「もうダメだ……目薬」

新日本プロレスのジャージを着てどうにか起きていた彩乃も、さすがに限界だ。目薬を差すために自分の席に戻っていった。

だが、それもおかまいなしにひたすらモニターを見続ける深山。だが、ふと何かに気づき、ＤＶＤプレーヤーのリモコンを画面に向け、早戻しと再生を繰り返した。そして、ハッとあるシーンに気づき、一時停止ボタンを押して立ち上がった。

それは一瞬、工事の看板が映ったシーンだった。深山は一時停止した画面に近づく。その看板には一番大きく『全面通行止工事』と赤い文字で書かれており、そのほかには『工事終了　ご協力ありがとうございました』『南星橋　橋梁修繕工事』『工期　自平成10年10月20日　至　平成10年10月23日』など、さまざまな情報が記載されていた。

ある気づきが、さらに深山の中で大きく膨らんでいく。あの資料はどこだ。深山は慌てて、机の上におかれていた紙の資料を漁った。そして、お目当ての資料を見つけると、再びモニターに近づき、画面と紙資料を見比べた。

紙資料には『杉並区資産家令嬢殺人事件』の事件発生日は『１９９８年10月23日』と書かれている。そして、モニターの中の工事の看板には工期が『平成10年10月20日』から『平成10年10月23日』と書かれている。

「なんかわかったの？」

目をこすっていた彩乃が尋ねた。

「〇・一％、見つかったよ」

深山は唇に笑みを浮かべた。

＊

翌朝、深山は佐田の室長室に入り込み、佐田がやってくるのを待ちかまえていた。佐田の席に座り、先ほどこの部屋で見つけた検察官時代の佐田の写真を手にしている。すると、佐田の足音が聞こえてきて、ドアが開く。

「おはようございます」

「……びっくりしたー、もう」と佐田は一瞬、後ずさったものの、すぐに事態を把握して「俺の部屋に勝手に入るなとおまえ、何度も言ってるよな、おまえ……」と叱り続けようとする。だが、佐田の言葉をさえぎり、深山はおかまいなしに話しはじめる。

「杉並の事件があった十月二十三日の夜、三枝さんが真島さんを目撃したという南星橋は、工事のため通行止めでした」

深山は佐田の写真を内ポケットにしまいこんだ。代わりに競馬好きで馬主でもある佐田の机の上にあった鞭を手に取り、ペシペシと自分の左の手のひらを軽く叩きながら、夜中に気づいたことを伝えた。

「おはようございます」彩乃が入ってきて、佐田に資料を渡す。「これを見てください。当時の南星橋の工事記録です。杉並区役所にも確認を取りましたが、その夜は間違いなく工事が行われていました。南星橋をバイクで通過する真島さんを目撃することは、絶対に誰にもできません」

「これは三枝さんが事件の後、証言をでっち上げた何よりの証拠でしょう。当時、現場に足を運ぶ検察官が一人でもいれば気付いたはずなんですけどねえ。調書ばかりを重視するからこんなことになったんでしょう」

深山は椅子を右へ左へと回しながら、皮肉めいた口調で続けた。「この証拠は裁判所も認めざるを得ないでしょう。そうなれば三枝さんの目撃証言は嘘だったと公に認められることになり、アリバイも崩れますよね」

深山に問いかけられ、佐田は無言で厳しい表情を浮かべていた。

「見つけちゃったなあ」

深山は立ち上がって佐田に近づいて皮肉っぽく言い、さっさと部屋を出ていった。

「真島さんの弁護団に追加証拠として……」彩乃が言いかけると、「ああ、わかった」

と佐田は困惑した表情でうなずいた。彩乃は頭を下げ、深山に続いて部屋を後にした。

＊

佐田は真島の母親が暮らす団地へとやってきた。六畳程の小さな居間に真島の仏壇がある。佐田は丁寧に手を合わせてから、再審請求の見通しについて母親に説明した。

「本当ですか？」

真島の母親が、佐田に問いかけた。

「はい。その証拠をうちのものが弁護団に持っていきました。申し訳ございません。私はこの事件に検察官として関わっていた一人です。息子さんを有罪に導いた一人かもしれません。いや、一人です」

佐田は認め、座布団をはずして畳に手をつき、頭を下げた。「心からお詫びを申し上げます。すみません……」

「今度こそ、再審をしてもらえるんですね？　あの子の無実が証明できるんですね？」

母親の問いかけに、佐田ははっきりと答えることは、できなかった。

「殺人犯の母親として、十八年間生きてきました。あの子が死んで……私も何度も死のうと思ったんですが、遺族でも再審請求ができることを知り、どうしてもあの子の無実の罪だけは晴らしてあげなきゃ、と思い戦ってきました。あなたが何者であれ、あの子の無実を証明してくれたのなら、感謝しなければなりません。本当にありがとうございます」

頭を下げる母親を見ているとたまらなくなり、佐田は目を逸らした。すると仏壇の遺影の真島と目が合った。青春真っ盛りだったであろう真島は、眩しいほどの笑みを浮かべていた……。

＊

丸川は、弁護団が提出した意見書を東京地検の大友修一のところへ持っていった。そして大友が目を通すのを、机の前に立って待っていた。大友の横には刑事部長の稲葉《いなば》が立っている。

「で、君の見解は?」

目を通した大友は意見書を机の上に放り投げ、丸川を見上げた。その目力に圧されそうだが、丸川は意を決して口を開いた。

「はい。弁護団が提出した書類を読みましたが、三枝の目撃証言は完全に崩れています。谷繁社長殺害の疑いがかかった三枝が、自分のアリバイ作りのために嘘の目撃証言をしたことは、これは明白です」

丸川は一気に言った。すると大友が、隣に立っていた稲葉を見上げた。稲葉はゆっくりとうなずき、丸川を見た。

「三枝を呼び出せ」

丸川に言った。

「わかりました！　三枝にこの事実を伝えます」

自分の意見が通ったと思い、丸川は表情を輝かせた。

「三枝の話を、もう一度よく聞くんだぞ」

稲葉は丸川にプレッシャーを与えるようにゆっくりと近づいて言った。大友は椅子をクルッと回し、無言で窓の外を眺めた。

「それは……どういう意味でしょうか」

「近くにもう一本橋があるだろう。三枝は記憶違いをしていたんだよ。実際に真島を目撃したのは、南星橋ではなく、北星橋だったんだ」

南星橋と北星橋は二〇〇メートル離れている。

「いやしかし、十八年前に三枝自身がそう証言……」

「誰でも勘違いはある。本人を呼んで確認しろ」

うっすらと笑う稲葉の表情を見て、丸川は額に嫌な汗が湧いてくるのを感じていた。

丸川はさっそく三枝を呼び出した。

「そうですそうです。南星橋じゃなくて、北星橋でした」

三枝はあっさりと頷いた。

「ちゃんと覚えてますか？　十八年前も前の話ですよ」

丸川は確認した。

「ええ。あのときのことは鮮明に。そこにサインすればいいですか？」

三枝は自分で勝手にペン立てから一本取って、調書にサインをした。

うっすらと笑みを浮かべて出て行く三枝を見送った後、丸川は新たに取った調書を見ていた。『バイクに乗った真島さんを目撃したのは南星橋ではなく北星橋です。うっかり間違えていました』

そこには先ほどの三枝の証言が書かれている。丸川は机を拳で思いきり叩き、ぎりぎりと歯を食いしばった。

大友は十条の個室で、ここまでの経緯を説明していた。

「手を煩わせたな」

十条が好物の和菓子を食べながら言う。

「これでなんの問題もありませんから」

大友と十条は笑い合った。じゃあ、と立ち上がって出て行こうとすると、

「大友、久しぶりにゴルフでもどう？　来週あたりどうだ？」

「ああ、いいですね」

笑顔で頷いてから、大友は「失礼します」とお辞儀をしてドアを閉めた。その途端、浮かべていた笑顔は消え、大友の目には暗い光が灯った。

＊

深山は刑事事件専門ルームで朝刊を読んでいた。ほかのメンバーたちも、新聞をのぞきこんでいる。『再審請求を棄却へ　東京地裁　杉並区資産家令嬢殺人事件』と大きくあり『目撃者証言に矛盾』『調書取り直しで新事実』などの見出しが並んでいる記事だ。

「どういうこと？　今更、目撃したのは別の橋だったたって意見がなんで通るのよっ！」

彩乃はヒールで何度も床を踏み鳴らし、悔しがった。

「でも、これではっきりしたね」

深山はつぶやいた。

「何が？」

奈津子が尋ねた。

「次にやるべきことが」

「もうできることはないんじゃないんですか？」

藤野は言った。

「だから今度は、杉並の事件の真相を調べるんですよ」

深山は立ち上がり、ホワイトボードに向かった。

「あ、こっち？」

そう言いながらホワイトボードを指す明石の横を、深山は無神経に通り抜けた。

「痛てっ」

痛めた手に思いきりぶつかられた明石が顔をしかめる。

「そうか。被告人の真島さんは、亡くなるまで無実を訴えていた」

「真島さん逮捕の決め手は、三枝さんの目撃証言だった」

彩乃と奈津子が言った。

「でも、その目撃証言は、明らかに、嘘」

藤野が突っ立っている明石の肩を思いきりつかみ、ぐいと割り込んで前に出た。

「ということは、真島さんが冤罪の可能性は高い！」

彩乃の言葉に、みんなは頷きあった。

「真犯人が見つかれば、三枝さんが真島さんを目撃したってこと自体が嘘だったことになる。そうなれば、今度こそ三枝さんは言い逃れができない」

深山がそう言ったところに、佐田が入ってきた。その手には朝刊が握られている。何かを決意したようなその表情に、みんなは何かを感じて佐田を見ていた。

「いいか。事件を一から洗い直す。真島さんの無実を絶対に証明する！」

佐田は朝刊を思いきり握りしめながら言った。

「はい！」

メンバーたちが返事をする中、深山は飴を口に入れながらニヤリと笑った。


『杉並資産家令嬢殺人事件』について、彩乃はホワイトボードを前に説明を始めた。

「被害者の小野美希さんは当時白鷺女子大学の三年生でした。彼女は学外のテニスサークルに入っていて、そこで新日本体育大学生だった真島博之さんと出会い、二人は恋人関係になった」

　そこに、明石と藤野が手を挙げた。

「二人はどのくらいつきあってたんですか？」

　藤野が尋ねると、

「えー、三年です」

　するとまたしても明石と藤野が手を挙げた。

「殺害の動機は？」

　そして藤野が尋ねた。

「事件の一週間前、小野美希さんが親友に、『真島さんと大喧嘩になって、別れ話を持ちかけたら脅されて身の危険を感じている』と相談していますね。判決によると、事件の夜、真島さんは小野さんと話し合うため白鷺女子大学のグランドに呼び出した。そこで口論となり、彼女の頭を縁石に叩きつけ、殺害」

「ちょっと、書くもの、書くもの、早く」

　佐田は奈津子からペンを受け取り、メモを書き始めた。

「逮捕の決め手となったのは、三枝さんの目撃証言と、大学の近くにあった関《せき》薬局の防犯カメラの映像です。現在はドラッグストア・セキになってますね」

彩乃が指した資料には、当時の防犯カメラの映像が写っていたが、そこには十月二十三日の二十三時三十四分に、白いジャンパーを着て走り去るオートバイの映像がプリントされていた。薬局の前の電柱にさしかかったあたりと、走り抜けていったあたりの二枚だ。

「防犯カメラには、犯行直後の真島さんがオートバイで走り去る姿が映っていました」

「はいっ！」

「真島さんにアリバイはなかったんですか？」

　明石が手を上げて立ち上がったのと、藤野が口を開いたのは同時だった。

「アリバイないんだよ。彼は当時大学の寮に住んでいて、試験の前日だったので深夜遅くまで部屋で勉強していたと主張しているんだが、隣の部屋にいた親友が、犯行時刻に彼が部屋にいたことを確認していない」

　佐田が苛ついた口調で言った。

「じゃ、僕は真島さんの親友のところに聞き込みに行ってきます」

「私は、小野さんの親友のところに」

　深山と彩乃が支度を始めた。

「じゃあ俺も行くわ」

佐田が言うと、深山と彩乃は「え？」と声を上げた。

「そっちと」

佐田が彩乃を指した。

「こっち？」

彩乃は困惑の表情を浮かべた。

「よかったー」

深山は一人で出ていった。

「ちょっと待ってね、鞄取ってくるから。ゆっくり支度してて」

念を押しながら部屋を出て行く佐田を見て、彩乃は肩をすくめ、プロレスラー・矢野通のデ・ニーロポーズを決めた。

佐田と彩乃が廊下を歩いていくと、前から企業法務ルームの弁護士、志賀《しが》誠《まこと》と落合《おちあい》陽平《ようへい》が歩いてきた。二人並んで歩くといっぱいいっぱいの廊下だが、どちらも避ける気がない勢いで近づいていく。だが、佐田のあまりの形相に、すれ違う寸前に志賀と落合はさっとよけた。

「なぜよけた？」

佐田に対してライバル心むき出しの志賀は、壁にぴたりと背中をつけている落合に尋ねた。

「志賀先生だって」

落合は、壁にへばりついている志賀に言い返した。

「なんだ、なんだ、殺気立ってんな、佐田！　ありがとうくらい言ったらどうだ。おまえの穴を埋めてやったんだぞ！」

そもそも刑事事件など扱ってこなかった斑目法律事務所に刑事事件専門ルームが新設され、佐田は不本意ながら室長として異動させられた。企業法務担当としてもともと佐田をライバル視していた志賀とはうまが合わないのだ。

志賀が叫んでいたが、佐田も彩乃も振り返ることなく歩いていった。

＊

真島の当時の親友、板橋卓二《いたばしたくじ》は都内の工場に勤めていた。工場内の応接スペースで向かい合った白いつなぎ姿の板橋は、硬い表情のまま、じっと机の上の深山の名刺を見ている。髪を七三に分け、銀縁眼鏡をかけ、実直な印象だ。

「真島さんとは部屋が隣同士だったんですか？」

「そうです。事件があった夜は、十時まで僕も彼の部屋で一緒に勉強をしていたんです」

「そのあとは？」

「試験期間中はずっと徹夜が続いていたので、私は彼より先に寝てしまいました」

自分は隣の部屋に戻ってすぐに眠った、と、板橋は言った。

「寝ていたのは何時から何時までですか？」

「十時過ぎから、午前三時くらいだったと思います」

「真島さんが外に出ていったかどうかは？」

「熟睡していたので、わかりません」

真島はメガネの縁に触れ、当時を思い出したのか、声を震わせながら話し続けた。

「あの夜、僕が寝たりしないで、あいつが部屋にいたことを証明できればこんなことにならなかったんだけど」

深山は板橋の話を聞きながら、板橋の左手を見た。薬指に指輪をはめている。

「板橋さん、ご結婚されてるんですね」

「十年前に」

「ご家族は？」

「息子が一人います」

板橋は少しだけ笑みを浮かべた。

「なるほど」

「何か、関係ありますか?」

「いえ、関係のないことが関係してくる場合もありますので」

深山はメモを取りながら答えてから「一ついいですか?」と、尋ねた。

「はい」

「あなたは真島さんが小野美希さんを殺害したと思いますか?」

「喧嘩していたことは聞いてましたし……。別れ話になったんでしょ?」

板橋が深山に問い返した。

「と、言われています。カッとなって殺害したと」

深山が言うと、板橋は小刻みにうなずいた。

「彼女も逃げたりしなければ、逆上されて殺されることもなかったのに」

目を伏せる板橋を、深山はじっと見ていた。


佐田と彩乃は小野美希の親友、上田朝美《うえだあさみ》に話を聞きにヨガ教室にやってきていた。上田はヨガの講師になっていたのだ。

「一、二、三、四、足首は九十度で～」

スタジオはレッスン中で、別の講師が生徒たちに指導していたが、朝美はその端のテーブルで話をしてくれることになった。朝美はショートボブに眼鏡をかけた、地味なタイプの女性だ。

「そんな！ たしかに真島君と美希は喧嘩してたとは話しました。でも、普通のカップルならある些細な喧嘩です。脅されて危険を感じていたなんて私は言ってません」

事情を聞いた朝美は不服そうに主張した。

「そうなんですか」

彩乃が相槌を打つ。

「あ、ただ、取り調べをしていた刑事の方の、私を見る目は危険でいやらしかったですけどね。十八年たった今でも、あの目はいやらしかった」

「あの、調書は……確認はしなかった？」

佐田は、地味に見えるわりには自意識過剰な朝美のキャラクターに引きつつも、尋ねた。

「え？ なんのことですか？」

「調書にサインする前に、通常は読み聞かせをして、で、誤っていないか確認するんです。その後で署名捺印することになってます」

「あ――、なかったと思います。調書もパッと見たくらいで……。まさか嘘を書かれるとは思わなかったので、サインしました」

「それ以外で真島さんと小野さんについて覚えてることがあったら教えてください」

彩乃が尋ねる。

「あ、そういえば……美希が、しつこく言い寄ってくる人がいて、困ってるって言ってました」

「しつこく言い寄っている？　それ、たしかですか？」と佐田が身を乗り出す。

「はっきりと覚えています。私もけっこう人に言い寄られるタイプなんで、一緒だねーってよく話してましたもん」

すっかり陶酔している朝美の前で、佐田と彩乃は困惑顔でこっそり目を合わせた。残念ながら、朝美はとてもモテるようなタイプには見えない。微妙な空気が漂うなか、スタジオには「深く呼吸してー。木のポーズ」と講師の声が響いていた。

「なんかけっこう、しつこかったみたいですよ」朝美が続ける。

「誰に言い寄られていたか、それはご存知じゃないですか？」

佐田が尋ねると、「それは言わなかったんですよね。ホント、私が代わってあげられればよかったんですけど……」との朝美の言葉に、佐田も彩乃も眉間にシワを寄せた。

「はい、胸を広げて〜。三角のポ〜ズ」

スタジオでは講師の声に合わせて生徒たちがポーズをするレッスンが続いていた。

＊

『大ゲンカになって身の危険を感じていた』↕『普通のカップルのケンカ』

刑事事件専門ルームに戻った彩乃は、ホワイトボードに事件当時の調書とはかなり異なる朝美の証言を書き出した。

「小野さんの友人の証言は、検察調書に記載されてる証言とかなり食い違ってた……」

深山が言うと、「大きくねじ曲げられてますね」と彩乃はオカダ・カズチカのレインメーカーのポーズ同様、両手を大きく広げた。

「大きく腫れてきたな……」

明石は蜂に刺された自分の手を指すが、「うるさい」と藤野にどつかれた。

「違法捜査なんだから、そこを突けないんですか?」

藤野は佐田に尋ねた。

「十八年前のことだ。証明するのは極めて難しい」

「佐田先生もやってたんですか？　こういうこと」

椅子に逆向きに座った深山は、キャスターをコロコロと動かして佐田に近づいていった。

「言っておくがな、俺は検察時代、違法捜査など一度もない」

「ふーん」

「なんだよ」

「ふーん」

「なんだ、その言い方は」

「ふーん、ふーん、ふーん」

深山はしつこく佐田の顔をのぞきこんだ。

「やってませんよ」

「お、お、お、お」と藤野は睨み合うふたりの間に割って入った。「その小野さんは、誰に言い寄られてたんですか？」

「いくら聞いても小野さん本人が言わなかったみたいです」

答えた彩乃は、なぜかＩＷＧＰヘビー級のプラスチックベルトが膝の上に置いている。

「ふーん」

深山はうなずいた。

「その男が小野さんに言い寄って、断られ、カッとなった……って感じですかね」

奈津子が言った。

「っていう、選択肢もあるんじゃないですかね。ただ……」

深山は椅子に乗ったままキャスターで移動していき、ホワイトボードに貼ってある写真を指した。「この写真には真島さんが写っている。この着ているジャンパーも、ヘルメットもバイクも真島さんのもので間違いない」

当時の関薬局の防犯カメラに残されていた当時の映像だ。

「だが彼は部屋を出ていないと主張している。とりあえず、この防犯カメラの映像を崩せれば、その主張の信憑性が上がるんだがな」

佐田が言った。

「じゃあ防犯カメラの映像を再現してみましょうか。明石さん行ける？」

「え、これで、これでか？」

明石はケガをしている自分の腕と足と頭を指した。

「じゃあ藤野さん、お願いします」

「はい」

藤野があっさり返事をすると、「俺がやるよ！」と明石が声を上げた。

「最初から言いなよ」

深山はそう言って、出かける支度を始めた。


さっそく深山と藤野と明石は三人でドラッグストア・セキに向かった。藤野は当時、防犯カメラのあった場所と同じ場所に脚立を立てて、カメラを設置した。

「これ、どうでしょう」

「ええと、もう少し左ですね」

深山はカメラのモニターに映る電柱の位置を目安にしながら、当時の写真と見比べている。

「こんくらい？」

「はい……あー、もうちょい」

深山と藤野が事件当時の状況を再現するためやりとりしていると、「あのー、わたス、ここにいてよかですか？」と駐車場の誘導員が深山たちに声をかけてきた。

「よかですよ」

深山は答えた。

「何がはじまっとん？」

熊本弁の誘導員はそわそわしている。

「じゃあそれ、キープで」

「はい」

深山と藤野の準備は整った。

「あそこにオートバイがおるとばい」

誘導員はへへへ、とひとりで笑っている。

「明石さん、どう？」

深山は無線機でオートバイに乗る明石に尋ねた。

「深山大翔か。ヘルメットが擦れて、傷口から血が出てるよ」

「了解」

「了解ってなんだよ！」

明石を無視して、深山は「藤野さん、いいですか？」と、振り返った。

「いつも娘のここあともあを撮ってますからね。ビデオはお任せください」

「そうですか」

深山はあっさり頷くと、再び無線機に向かった。「明石さん、スタート」

「明石、行きまーす！」と走り出す明石の額からは血が一筋、垂れていた。

返信が聞こえてしばらくすると、防犯カメラの映像と同じ、白いジャンパーを着た明石が乗ったオートバイが見えてきた。

「痛て、痛て、痛――――いっ」

叫びながら明石が通り過ぎて行く。

深山が振り返ると、藤野は親指を立て、ばっちり撮れた、と頷いた。

「確認します」

深山は無線で橋を渡り切った明石に伝えた。

*

翌日、刑事事件専門ルームのホワイトボードには、十八年前の防犯カメラの映像写真と、昨夜撮った写真が貼り出された。

「まったく一緒過ぎて参考にならんな」

目を凝らして見ていた佐田がつぶやいた。

「なんで急にやる気になったんですか？」

深山はまたコロコロと椅子を動かして佐田に近づいていく。

「……そんなの、この事件が解決したら、依頼人の谷繁さんの利益になるからだ」

「ふーん」

深山は何度もふーん、と言いながら、佐田の顔を下から見上げる。

「ふーん、ぶーーーん、ぶーーーーん」

しまいにはオートバイに乗る真似をして、後ずさる佐田をしつこく追いかけていった。

「なんだ、おまえその言い方は！　おまえはいちいちなあ！」

「まあまあまあ」

止めに入ろうと立ち上がった明石は、また足首があらぬ方向に曲がった。その痛みで前のめりに倒れて彩乃の机の角に頭を強打し、机の上のオカダ・カズチカとのツーショット写真がおさめられた写真立てを倒し……。

「痛っ」

別方向に倒れて藤野の椅子に捕まろうとしたところ、椅子がくるりと回転して手を滑らせて床に落ちてまた頭を打ち、椅子が回転した拍子に机の上のコードがからまり、まるでピタゴラスイッチの装置のようにペンや文房具を落とし、写真立てがめくれて、はさみが落ちてきて……包帯が巻かれた明石の手首を直撃した。

「痛ァーーーーーーーーーーーーーーーッ！」

「あらら、全部同じとこ」

一部始終を見届けながら奈津子が気の毒そうにつぶやいた。

「いちいち?」

しばらく明石を見ていた深山は、改めて佐田を見上げた。

「いちいちだよ! いちいち人の話に対してツッコミを入れやがってよ……」

「神は俺に……不死身の肉体……」と謎のひとり言をブツブツとつぶやく明石が立ち上がりかけたところに、彩乃が小走りで入ってきた。

「きゃあっ!」

彩乃が明石の頭に躓いて、ヒールで思いきり尻を踏んでしまう。

「あ――――――――っ!」

「ごめん!」

「びっくりしたー」

彩乃は思わず笑っているが、満身創痍の明石はフラフラともう立ち上り、刑事事件専門ルームから去っていった。

「どうした、立花?」

佐田が尋ねた。

「あの、真島さんの同級生から借りてきました」

彩乃は鞄から新日本プロレスのマークのついたクリアファイルを取り出した。受け取った佐田が中を見ようとすると、深山が取り上げた。

「ちょ、おい」

深山はクリアファイルから四枚の写真を取りだした。真島と小野が所属していたテニスサークルの写真だ。それらのうち、二枚を会議テーブルの上に並べる。

「何か参考になりますかね?」と彩乃が言うと、佐田が「これサークルのときの?」と尋ねた。

「そうですね、こっちは入学式で」

彩乃は深山が机に出した写真を指して言った。『平成七年度　新日本体育大学入学式』と書かれた看板の前に並ぶ真島と板橋のツーショット写真があった。真島は小柄なのか、板橋よりもずいぶん背が低い。

「これはプライベートだと思います」

彩乃が言うのを聞きながら、深山は写真を並べていった。バイクにまたがる板橋と横に立っている真島、サークルの合宿や飲み会と思われる写真など、二人は仲が良さそうだ。

事件時の映像に映っていた白いジャンパーはサークルのチームジャンパーのようで、みんながおそろいの白いジャンパーを着ているテニスコートでの集合写真もあった。すでに真島と小野美希はつきあっていたのか、隣同士に写っている写真が多い。どの真島の写真もすべて満面に笑みを浮かべていて、楽しい大学時代を送っていたのが窺える。けれど、耳を引っ張りながら写真を見ていた深山は、かすかな違和感を抱いていた。

満身創痍の明石はロビーに続く階段を上っていた。右足、左足、と上がって手すりに手をついて……と繰り返していると、いつしかズンズンチャ、ズンズンチャ、というリズムになっていて……。ロビーに出ると、斑目が笑顔で手を叩きながら足を踏み鳴らし、踊っていた。斑目がそこにいた十数人の従業員たちをあおったので、みんなもリズムを刻み始めた。明石は困惑しつつも、だんだん気持ちが高まってくる。

「シンギング！」と明石はクイーンのフレディ・マーキュリーのように、ありったけの力を振り絞って叫んだ。

「♪ウィー・ウィル、ウィー・ウィル・ロック・ユー」

だが、すぐに我に返り「やめろ――っ！」と明石は懇願するように声を上げた。

「怪我してんの、三か所。二回ずつ……」

「はいはい、はい」

泣きつかれた斑目は、そのまま行ってしまった。

「なんだ、あのロックユーおじさん……なんて日だーーーっ」

明石は斑目のことを「ロックユーおじさん」と言いながら、はさみに直撃された手首を見て嘆きの声を上げた。


「明石の野郎……」とつぶやきながら、彩乃は明石のせいで割れてしまった写真立てを手に部屋を出た。すると、さきほどまでロビーで踊っていた斑目が階段を下りてきた。慌てて立ち止まり頭を下げる。そんな彩乃に斑目は「どうだい？」と声をかけた。

「それがあの……これといった証拠が見つからなくて」

「十八年も前のことだからね」

「そうですね」と頷いた彩乃は手に持っていた写真立てを見て、明石を探していたことを思い出し「ヘビーレインかましてやるんだった」と、プロレス技の名前を言いながら階段を上がっていく。

斑目が刑事事件専門ルームの中をのぞくと、深山は耳をふさいだ姿勢で机に両肘をつき、佐田は窓の外を見ながら途方に暮れていた。

行き詰った様子を見て、斑目は小指で眉尻を掻いた。

＊

同じ頃、丸川は東京地検の自室で資料を見ていた。

「あ――っ！」

このまま上司の言いなりでいることに納得がいかず腹立たしくなり、手にしていたファイルを思いきり机に叩きつけた。だがふと思い当たり、別のファイルの中にある資料を捜しに行った。そこにあった防犯カメラの映像を見て、丸川はハッと顔を上げた。

＊

佐田が自宅の高級マンションへ帰ると、由紀子《ゆきこ》とかすみがリビングで楽しそうに話していた。そして佐田の気配を感じると目を合わせてシッと指を口に当てた。

「パパおかえり～」

「おかえりなさ～い」

二人は声をそろえて佐田を迎えた。

「ねえ、TTの散歩一緒に行こうよ」

かすみは愛犬であるトウカイテイオーのサークルを開け、抱き上げてキスをしていた。

「なんだその呼び方は。TTじゃない。トウカイテイオーだ」

佐田は言ったが、「ダディ、ハリーアップ!」とかすみはトウカイテイオーを連れて、玄関へ行ってしまった。

「あなたの仕事の都合で楽しみにしていた旅行をキャンセルしたのに、文句も言わない娘に『ありがとう』の一言くらい言ったらどう?」

由紀子はそう言うと背を向けた。そしてすぐに佐田の方に振り返り「私もほとんど言われたことないけどね」と、にっこり笑って玄関の方に行った。

「パパもTTの……」

玄関で由紀子たちが話す声が聞こえてくる。

「だからTTじゃないけどね……感謝はしてますよ」

佐田は一人、つぶやいた。

*

斑目は深山のいとこが店主の居酒屋にやってきていた。アフロヘアの店主、坂東健太《ばんどうけんた》は「はい、おまちどうさま。『いとこんち』特製『小野の小鉢』。小町じゃないですからね」とカウンター席に座る斑目に小鉢を出す。本日の「小野の小鉢」はきゅうりと竹輪の梅肉和え、パプリカの醤油炒め、かぼちゃのバター醤油炒めの三種類だ。

「そうか。君は歌い手さんなんだね」

斑目は隣に座っている加奈子に言った。

「シンガーソングライターです」

加奈子はカウンターに積まれている『ザ・ライガース』の『黄身だけにアイオ』のCDを見せた。加奈子と獣神サンダーライガーの格好をしたミュージシャンとのコラボだ。

「ん?」

加奈子は斑目を見て首をかしげた。

「なんだい?」

「もしかしてだけど、おじさん、音楽やってなかった?」

「どうして?」

「雰……囲気。わかるの私、音楽やってる人」

加奈子は「雰」と「囲気」の間に一呼吸入れて言う。彼女の独特のしゃべり方だ。

「残念ながら、やったことないな」と少し笑いながら斑目は答えた。

「全然はずしてんじゃないかよ、おまえ」

坂東は加奈子に言い、ハッとテーブル席を振り返った。「あれ、もしかしてだけど、クリスタルキングじゃね？」

その言葉に、斑目と加奈子も振り返った。アフロヘアの二人組がいて、一人は袖なしの革ジャンに革パン、そしてサングラスというでたちだ。この店には個性的な客ばかりが集まってくる。アフロの客は５％引き、というサービスのせいだろうか。

「♪ユーはショック！」

二人組はクリスタルキングの『北斗の拳』の主題歌『愛をとりもどせ!!』の出だしの一節を歌った。似てはいるが、もちろん本物のクリスタルキングではない。カウンターの三人はすぐに前に向き直った。

「じゃあ、おじさんは何やってたの？」

加奈子は斑目に尋ねた。

「ラグビーをちょっとね」

「ラグビー？　もしかしてだけど……」

坂東が言いかけたところに、「♪愛をとりもどせ～～」とアフロヘアの二人組が立ち上がってサビを熱唱した。再び店内が静まり返ったところに「ただいまー」と、深山が帰ってきた。

「ああ、おかえり」「おかえり〜♡」

坂東と加奈子が出迎える。アフロヘアの二人組の革ジャンじゃない方はかつらをはずしてスキンヘッドに戻り、帰っていく。


「斑目さん?」

まさか斑目がこの店にいるとは思わない深山は疑問の声を発した。

「え、このおじさん知り合いだったの?」

加奈子が深山に尋ねた。

「何やってるんですか?」

深山は斑目に尋ねた。

「立花くんから、苦労してるって聞いてね」

斑目は言った。

「そうなんですよ……解決してもらえます?」

「専門じゃないから」

「それじゃ、意味ないじゃないですか」

「だよね」

斑目は笑い、深山はリュックを置いて厨房に入っていく。

「しかし、おじさん、年の割に大きいね」

加奈子は立ち上がった斑目を見上げた。「もしかしてだけど昔、めちゃくちゃモテたでしょ。そういう雰……囲気。わかるの私」

「全然」

「あれ？」

「ハズしてんじゃねーかよ、おまえまた」

坂東が加奈子にツッコんだ。

「背、大きいからな、モテたはずなんだけど」

小柄な加奈子は手を伸ばして背を比べながら、頭一つ違う長身の斑目を見上げている。

「何センチ？」

「一八〇センチ」

二人が向かい合って身長について話しているのを聞きながら、深山は両耳に手を当てた。何かがひっかかる。

深山は両耳を指でふさぎ、目を閉じた。そして意識を集中させた。

頭の中に、大学の入学式で正門前に並んだ真島と板橋の写真、オートバイにまたがる板橋の写真が浮かんでくる。そして「隣の部屋にいた親友が、犯行時刻に真島が部屋にいたことを確認していない」という佐田の発言と「彼女も逃げたりしなければ、逆上されて殺されることもなかったのに」という板橋の発言がフラッシュバックしてくる。

深山は両耳からポンッと指を抜いた。そして、つぶやいた。

「身長を測るときは……慎重にね！」

深山は自分の親父ギャグに自分で笑ってしまう。だが、これは深山が何かに気づいたときのルーティーンのようなものなのだ。

「二十点」

「十五点でしょ」

斑目と坂東は言った。

「九点。サムい……でも好き！」

加奈子は恋する目で深山を見つめた。

＊

日曜日、深山は佐田と彩乃と共にとある公園へやってきた。そこには家族で遊びに来ている板橋の姿があった。息子とボール投げをしていた板橋は深山に気づき、複雑な表情を浮かべて頭を下げた。

その頃、丸川はドラッグストア・セキに来ていた。電柱の高さをメジャーで測りながら、しゃがみこんで地面に置いた手帳に「一六一センチ」と書き込んだ。そこには電柱と走り抜けていくオートバイの図が細かく描かれていた。

「その電柱に何かあったたん？」

駐車場の誘導員が声をかけてきた。

「どうしてですか？」

丸川は振り向いて尋ねた。

「昨日も、これの電柱を測っとった男がおったったい……電柱で放電中」

自分で言った親父ギャグに笑っている誘導員は無視し、丸川は眉根を寄せた。

公園で、板橋は妻と息子に少し離れた遊具で遊んでいるように言い、自分はベンチに座った。すると深山が「これを見てください」と数枚の紙がファイルされた資料を板橋に渡した。「事件当時の防犯カメラの映像を専門の機関で解析して、電柱の高さから、バイクに乗っている男性の身長を割り出したものです」と深山は説明する。

「そのバイクに乗っていた男性の身長は一七五センチでした」

彩乃が言った。板橋が見ている専門機関の解析資料には『鑑定した結果、撮影されている人物の身長については、身長約一七五センチメートルであると推定される』とある。

「真島さんの身長は一六五センチ。つまり、この防犯カメラの映像に映っている男性は真島さんではありません」

深山の言葉に、板橋は顔を上げた。

「……そうですか」

けれど、深山の目を見ようとはしない。

「では誰なんですかね？　真島さんと同じジャンパーを持ち、真島さんのバイクに乗ることができた、この男性は」

深山の言葉に、板橋は硬い表情でうつむいていた。

「当時、寮に住んでいた人達から、あなたがよく真島さんのバイクを借りていた、と聞きましたが」

少し離れた場所に立っていた彩乃が、たたみかけるように言った。

「そんなことはありません」

板橋が否定したところに、ボールが転がってきた。板橋の息子がボールを追って駆けてくる。

「はい」

彩乃がボールを拾い、笑顔で板橋の息子に手渡した。

「パパ、まだ?」

「もう少しパパとお話ししたいんだ。待てるかな」

彩乃はしゃがみこんで言った。

「えー」

板橋の息子は口を尖らせた。佐田が手振りで、子どもを早くこの場から立ち去らせるように指図する。

「じゃあ、お姉ちゃんと遊ぼう。行こう、あっち行こう」

彩乃は板橋の息子の背中を押して、板橋の妻がいる方に走っていった。

「板橋さん、話を続けます。事件当時、小野さんは、『ある男に言い寄られている』と友人に話していました」

深山は改めて口を開き、板橋の横に腰を下ろした。そして、スーツの内ポケットから何枚かの写真を出した。サークルの集合写真だ。

「これを見てください。この写真の中に、気になる点があったんですよ。あなたは真島さんの隣で、仲良さそうに写っている写真もあれば、このように、真島さんから一番離れたところに写っている写真もある。離れているのはどちらも小野さんが真島さんの隣にいるときです」

深山は一度言葉を切り、板橋を見た。板橋は目を伏せ、地面を見つめている。

「あなたは、親友である真島さんの彼女だった小野さんに好意を抱いていた。だから、二人が一緒にいるのを見るのが辛かったんじゃないですか?」

「……違う」

板橋は否定したが、深山は続けた。

「うん、じゃあ、話を変えましょう」

深山は写真をもとのポケットにしまって立ち上がった。

「あなたはこの間、僕に会ったときに『彼女が逃げたりしなければ、逆上されて殺されることはなかった』、そう言いましたよね。当時のニュース映像も新聞も、それから公判記録も捜査資料も、全て見ました。ですが、『小野さんが逃げたことで逆上されて殺された』なんて、どこにも出てないんですよ。つまりその事実は現場にいた犯人しか、知り得ないことなんですよ」

深山の言葉を聞いた板橋は、こわばった表情で顔を上げた。そして佐田を見た。佐田は小さく頷いた。

「あなたは、真島さんが試験勉強で部屋に閉じこもっている間に、小野さんを呼び出した。そして真島さんのバイクをこっそり借りて、小野さんに会いにいった。違いますか？」

先ほど渡された防犯カメラ映像などの資料を持った真島の手がガタガタと震えだす。

「あなたの身長は？」

深山は板橋に近づいて尋ねた。佐田はふと、遊具の方を見た。息子は遊びに夢中だったが、妻は板橋の様子を気にしている。

「帰ってください……。子どもが待ってますから」

板橋は立ち上がり、歩き出した。

「板橋さん……板橋さん！」

佐田が強い口調で呼びかけると、板橋が足を止めた。

「そのまま聞いてください。あなたにもいらっしゃるように、私にも家族がいます。それはかけがえのないものです。でもね、被害者にも、犯人にされた真島さんにも大事な家族がいたんですよ。私はこの事件に関わった人間として、責任を感じている。検察官として、真犯人を見抜けなかった。もっと向き合って、早く気付いていれば、あなたにこんな苦しい選択をさせることはなかったでしょう。謝ります、申し訳ない」

佐田は板橋の背中に向かって頭を下げた。そして板橋に近づいていき、正面から向かい合った。深山はその様子を、少し離れた位置から見ていた。

「でもね、罪は罪だ。……嘘が本当になることはない。一度ついた嘘は、必ず自分に付きまといます。必ず自分に返ってきます。……板橋さんあなた、あの奥さんとお子さんの前で心から笑ったことがありましたか？」

佐田の言葉に板橋は顔を上げた。佐田は目を逸らさず、板橋を見返した。やがて板橋はゆっくりと口を開いた。

「……ずっと、ずっと後悔してて。あいつを犯人にして……彼女まで殺してしまって……。二人を殺したのは僕なのに……。自分だけこんな……」

板橋は声を殺して泣いた。その様子を、妻と息子が不安げに見ている。佐田は震える板橋の肩をポンと叩いた。

「あなたのついたたった一つの嘘が……事実を捻じ曲げて、この事件に関わったすべての人間の人生を狂わせました。私たちが警察に行く前に自首をしてください。ご自身の罪を、ご自身で償ってください」

佐田は「お願いします」と、再び板橋の背中に頭を下げた。板橋はただただ泣きじゃくっていた。

高台にあるこの公園は見晴らしがよく、空は夕日に赤く染まりはじめていた。そんな空の下、深山は何も言わず、ただ遠くを見つめていた。

＊

検察庁の大友の個室には、丸川、稲葉、篠塚《しのづか》が顔を揃えていた。大友は目を閉じ、ソファにふんぞりかえり、指でひじ掛けをせわしなく叩いていた。

「まずいことになりました。板橋が自首したそうです」

「真犯人が見つかったとなれば、杉並の事件の主任検事の責任として、十条検事長に手が及びます。なんとかしなければ……」

篠塚と稲葉が大友に報告する後ろで、丸川は黙っていた。

「もう、いいだろう」

大友は目を開けて言った。

「大友検事正……」

稲葉が声を上げた。

「検察は一体となって、このことを重く受け止めるべきなんだ」

大友は立ち上がった。

「十条検事長には申し訳ないが……丸川」

「はい」

丸川はうなずいた。

「谷繁社長の自殺の件も、再捜査するように指示を出せ」

「わかりました。失礼します」

部屋を出た丸川は、緊張から解き放たれひとつ息を吐き、前を向いて走り出した。

＊

『有罪が確定していた真島博之さんの再審の開始決定が出ました。再審請求中に刑務所内で亡くなった真島さんの名誉回復のために、弁護団は公訴棄却後も、再審請求を出し続けていました』

テレビから流れるニュースを聞きながら、真島の母親は、位牌が祀られた小さな仏壇に手を合わせた。そして今しがた、佐田が持ってきた高級な苺の供え物を、真島の写真の前に置いた。

『今回の決定を受け検察庁は事実関係の見直しを進めるとともに、事件の再捜査を進めて……』

母親は真島の写真を見つめ、涙を流し続けた。

彩乃は病室を訪ね、意識を取り戻した谷繁と妹の美代子に、今回の事件と、十八年前の事件との関連性について報告していた。

「お父さんの事件、解決の方向に進むと思います」

「……ありがとうございます」

谷繁は涙声で言い、美代子は無言で頭を下げた。

「あなたが起こした傷害事件ですが、不起訴になる可能性が高いです。そこは私たちが頑張ります」

彩乃は続けて報告した。

深山は理白冷蔵の社長室で、三枝と向かい合っていた。

「あなたの証言はすべて崩れました。もう言い逃れはできませんよ」

深山はここでもキャスター付きの椅子を左右に揺らしながら、三枝を見てニヤリと笑った。三枝は表情を失った顔で、じっと深山を見つめている。
「あなたなんて言いましたっけ？　たしか、『誰も私を逮捕することなんてできない』
そう言いましたよね」
深山は立ち上がり、三枝に近づいていった。
「警察も検察も動きましたよ。さあ、公明正大な場で裁きを受けてください」
深山は三枝にぐっと顔を近づけ、挑発的な笑みを浮かべた。
無表情の三枝の前におかれたガラスの灰皿では、吸われることなく縁に置かれたまま
のタバコが細長い煙をたなびかせ、長い灰を落としそうになっていた。

検察庁前にはマスコミが押しかけていた。検事長の十条が出てくると、いっせいにカ
メラのフラッシュが焚かれる。

「真島さんの無罪が確定しましたが、主任検事として何かありませんか？」

「捏造があったことはお認めになりますか！」

「何か一言ください！」

記者たちにもみくちゃになりながら、十条は車に乗り込んだ。

＊

その夜、都内の高級中華料理店の個室の外には『第32期　司法修習同期会』と書かれた紙が張りだされていた。中では十人ほどの法曹会のお歴々が、楽しげに円卓を囲んで宴会をしている。だが、まだ一つだけ席が空いていた。

「大変なことになったな」

「いや、これでおまえの番だろ」

検察のスキャンダルの話題で盛り上がる中、話の中心は大友だ。

「いよいよ高検の検事長か」

「まあまあまあ、こういうことになって……いやぁ、残念だよ」

酒を飲んですっかり上機嫌になった大友が言ったところに、「遅くなって申し訳ない……お揃いですね」と斑目が入ってきた。

「久しぶりだな、斑目」

大友が正面に座った斑目を見据えた。

「おお、元気そうだな」

二人は笑い合った。斑目と大友は司法研修所での同期だったのだ。

「じゃあ、改めて」

ビールを注いでもらった斑目はグラスを掲げた。ほかの出席者たちはにこやかな表情を浮かべたが、正面でグラスを掲げる大友の目は笑っていなかった。

＊

翌朝、佐田が出勤してくると、またも椅子に座り、ジョッキーの鞭を手にしている深山がいた。

「おはようございます」

「……びっくりした。俺の部屋になんで勝手に入るんだ、おまえ？　何度言ったらわかる？　それを触るな、勝手に！」

「よかったでしょ、十八年前のつっかえが取れて」

深山は言った。「なんか、僕に言うことないですか？　ありますよね？」

佐田は本意ではない、という表情を浮かべながら、深山に近づいていった。

「はい、おまえのおかげだよ、感謝してる」

佐田は右手を差し出した。深山は鞭を佐田の机に置き、立ち上がってその手を強く握り返した。握手を交わしながら、佐田は左手で、さっさと行けとドアの方を示した。

「ああ、なんか落ちてましたよ」

深山はそう言って、ドアの方に向かった。佐田が机を見ると……。愛用のマグカップに、検事時代の佐田の写真が立てかけてあった。お世辞にも似合うとは言えないパーマヘアの佐田が満面に笑みを浮かべ、検察庁の前でマドロスポーズを決めている。

「おいっ！」

写真を手に取ると、馬柄のマグカップの馬の顔の部分に、やはり検察時代の佐田の顔写真が貼りつけてある。パソコンの壁紙もすべて昔の佐田の写真になっているし、キーボードには「オス！　オラ佐田！」「検察時代の私！」と、吹き出しをつけた佐田の写真が差し込まれていた。

「おい！　俺の机勝手に開けたろ？」

佐田は出て行こうとしている深山を呼び止めた。

「変な髪型」

深山は振り返って、くすっと笑った。

「ちょっと！　ちょっとおい！　これどうやって変えるんだよ？」

佐田はパソコンの壁紙の設定ができずに声を上げた。

「ちょっと誰かー。どうやって変えんの？」

パソコンに向かって叫んでいる佐田の声を背中で聞きながら、深山は得意満面の笑みを浮かべて歩きだした。

第7話 vs完全犯罪者!! 凶器の指紋に潜むワナ

ゲーム会社、オロゴンホビー社は、創業当時はけん玉などの小さな玩具を扱う会社だった。社長の河村幸一《かわむらこういち》は事業拡大に力を入れ、時代の波に乗り、今や業界の中でも上位の売り上げを誇る大手ゲーム会社となった。ワンマンと呼ばれることもあるが、この会社が大きくなったのは幸一の先を読む能力のおかげだ。

ある朝、幸一は社長室に副社長であり、長男の英樹《ひでき》を呼び出した。

「どういうことだよ！」

英樹は幸一の話を聞き、大声を上げた。

「社長は俺に譲るって言ってたじゃないか！　西岡《にしおか》は親父の事業拡大を批判してきた人間だぞ？」

英樹は社長の椅子に座った父親の幸一に、食ってかかった。

「この金はなんだ？」

幸一は、机の上に一枚の紙を出した。

「エイチゴーヤ社からおまえの口座に振り込まれてた。あの会社とは付き合うなと言ったはずだぞ！」

その額は一二〇〇万円と記載されている。

「親父、これは……」

英樹は幸一に指摘された途端に、それまでの勢いを失い、しどろもどろになった。

「言い訳は聞かん。このことは明日、取締役会を開いて公表する。公表されたくなければ、辞任しなさい」

立ち上がって窓から外を眺める幸一の後ろ姿を、英樹は憎しみのこもった目で見つめる。怒りで震える英樹の手は、幸一から渡された紙をくしゃっと握りこんでいた。

その夜、英樹は黒ずくめの服を身につけ、実家に入っていった。英樹の母親が数年前に亡くなり、幸一は広い邸宅にひとりで暮らしていた。階段を上がり、二階の寝室のドアを開けると、幸一は寝息を立てて眠っていた。英樹は手袋をはめた手で、小さなサイドテーブルの上に飾られていた花瓶を振り上げ、寝ている幸一の顔を殴りつけた。

「うっ！」

幸一は起き上がった。殴られた額を押さえ、その手に血液が着いたことに驚きの表情を浮かべ、目の前に男が立っていることに気づいて、さらに動揺して声を上げた。

「うわああっ！」

幸一は声を上げ、ベッドの上で身を起こして英樹に向かってきた。揉み合いになったが、そのうちに幸一がベッドから降り、床の上で英樹に背中を向ける格好になった。英樹は背後から幸一の後頭部を数回、花瓶で殴りつけた。幸一はそのうちに力尽き、床に倒れて意識を失った。

「はあっ……はあっ……」

英樹はしゃがみこみ、肩で激しく息をしていた。握りしめていた凶器の花瓶はフッと手を離れ、床に落ちて割れた。

＊

数日後、斑目法律事務所の会議室には、斑目、佐田、志賀が顔を揃え、向かい側には英樹が座っていた。

会議室のテレビ画面には『大手ゲーム会社社長殺害　西岡容疑者　東京地検に送致』のニュースが流れている。

『大手玩具メーカー、オロゴンホビーの社長、河村幸一さんが殺害された事件で、逮捕された専務取締役の西岡徹《にしおかとおる》容疑者は殺人の疑いで取り調べを受け、東京地検へ送検されました』

ニュースキャスターがオロゴンボビー社のビルの前から中継していたが、志賀はリモコンの停止ボタンを押し、目の前に座っている英樹に視線を移した。英樹は背中を丸め、うつむいている。

「私も信じたくはないんですが、専務の犯行だという決定的な証拠もあるそうで……」

英樹が口を開いた。佐田と同世代だが、長く伸ばしたサラサラの前髪が特徴的だ。

「なぜ西岡専務の弁護依頼をうちに?」

斑目が尋ねた。

「私がオロゴンホビー社の顧問なので、利益相反にはなるんですが……」

志賀が言いかけると、

「こちらの刑事弁護ルームは大変優秀だとお聞きして、ぜひお願いしたいんです」

英樹が途中で遮って説明した。

「ですって」と斑目は、隣にいる佐田の顔を覗き込んだ。

「失礼ですけれども、殺されたのはあなたのお父上ですよね?」

佐田は英樹に確認するように尋ねた。

「正直、心境は複雑です」

英樹はため息まじりに答えた。

「裁判が長引けば、会社のイメージダウンは致命傷になってしまう。だから、西岡専務には罪を認めて償ってもらい、会社への影響を最小限で食い止めたいん……」

志賀が話している途中で、佐田がぐいっと割り込んできて英樹に問いかけた。

「西岡専務は否認してるんですよね？」

「ええ」

英樹はうなずいた。志賀に睨まれたが、佐田はまったく気にせずに、イニシアチブをとって話し始めた。

「弁護人はあくまで被疑者のために最善の努力を尽くす義務があります。河村副社長は亡くなられた被害者のご遺族ですけれども、西岡専務ご本人が無罪を望むのであれば、あくまでも我々は無罪を主張いたしますし、守秘義務というのがございますので、西岡専務とのお話を全てお伝えするわけにはいきませんが」

佐田が言うと、英樹は「ええ」と頷いて続けた。

「しかし、西岡専務がいくら否認しても、証拠は覆せません。父はワンマン経営だったので、西岡専務とは経営方針を巡ってよく揉めてました。こんなことになったのは、よほど腹に据えかねたことがあったんだと思います。ですので、少しでも刑を軽くしていただきたいんです」

「わかりました、うちで引き受けましょう。御社内でもこのことは承認されているという理解でよろしいですね？」

斑目は念を押した。

「もちろんです。よろしく、お願いします」

礼をして席を立つ英樹の様子を、佐田はじっと見ていた。

「玄関までお送りします」

志賀が席を立ち、英樹と一緒に出ていった。

「何かあるな」

「ありますね」

ガラスの壁の向こうを歩いていく英樹たちを見送りながら、斑目と佐田は頷きあった。

志賀は別れ際に、ふと思い出し、英樹に聞いてみた。

「あ、そういえば、生前社長にお会いしたときに、次の取締役会で大事な話があるとおっしゃっていたんですが、何かご存知ですか?」

「いやあ、聞いてませんね」

ではよろしくお願いします、と英樹は足早に去っていった。

＊

刑事事件専門ルームの会議テーブルには、佐田が馬主になっている競走馬・サダノウインが陽花賞で優勝したときの旗やトロフィー、馬の置物などがドサリと置いてあった。これらは普段は刑事事件専門ルームの室長である佐田の室長室に飾られてるものだ。

「邪魔だね〜」

深山が遠目で眺めながらつぶやいた。

「仕方ないですよ。佐田先生の部屋にクリーニング入っちゃったんで」

奈津子が言った。

「こんなもの飾って何が楽しいんでしょうね」

馬の置物を見ていた彩乃は首をかしげた。

「こんなもの飾って何が楽しいんでしょうね〜」

深山は彩乃の席から、彼女が心酔する新日本プロレスのグッズのぬいぐるみを手に取って宙に放り投げた。

「ちょっと触らないでくださいよ！　きゃあぁ！」

彩乃は走っていき、深山が放ったぬいぐるみをどうにかキャッチした。

「見ろよ、これ。佐田さんの馬ってこんな重賞取るような馬なんだな」

明石は箱の中から記念品を取り出して深山に見せた。『２０１４年度　咲蕾《さくらい》賞　最優秀3歳以上牡馬　サダノウィン号』とプリントされたゼッケンをつけた、赤褐色の馬の置物だ。

「うん」

「うん、って……」

無関心な深山に不服そうにしながらも、明石は置物を見ていた。と、そこに、藤野がご機嫌な表情で入ってきた。

「グッドモーニング、ミスターアカシ！」

藤野は背後から明石の両肩をつかんだ。

「うわ！」

明石が驚く声と、置物が床に落ちたゴトッという音が同時に響き渡った。

「あ！」

床に落ちた置物を見ると、脚が取れている。

「あーっ！」

彩乃も驚きの声を上げているが、深山だけは楽しそうに笑っていた。

「どうしよう、これ」

明石はみんなの顔を見回した。

「のり、貸しましょうか？」

彩乃が机の上のスティックのりを差し出した。

「それじゃあ、つかないでしょう……」

明石は首を振った。

「米ならあるよ」

藤野が自分の弁当箱を開けた。

「江戸か……なんだこの絵！」

明石は泣きそうになりながらも、白ご飯の上に海苔でデコってある藤野の似顔絵にツッコんだ。

「ねえ、飴食べる？」

「おまえは黙ってろ！」

明石は深山を怒鳴りつけた。

「これあるよ」

奈津子がボンドを見せた。

「ナイスボンドガール！」

明石は奈津子からボンドを受け取った。

「ていうか、もう片方の脚は？」

深山に聞かれ、明石はハッとした。胴体を見ると前脚が二本折れているのに、拾ったのは一本だけだ。

「ない！　ない！　え、嘘、どこ？」

明石は床をはいつくばって必死に探しはじめた。そしてゴミ箱の横に落ちていた茶色い細い棒状のものを見つけてほっと息をつく。だが違和感があった。確認のため、明石はそれを口に入れた。

「かんりんとうだ。おいしい……って違う違う違う違う。ないよーっ！」

誰かがかりんとうを食べたときに間違えて捨ててしまったのだろうか。明石は食べかけのかりんとうをなぜかジャケットのポケットにしまい込んだ。

明石が大騒ぎしていると、「何がないんだ？」と佐田と斑目が刑事事件専門ルームに入ってきた。

「……コ、コンタクトです」

明石は手に持っていた置物を後ろ手に隠し、ごまかした。

「おまえ、メガネしてるじゃないか」

「コンタクトをしてメガネをして、度を合わせています」

「なんかよくわからないけど」

佐田は首をひねった。「何持ってんだ、それ。何か隠してない？」

「隠してませんよ」

「隠してるだろ」

「気のせい、気のせい……」

「茶色いの見えてるし。出しなさい」

佐田は鋭い目で明石を見た。

「もう逃げきれないと思いますけど……」

彩乃が明石に小声で囁いた。

「……これです」

明石は仕方なく、置物を出した。佐田は前脚が欠けていることに気づき、ショックで手にしていた鞄を落とした。そして明石が持っていた置物を手に取り、茫然自失というか何が起きたか受け入れられない、といった表情をしている。

「ああぁ、申しわけございませーん」

明石はお得意の〝土下寝〟をした。

「どうして？　脚は？」

折れた脚を本体の馬の置物にカチカチと小刻みに押し当てている佐田に尋ねられ、明石は一本の脚を差し出した。

「もうひとつはこちらに」

別のところで明石がさんざん探していたもう一本の脚を見つけていた藤野も、うやうやしく佐田に渡す。佐田は手を震わせながら、必死で脚をはめようとしたが、くっつくわけがない。

「……この子はな、サダノウィンが初めて重賞を獲ったときの、記念すべき品なんだ」

佐田は静かな口調で馬の置物のことを「この子」と呼んだ。

「藤野さんが悪いんです」と明石に責任転嫁された藤野は「おい、ちょちょちょちょちょ……」と震えだした。

「何かくっつけるもの」と佐田が手を出した。

「ありますあります」

明石はジャケットのポケットをまさぐり、佐田にボンドを渡そうとした。「あ、かりんとうだ。こっち、こっち、こっち。これです」

佐田が明石の席に着き、ボンドで破片をつけようとした。だが怒りからか、緊張からか、手が震えてしまい、なかなかうまくいかない。

「……そろそろいいかな?」

この騒動をずっと黙って見ていた斑目が、深山に資料を渡した。

「次の依頼だ。オロゴンホビーの社長が殺された事件の被疑者、西岡徹さん。本人は容疑を否認している」

「じゃあ僕は、接見に行ってきまーす」

「待て、私も一緒に行く!」

佐田は明石と一緒に脚をボンドでつけようとしていたが、やはりまだ手が震えてできそうもなかった。

「え、いいですよ」

深山は佐田の申し出を断り、さっさと行ってしまった。

「立花、西岡さんの娘さんに話を聞きなさい」

佐田は彩乃に指示をした。

「わかりました」

「それから……貴様ぁ！」

佐田はものすごい剣幕で明石を指さした。

「はは――――」と明石は驚き、声を上げて再びひれ伏す。

「私が戻るまでに、これを元通りにしておきなさい」

「御意――――」

「おまえこういうの得意だよな」

「それがし、あの粘土造形が得意なんで……」

「それまで、こいつはあずかっておく」

佐田は明石お手製のカレイの形をした携帯ケースを手にしていた。

「それ、普通に使ってる携帯なんです」

「もしものときはヒラメの命はないと思え！」

「カレイです！　それ普通に……あの……」

明石が追いかけたが、佐田は深山を追いかけていってしまった。

「殿おおお――――！」

明石の声が刑事事件専門ルームに虚しく響いた。

*

接見室には、深山、佐田、志賀の三人がずらりと並んでいた。看守に連れられて出てきた西岡は、三人も待ちかまえていることが意外だったのか、驚きの表情を浮かべた。西岡は六十代だがかなり長身だ。だが今は背を丸め、すっかり憔悴した様子だ。

「弁護士の深山です」

「佐田です」

「志賀です。ご無沙汰してます」

顧問弁護士として専務の西岡とも面識がある志賀が挨拶するのを見て、深山は「なんで連れてきたんですか?」と佐田に耳打ちをした。

「勝手についてきたんだよ」と、企業法務担当時代から志賀とそりの合わない佐田は眉間にしわを寄せた。

「オロゴンホビー社の顧問は私なんだよ」

志賀は自分がここにいるのは当然だ、という態度だ。

「河村副社長から依頼を受けて伺いました。弁護人は会社の利益のためではなく、あな

た の権利を守るために活動します。私どものことを信頼いただけるようでしたら、先ほど差し入れました弁護人選任届にサインをお願いします」

最初に佐田が説明すると、西岡は三人の顔をゆっくりと見てから、口を開いた。

「わかりました。よろしくお願……」

「では生い立ちから。どこのご出身ですか？」

深山は西岡の言葉を遮って身を乗り出した。

「出身？」

志賀が声を上げた。

「やらしてやれ」

佐田はあきらめ顔だ。

「何聞いてんだよ？」

志賀はただですら強面の顔をしかめた。

「鹿児島です」

西岡は怪訝そうな表情を浮かべながらも、答えた。

「鹿児島の？」

深山は耳に手を当てて西岡を見た。

「関係ないだろ、おい」

志賀はまだ腑に落ちない様子だ。「そんなことから聞いたら日が暮れるぞ」

「志賀さんと外で話し合ってきましょうか？」

深山が佐田に提案した。佐田は振り返り、接見室のドアを見た。

「それだけはやめてくれ。少なくとも私の質問が終わってからにしなさい」

佐田は必死で止めた。いつだったか、廊下に出ていった深山が自ら接見室のドアに額をぶつけ、流血したという、苦い記憶がある。

「そうですね、理解してくれない人もいますからねえ」

深山はため息交じりに言った。

「なんだ、その口の利き方は！」

志賀はムッとしているが、佐田はかまわずに続けた。

「あの、河村副社長からうかがいまして一点気になったことがあるんですが、あなたが逮捕された決定的な証拠というのはなんなんですか？」

「私には全く身に覚えがないんですが……」

西岡が、数日前の東京地検でのやりとりを語り始めた。

――取り調べの日、西岡は東京地検で検察官の大島《おおしま》と向かい合っていた。

「もう正直に話してもらえませんか」

「だから何度も言うように、私は社長の家に行ったことはないです！」

西岡は声を荒らげた。

「普段から会社経営で揉めていたそうじゃないですか」

「だからって、殺したりしません」

「あなたは社長に腹を立て、窓ガラスを割って社長の家に侵入。寝室の部屋にあった花瓶を手に取り、寝ている社長の頭を殴り、殺害した」

「違います！」

西岡の声があまりに大きいので、大島は迷惑そうに耳を押さえた。

「西岡さん、西岡さーん？」

そして大島は皮肉を込めた言い方をしながら、西岡を見た。「凶器の花瓶からね、あなたの指紋が出てるんですよ。言い逃れできませんよ」

大島は花瓶の破片の写真が載っている資料を見せた――。


そこまでの経緯を聞き、深山は西岡に尋ねた。

「凶器の花瓶からあなたの指紋が見つかったんですか？」

「そう言われました」

「なるほど」

深山は耳たぶに触れながら頷いた。

＊

彩乃は西岡家のダイニングテーブルで、娘の明奈と向かい合っていた。高校生の明奈は、セーラー服姿だ。部屋の一角には仏壇があり、母親の遺影が飾ってある。父子家庭のようだが、白を基調にした家の中はところどころに花が飾ってあり、実にきれいに片付いていた。

「父は八時には家にいました。警察にも話したんです。なのに、家族の話は信用できないって」

制服姿の明奈は彩乃をまっすぐに見て訴える。

「捜査する側としては、かばっているんじゃないかと思ってしまうので、証言として弱くなるんです」

「父が家にいたのは確かなんです！　お願いします。お父さんを助けてください」

明奈は彩乃に頭を下げた。

その夜、深山と佐田は英樹と共に河村家へやってきた。高級住宅街に立つ一軒家の前には『立入禁止』の黄色いテープが張られ、警官が警備していた。警官は英樹の顔を見ると挨拶をし、テープを上げてくれた。深山たちも英樹に続いてテープをくぐり、中に入っていく。

「なんでついてきたんですか?」

深山は佐田に尋ねた。

「だって……被疑者のために最善を尽くすって、俺、言ったからさ」

「壊れた馬が見たくないだけでしょ」

「何言ってんの、おまえ」

「口出さないでください」

深山は佐田に命令口調で言った。

玄関に入って行くと、家政婦がスリッパを出してくれた。

「悦子《えつこ》さん、後はもういいよ」

英樹が言うと、家政婦の悦子は「かしこまりました」と帰っていった。

「この家に出入りできたのは？」

スリッパをはきながら、深山が尋ねた。

「鍵を持っているのは父と私だけです」

どうぞ、と、英樹は入ってすぐの部屋の電気をつけた。そこは広々としたリビングだが、掃き出し窓が大きく破損されていた。破片がずいぶんと広範囲に飛び散っている。ガラスが割れた箇所は、外からブルーシートで覆われていた。

「犯人はあの窓から……」と佐田が英樹に聞こうとすると、「佐田先生」と深山がすかさず制した。

「……聞くぐらいいいじゃないか」

舌打ちした佐田は、ぶつぶつ言っている。

「犯人はあの窓から？」

深山は佐田に代わり、改めて尋ねた。

「ええ、そのようです。あの窓を割って侵入して、父の寝室に向かったようです」

英樹は天井を指さして、殺害現場の寝室が上の階にあることを示した。

「あれ？ 西岡専務、どうやって侵入したんだ？」

深山はノートを開き、リビングにしゃがみ込んで、割れた窓ガラスの破片が散らばっているフローリングと窓を見ながらいぶかしげな顔をしている。

「と……言いますと？」と英樹も隣に座った。

「いや、これだけガラスが飛び散ってます。何も履かずに入ったら、足を怪我しますよ。西岡専務の話では、足跡は証拠として上がってなかった。ということはここで靴は履いていなかったはずです」

「別の履物を持ってきたんじゃないですか？」

英樹が言った。

「別の履物……に履き替えた？」

深山は首をひねった。

「人を殺しに来て、履物、履き替えないだろう」

腕組みをして言う佐田に対して、口出ししないように「佐田先生」と深山が釘をさす。

「あ、あ、あああああ！」

英樹は何かを思いついたようだ。「飛び越えたんじゃないんですか？」

「飛び越えた？」

「ええ」

リビングに、しばらく沈黙が流れる。

「それは無理だと思いますよ。これだけ広範囲に破片が飛び散ってますから」

深山の言うように、ガラスは窓から二メートルほどの床まで飛び散っている。西岡はかなり背が高そうだったが、飛び越えることはできないだろう。

「じゃ、ほら、鑑識って言うんですか、あの、現場に入るときに靴を……」

英樹がさらに言った。

「ああ、ナイロン」

深山は言った。

「ナイロンナイロン」

英樹がせわしなく頷く。

「ナイロンならガラスですぐ破れます」

「……やっぱり厚手のスリッパか何か、用意してたんじゃないんですか?」

「スリッパねえ……」

深山はペンを持ったまま、右手で右耳たぶに触れた。

「父の寝室もご覧になりますか?」

英樹が言った。

「お願いします」

「どうぞ」と英樹が立ち上がり、佐田が続いた。深山はしばらくその場に座って、耳を触りながら考えていた。


「ここです」

上の階へ移動すると、英樹が寝室のドアを開けてくれた。

「どうもすみません」

佐田は一番最初に中に入っていった。

「ああ、ここが殺害現場か……」と言いかけた佐田に、咳払いをしてまたも深山が制した。

「つい出ちゃったんだよ」

佐田は言い訳をしながら舌打ちをした。ベッドの向こう側の床には、幸一が倒れた跡が白いロープでかたどられている。

「凶器はここにあった花瓶です」

英樹はテーブルの上を指した。

「どんな花瓶だったんですか？」

深山は尋ねた。

「会社設立四十周年で、社員全員に配られたものです」

「社員全員に配られた……」

「この家にあった花瓶だけには、父の座右の銘が刻まれていたんです。ええ……『勝利で得た一番は自信である』」

英樹は座右の銘を思い出して口にした。

「武豊だ、武豊！　武豊」

佐田は興奮気味に何度も名ジョッキーの名前を連呼した。

「え？」

深山が佐田を見た。

「武豊の座右の銘」

「はい」

深山は短く頷くと、英樹への質問に戻った。

「凶器に使われた花瓶は、本当にこの家にあった物で間違いないんですか？」

「はい。破片に文字が刻まれていたのも確認しています」

「なるほど。でも、なんで花瓶が使われたんだろう？」

「と言いますと？」

英樹が尋ねた。

「窓は何を使って割ったと思いますか？」

深山は逆に英樹に尋ねた。

「ハンマーとかレンチとかですかね」

「だとしたら、なぜそれを使わなかったんでしょう？　ハンマーとかレンチの方が確実に人を殺せますよね」

深山はくるりと英樹の方を振り返った。

「なんでだと思います？」

「たとえば、相当恨んでいて……あ、だから会社の記念品で殺そうと」

英樹は少し考えてから答えたが、深山はそれに対してとくにコメントはせず、新たな質問をした。

「花瓶はどこで割れてたんですか？」

「あの、脚のところです」

英樹が紘一の遺体の形をしたロープの脚のあたりを指さした。深山はそこに移動し、床をコンコンと叩き、音を確認した。英樹も深山の方に行こうとしたが佐田が腕を取って制し、深山に気づかれないように小声で質問を始めた。

「ちょっと確認なんですけど、西岡専務の指紋は花瓶に付いていたんですよね？　で、ドアノブとか窓には指紋はついていなかった。ということは、侵入時に手袋をしていたということになる」

勝手に英樹に尋ねていた佐田を、戻ってきた深山は横に突き飛ばした。

「痛て……」

佐田はクローゼットの扉にぶつかり、顔をしかめた。

「不自然ですね」

深山は英樹の方に身を乗り出した。

「あ、ああ、あああああ」

英樹は何か思いついたように口にした。

「え、え、えええええ？」

深山も合いの手を入れる。

「もしかして、手袋をしていたら手が滑ったんじゃないですか？　あの花瓶なら」

「触ったことあるんですか？」

「私も持ってますから。座右の銘は入れてませんけど」

「手が滑った……」

深山はもう一度、ロープがある位置に戻る。その深山の後ろ姿を見る英樹の目は、警戒の色に変わっていた。

＊

翌日、深山は女性秘書に案内され、オロゴンホビー社の西岡の個室を訪れた。広々とした個室の壁には、ゲームキャラクターのポスターが貼ってある。そして隅々にフラワースタンドが置かれ、花瓶に切り花が活けてあった。

「創立四十周年で配られた花瓶っていうのはどれですか?」

深山が尋ねると、

「あちらです」

秘書は部屋の奥のフラワースタンドの青い花瓶を指した。オロゴンホビー社のマークでもあるけん玉の図柄が、水色で描かれているものだ。この花瓶だけ、活けてある花はすっかり枯れていた。カスミソウはしおれ、赤いバラはしぼんで下を向き、黒っぽく変色してしまっている。

「うん。では」

深山は量販店で買ってきた数種類の軍手や手袋を机の上にバラバラと出した。そして、一般的な滑り止め付きの白い軍手をはめて花瓶を持ち上げた。

「持ちやすい。すべらない」

持った感じをメモすると、次は布の手袋をはめて持ってみる。

「持ちやすい。すべる」

次はゴム手袋だ。

「持ちにくい。すべる」

その次はゴルフ用の手袋。

「持ちやすい。すべらない」そう言うと深山はゴルフ用の手袋が気に入ったようで、「うん、いいなこれ」とつぶやいている。

さらに次はスキー用の手袋。

「持ちやすく、すべる」

最後は軍手でチェックを終え、実験結果メモをしている深山を秘書がじっと見ていた。

「あの、西岡専務って花が好きなんですか?」

深山は顔を上げて尋ねた。青い花瓶以外の数か所のフラワースタンドの花は、まだきれいに咲いている。

「ああ。そうですね。亡くなった奥様がフラワーアレンジメントのお仕事をなさっていたので、それで花には……」

「なるほど。じゃあこの花瓶って持って帰っていいですか?」

深山は青い花瓶を指した。

「え?」

「は?」

「あ、同じのが必要でしたら、倉庫に余っていますので」

「ありますか」

「見てきます」

お願いします、と、深山は秘書に頼んだ。

*

刑事事件専門ルームのホワイトボードには事件の概要が書き出されていた。その中で『凶器の指紋』『侵入経路』という言葉に赤いアンダーラインが引いてある。

「おかしいねー」

両耳を引っ張っていた深山がつぶやいた。「西岡さんの娘さんは『お父さんは家にいた』って言ってるんでしょ？」

深山は彩乃に尋ねた。

「嘘をついているようには見えなかった」

「しかし、凶器になった花瓶は、たしかに社長の家にあったものだ。そこから西岡専務の指紋が出てきた。それが逮捕の決定的な証拠だろう？」

会議に参加している志賀が言った。もちろん、ちゃっかり奈津子の隣に座っている。

「うん、そうですよ」

深山は適当に相槌を打った。

「それは覆せないだろう」

決めつけるような志賀の発言に佐田は顔をしかめ、彩乃は例の肩をすくめるポーズをした。

「西岡専務が犯人なんだろう？　なぜそこを疑うんだ」

志賀がみんなに向かって言う。

「どうしても西岡専務を犯人にしたいんですね」

彩乃が言うと、志賀は立ち上がった。

「罪を認めさせてほしいというのが、副社長の依頼だからな」

「そういうのは残念ながらこいつには関係ないんだよ。こいつはな、事実を知りたいだけだ」

佐田は立ち上がり、深山を指して言った。「な？　おまえもこの部屋に来るときは事実を突き止めることが依頼人の利益になることもたまにはあるんだと、頭を切り替えてきてから来い」

「しかしだな……」

「志賀！　おまえはな、顧問を務める会社のために動いているんだろうが、俺たちは被疑者の西岡さんを弁護するために動いてるんだ。会社の立場にしか立ってない人間に、これ以上この事件の話を話すわけにはいかない。出て行ってくれ」

刑事事件専門ルームができたばかりの頃の、企業法務畑に戻りたがっていた佐田とはまるで違う発言に、聞いていた一同は驚きを隠せない。

佐田が志賀に弁舌を振るっているので、深山も立ち上がり、佐田の背後に回った。そして佐田と同じ動きをした。そして、佐田は志賀にもう一度言った。

「出て行ってくれ！」

佐田が部屋の外を指さす後ろで、深山も同じように指をさした。そしてバイバーイ、と口パクをしながら志賀に手を振った。

「……勝手にしろ」

志賀はムッとしながら部屋を出ていった。

「俺たち……」

深山が渋い声で佐田に近づいていった。

「なんだよ？」

「俺たち……」

そう言いながら深山が離れていっても、部屋のメンバーたちが佐田を見ている。

「何？」

佐田は尋ねた。みんなが何を驚いているかに、本人は気づいてもいない。

「いえ別に」

奈津子が言ったとき、「あー来た来た来た、ありがとう。ありがとう、ありがとう」

と明石が部屋を走り出ていき、落合を迎え入れた。

「プラモデル検定二級の僕には暇つぶしにしかなりませんでした」

落合は明石に復元した馬の置物を渡した。

「自分で直さなかったのかよ、おまえ！」

佐田は明石を怒鳴りつけた。

「それが最善の策でございました」

明石は跪《ひざまず》き、佐田に置物を返した。

「ちなみにジグソーパズルなら超達人検定一級の実力をお見せできたんですが」

格好つけている落合を、彩乃は渋い顔で見ていた。

「落合！　おまえ何やってるんだ？」

そこに志賀が戻ってきて、落合を連れて出ていった。置物の直り具合を確認していた佐田は「仕方ない」と、明石にカレイのケースがついた携帯を返した。

「それから……立花」

佐田は彩乃を見た。

「はい！」

「西岡専務の家と河村社長との家の間に、防犯カメラは？」

「ないんですよ」

「防犯カメラなしか……」

「アリバイを証明できれば、あるいは西岡専務の無罪も証明できるやもしれませんね」

明石が佐田の脇に跪いた。

「なんで座ってるの？」

佐田が言ったとき、彩乃の電話が鳴った。耳を引っ張りながら考えていた深山も立ち上がり、振り返る。

「西岡専務の娘さんです！」

彩乃はみんなに告げてから電話に出た。

「もしもし。え……はい。あ、はい。あー」

彩乃の声がはずんだり沈んだりするたびに、刑事事件専門ルームのメンバーたちも一喜一憂した。

深山は佐田と彩乃と三人で刑事事件専門ルームを出て、階段を上っていた。

「けど今、何日経ってんだよ」

佐田は腕時計を見ながら尋ねた。

「事件から五日ですね」

彩乃が答える。

「たしかなんだな」

佐田はもう一度彩乃に尋ねた。

「はい。娘さんが思い出したんです」

彩乃は頷いて、電話で西岡の娘、明奈が伝えてきた話をしはじめた。

事件当日の夜、明奈は「お父さーん」と、声をかけながらリビングに入っていった。すると電話をしていた西岡が振り返り「今、大事な電話してるから」と言ったという。

西岡は河村社長の自宅の留守電にメッセージを残してたとのことで、明奈は彩乃に「そこに私の声が残っていれば、お父さんは私と一緒にいたことを説明できますよね？」と告げたのだった。

「それが、犯行時刻の午後十一時過ぎだったそうです」

彩乃は佐田に言った。

「そいつが残ってたら、西岡専務のアリバイが証明できるじゃないか」

「副社長にも電話して、確認してもらっているそうです」

「え？」

深山は彩乃の言葉に疑問の声を上げ、立ち止まった。佐田と彩乃は振り返った。

「それ残ってないかもよ」

深山は走り出した。

「そういうことか」

佐田も深山がこの事件で誰を疑っているのかに気づき、後を追った。彩乃も追おうとしたが、廊下のすぐ脇の会議室から、大量の人が出てきてしまった。

「うわあ！　待ちたまえー！」

人波にのまれた彩乃は、必死でふたりに声をかけた。

＊

英樹は幸一の家の鍵を開け、駆け込んでいった。そして、留守番電話のメッセージを消した。

『録音を消去しました』

機械の声を聞いて、安堵のため息をついたところに、インターホンが鳴った。モニターを見ると、深山たちだ。

フッ。英樹は勝ち誇ったように笑った。

「はい」

家の中から英樹の声が返ってきて、深山は絶望的な予感と共に佐田を振り返った。佐田も目を閉じて無念の表情を浮かべた。

「斑目法律事務所の立花です」

彩乃が応えると「どうぞ」と中に招き入れられた。

「仕方ない、行こう」

三人は中に入っていった。そして英樹に事情を話し、電話機を見せてもらうことになった。英樹が廊下を案内していく。

「あ、これ……点滅してませんね」

佐田が電話機を見て言うと、英樹はボタンを押した。

『〇件です』と無機質な声が告げる。

「〇件ですね。娘さんの勘違いじゃないですか?」

「ちゃんと電話かけたって言ったんだろ?」

佐田が彩乃に言った。

「はい。通話記録を確認すればわかると思うんですけど」

「じゃあ、それ、確認しよう」

「はい」

二人のやりとりを見ながら、英樹は首をかしげた。

「じゃあ、お手伝いさんが消したのかな? 五日も経ってますからね。一応確認しておきます」

「お願いします」

佐田は「突然お邪魔して申し訳ございませんでした」といいながら、玄関の土間に降りて靴を履いた。

「痛っ」

一番最後に出て行こうとした深山は、足の裏に痛みを感じてスリッパを脱いだ。

「このスリッパ……」

深山は脱いだ黒色のスリッパを目の高さに上げ、凝視した。

「何か?」

英樹が尋ねた。

「普通でオシャレ……」

「やめなさいよ」

既に靴を履いていた彩乃が深山に注意する。

「これ、もらって帰っていいですか?」

深山は英樹に笑顔で尋ねた。

「もらって帰る?」

英樹は深山の意外な申し出に驚いている。

「デザインが気に入っちゃって」

「ああ、そういうことですか。この家は売却するつもりなので構いませんよ」

「ありがとうございます」

「すいません、ちょっと変わってるんで」

佐田は深山のことを指しながら、英樹に謝った。

「やったー」

深山は満面に笑みを浮かべ、玄関を出た。

＊

数日後……。

『ゲーム会社専務、殺人で起訴』

朝刊の一面に見出しが躍った。そこには『殺された河村幸一氏』『西岡徹容疑者』と、二人の写真が並んでいる。

「凶器の指紋と動機だけで起訴か」

彩乃がつぶやいたとき、「開示された証拠、全部コピーしてきたぞ」と明石がダンボールに入った資料を台車で運んできた。

「ああ、お疲れさま」

藤野が声をかける。

「やりますか」

深山は立ち上がった。明石と藤野が次々と証拠写真が写った資料を壁に貼り出していく。

「これ凶器の花瓶だろ？　花瓶ってこんなに細かく割れるもんなのか？」

佐田は立ち上がり、貼り出された破片の写真を指した。

「だからやっぱり、床にガシャーンと」

藤野が思いきり投げつける仕草をする。

「でも、フローリングですよね。落としただけでそんなに粉々になりますかね？」

奈津子が言うと、「そうだよな」と佐田もうなずいた。

「まずはそこですかね。試してみようか、明石さん」

深山は提案した。

「任せろ、発注済みだ。藤野さん、手伝ってください」

「ガッテンだ」

明石も藤野もやる気満々だ。

さっそく二人は刑事専門ルームの外に出て、廊下にブルーシートを敷いた。

「よいしょ」

その上に板材を運んできて置く。深山はコンコンと板材を叩いた。英樹に寝室を見せてもらったときに叩いた音と同じかどうか、確かめる。

「大丈夫だよ、社長のとこと同じ床、発注してるんだから」

明石は言い、藤野は板材の上でタップダンスを踊った。

「凶器と同じタイプの花瓶……」

深山は花瓶を取り出した。その横で明石が赤いヘルメットをかぶる。

「おい、ちょっとこれ、まさかホントに殴るの？」

佐田は尋ねた。

「ご心配なく」

深山はあっさりと言った。

「ご心配なくって言われてもおまえ……」

「大丈夫ですよ。前に鉄パイプで殴られた事件があって、そのときも角度と強さの検証で三十発以上殴られましたから」

明石は佐田の心配をよそに笑っている。

「えーーー」

　佐田も彩乃も奈津子も顔をしかめた。

　ビデオカメラを手にした藤野は、デニムのベスト姿で赤いヘルメットをかぶっている明石を見て「なんか、懐かしいね」と言った。明石の姿は往年のドッキリ番組の仕掛け人にそっくりだったからだ。

「あのー、すいません、私、怖いんで遠めでいいですか？」

「あ、じゃあ私も。破片とか怖いかも～」

　奈津子と彩乃は刑事事件専門ルームに戻り、ガラス越しに廊下をのぞいた。

「じゃ、これも撮ってください。証拠になりますから」

　明石は『プロの指導のもと安全を行っております。絶対に真似しないでください』という看板を、藤野のカメラに向けた。

「そんなもんもあるの？」

　藤野は笑う。

「法廷で裁判員に引かれないようにです」

　明石は答えた。深山は『河村さんの受傷に関する図』という、幸一がどこを殴られたのかが図解されている資料を見ていた。階段の上からは、いったい何が始まるのかと志賀が様子を窺っている。

「この前まで包帯だらけだったのに大丈夫なのか、ホントに?」

佐田はまだ不安げだ。

「想定の範囲内です……」

明石は首にプロテクターを巻き、椅子に座った。

「範囲内って……」

佐田はまだ不安そうだが、

「じゃあ行くよ、藤野さん回してください」

革の手袋をはめた深山は声をかけた。

「はい、回りました」

藤野はカメラの録画ボタンを押して言った。

「じゃあいきます」

深山は透明のバリケードを手に、花瓶で明石の頭を殴った。

ゴン、と鈍い音が響いたが、「ハハハハハ」と、明石は笑っている。

「笑ってる……」

見ているみんなは声を上げた。深山は明石の背後に回った。

「後ろは危な……」

佐田が言いかけたが、「もう一回右後頭部」と深山は背後から明石のヘルメットを叩いた。

「ハハハハハ」

明石はまた笑った。

「なんか、大丈夫そうですね」

藤野は佐田を見た。

「狂気の沙汰どころじゃないな、これ……」

佐田は恐れおののいている。

「まさに凶器攻撃……」

プ女子の彩乃は、部屋の中からブラインド越しに見ているわりには、目を輝かせていた。

「ラスト左後頭部」

深山は花瓶を振り上げた。

「いや、後ろ危ないから」

佐田は再び止めたが、深山は思いきり明石の頭に振り下ろした。

ハッハッハッハッハー。

廊下に明石の笑い声が響き渡った。

「割れないですね」

深山の言う通り、花瓶はまったく割れていない。

「意外に割れないんだな」と佐田が言うと、「落としてみよっか」と深山が自分の肩ぐらいの高さから花瓶を落とす。すぐにガシャーンと花瓶は割れた。

「おー――」

「割れたー」

みんなから声が上がる。

「落とすと割れる」

明石は板の上の破片を見て言った。

「でも、これもあの写真ほど細かくは割れないな」

佐田は写真と見比べている。

「ですね。明石さん、ハンマー」

深山が指示すると、明石が、はいはい、とハンマーを渡した。

「え、故意に割ったってこと?」

彩乃が出てきて尋ねた。

明石は大きな破片にひとつひとつハンマーを振り下ろした。

「わあ！　おー！」

彩乃は破片が割れるたびにその音に驚いて声を上げる。破片は粉々になっていき、凶器の写真に近いものになった。

「うん、これ故意ですね」

深山は言った。

「なぜ、わざわざそんなことをするんだ？」

佐田が深山に尋ねた。

「細かくしなきゃいけない理由があった……？」

彩乃が首をかしげた。

「誰かピンセット持ってます？」

深山がみんなに尋ねると、

「鼻毛用の毛抜きなら持ってますけど」

藤野が答えた。

「鼻毛用？」

深山は問い返した。

「こまめに抜かないと鼻毛爆発しちゃうんで……持ってきます」

藤野の発言に、彩乃が思わず噴き出した。藤野がピンセットを取りに部屋に戻ると、深山は紙袋の中からスリッパを取り出した。

「それ、もらってきたスリッパですか?」

彩乃の質問には答えず、深山は藤野からピンセットを受け取った。そしてスリッパの裏にめりこんでいた花瓶の破片を取り出した。その作業をみんなでのぞきこんでいると、

「鼻毛出てますよ」

明石が藤野に注意した。だがそんなことにはかまわず、深山は破片を抜いた。

「おー、なんか出た!」

彩乃が声を上げた。

深山は、取り出した破片をそのままスリッパの裏に置いた。そして自分が今しがた実験のために割った破片を一つ拾い上げて、すぐ横に置いてみた。

「これ、同じものですね」

「犯人が犯行時にこのスリッパを履いていたっていうことですか?」

彩乃は深山に尋ねた。

「窓から入った犯人が、玄関でこのスリッパを履いて犯行に及んだか、もしくは犯行後に玄関に行ってこのスリッパを履いて現場に戻ったか」

深山は言った。

「どっちとも不自然だろ」

佐田がぐっと眉根を寄せた。

「ですね」

深山は板の上をもう一度見て、大きく残っている破片を拾い上げた。それは花瓶の底の破片で『オロゴンホビー　設立40周年記念　2013・4・8　065』と数字が書いてあった――。

深山たちの検証を見ていた志賀は、考え込みながら階段を上がってきた。

「どうした？」

ロビーでコーヒーを飲んでいた斑目が、声をかけてきた。

「西岡専務が犯人じゃないかもしれません」

志賀は苦渋に満ちた表情を浮かべて言った。

「難しいな。顧問弁護士としては」

斑目の言葉に、志賀は黙り込んだ。

「でもね、志賀先生。今、手にしているものはなくなっても、未来だけは残るんだよ」

斑目はにっこり微笑むと、去っていった。

＊

『いとこんち』には今夜もアフロヘアの客が来ていた。

「もう一個入れたろっか、しょうがない」

坂東は煮込みの具をサービスで入れ「はーい、おまちどう」とテーブル席に持っていった。

「手羽とおでんと『おでん永年私財法』……あれ？　漫画家の先生？」

坂東は生ビールを飲んでいる客の顔をのぞきこんだ。

「はっ、手羽……羽？　ウイング？　あれっ、あっ、あっ、おでん？　電影少……」

「何？」

「漫画家の……」

坂東はまだその客の顔をちらちら見ていたが、「ねえねえ、ヒロくんは、なんで刑事弁護専門なの？」とカウンター席の加奈子が振り返った。

「やっぱ正義感が強かったんじゃないかな？ チェイング！」と坂東は加奈子に答えた後に、客に向かって『ウィングマン』の変身ポーズを真似てみた。

「その答えばっかり」と加奈子は坂東を見て口を尖らせた。

「ただいま」

そこに深山が帰ってきた。

「おかえり」「おかえり〜〜♡」

振り返った坂東を突き飛ばして、加奈子が走っていく。でも深山は何も反応せずに、厨房に入っていった。

「今日もシンキングなの、シンキングなの」と坂東は深山が考えにふけっている様子を見てとった。

「冷たくされても、なんでトキめくんだろう。運、命、かな？」

加奈子はいつもの独特な口調で言いながら、坂東の方に振り返った。

「いやいやいやいや、ただのドMでございましょう」

「運命って言いなさいよ！」

「なんだよ、今おまえが……」

「運命って言え！」

加奈子がムキになって大声を出したところで、店の扉が開いた。

「あ、いた！　先生！」と言いながらオーバーオールを履いたアフロヘアの客が入ってきた。

「持ち込み？」坂東が尋ねるがスルーして、まっすぐテーブル席に向かった。テーブル席の客は横を向いて顔を隠していたが、無駄な抵抗だ。

「何してんすか。早く描いてもらわないと〆切間に合わないすから」

「まあいいから、座れ」

テーブル席の客が向かい側の席を指した。

「ボクだって朝までに三蔵山《みくらやま》先生のとこに戻りますから」

入ってきたのは漫画家のアシスタントの棚橋という男だ。

「それは……まあ飲んで」とテーブル席の客は棚橋に必死で座るよう勧めた。

「そんなことじゃ重版出来《じゅうはんしゅったい》できませんよ」

「じゅうはんしゅったい？　〝でき〟じゃないの、あれ？」

「しゅったいです！」

アフロヘアの客たちは言い合っているが、深山はぶつぶつつぶやきながら、厨房でタネをこねていた。

「西岡専務には証明できるアリバイはない。スリッパには花瓶の破片、西岡専務の花瓶は会社の部屋にあった……」

目の前の作業だけに集中してとにかく混ぜ、よく練った具をお手製の皮に包んでいく。

「〆切……っていうか、君これアフロじゃあないね」と坂東は棚橋というアシスタントの髪を触って言った。真ん中分けにした髪に、ウエーブをかけているだけだ。

「だから五パーセントはちょっと引けないかな」

この店はアフロヘアだと五パーセント引きだ。すると、棚橋がテーブル席の客のかつらを取った。

「え、かつら?」と坂東は声を上げた。テーブル席の客は坊主頭だ。

「え、何それ? かつら……先生……桂先生?」

坂東は言いながら確信した。テーブル席の客は漫画家の桂正和《かつらまさかず》だ。桂はかつらをかぶりなおしているが、「桂先生なの?」と坂東はまたすぐにかつらを取った。

「なぜ凶器の花瓶から西岡専務の指紋が出たか。指紋……子門正人《しもんまさと》……指紋ねえ」

深山は相変わらず厨房の中でつぶやいていた。そして『深山風　海老とセロリの水餃子』が完成し、カウンター席へ移動してきた。

「いただき退助」

深山が親父ギャグを言いながらカウンター席で両手を合わせていると、「自由民権運動」と坂東が合いの手を入れた。

「おいしそー！」

加奈子が飛んできて、勝手に水餃子をつまみ食いした。

「は？　ちょい？　ちょい、ちょい」

深山が唖然としている間に、桂やアシスタントも次々と水餃子をつまんでいく。

「おいしいんじゃねーよ。いつも試食みたいに食ってるけどよ。お金もそろそろもらおうかな？」と坂東は加奈子に言った。

「CD売れたらね」加奈子は新曲『銀シャリばんばん』のCDを見せた。

「逆ギレじゃん、それ、完全に」と坂東は呆れ果てている。

「なんで売れないんだろう……」と加奈子はため息をついた。

「声」深山は即答した。

「……根本的」坂東がつぶやく。

「曲」深山は続けて言った。

「言い過ぎ、大翔」と坂東は制したが……。

「音程。あと顔かな」と深山はついにとどめの一言を言った。

「わかった！　頑張るね！」

「はい？」

何を言っても笑顔の加奈子に、深山はうんざりしたような顔をして厨房に戻った。もう水餃子の皿も空っぽだ。

「なにこのドSとドMじゃねえかよ。しょうがねーな」

坂東はそう言いながら厨房に入ってきた。ペットボトルを手に、「これですよ、これ。入れるんだ、入れるんだ～」と陽気に小ねぎを入れていた瓶に、何かの液体を注ぎ入れた。瓶の中でシュワシュワっと泡がはじける。

「何やってんの⁉」

深山は尋ねた。

「いやこれね、すごいよ。この方が長持ちすんだって、サイダー。すごいっしょ？　味もサイダーになるのかな……」

坂東が言うのを聞きながら、深山はペットボトルに残っていたサイダーを飲んでみた。

深山の頭の中に、西岡の個室で見た花瓶の花の映像がフラッシュバックしてきた。青い花瓶の花は枯れていたが、ほかの花瓶の花はまだ綺麗に咲いていた……。

「ふーん」

深山は耳を引っ張りながら一人頷いた。

＊

翌日、深山は佐田と彩乃と共に、オロゴンホビー社の西岡の個室にやってきた。秘書が来るのを待つ間、深山は子どものように回転式の椅子を回しながら座っていた。

「ここに何があるんですか?」

「私も忙しいんだ、何がしたいんだ、早くしてくれ」

彩乃も佐田もうんざり顔だ。

「すみません、あ、お茶です」

秘書が入ってきた。

「ありがとうございます、すみません」

彩乃が秘書に頭を下げているが、深山はすっと立ち上がった。そして、会社の四十周年記念の花瓶に活けてある枯れた花に近づいていった。深山は花瓶を持ち上げた。

「ちょっと」

「おい！　何してんだ、おい、何やってんだ、おまえ……おい！」

彩乃と佐田が制しているが、深山は四十周年記念の花瓶を持ったまま対面に飾ってある白っぽいガラス製の花瓶に近づいていった。そちらの花は枯れていない。

「二人ともお茶を飲み干してください」

深山は振り返って二人に言った。

「は？」

「はい？」

「湯呑み、使いたいんです。早く」と深山は言った。

「ヤだよ、俺、ネコ舌だもん」と佐田。

「いいから」

「無理だよ。こんなの、すぐ飲めません」

「いいから！」

深山が強い口調で言うと、佐田はチッと舌を鳴らしながらも湯呑みに手を伸ばした。

「え、飲むんですか？」と彩乃が佐田の行動に驚いている。

「しょうがないだろ、だって……熱ちっ」

「熱っつ！」

佐田も彩乃も熱がっている。

「何に使うの、これ？」佐田はもう一度尋ねた。

「早くしてください」

だが深山は答えずにとにかくせかした。

「あんたが飲みなさいよ」と彩乃は深山を睨み付けた。

「これ全部飲むの？」

「汗かいてきた……あー、震えてきた」

二人は文句を言いながらどうにかお茶を飲み干した。

「では」

「なんに使うんだよ、いったい！」

佐田の質問には答えず、「お借りしますね～」と言いながら、深山は四十周年記念の花瓶から、枯れた花を引き抜いた。

「おい！　おい！」と佐田が声をかけたが、深山は一つの湯呑みに枯れた花が活けてあった青い花瓶の水を、もう一つの湯呑みには、咲いている花の活けてあった花瓶の水を入れた。

「あー」

「おい何やってんだよ」

「あ、すみません」

「申しわけありません。変わってるんです」

二人は唖然としている秘書に謝った。

「おい、ちょっと、まさかとは思うけれど……」

佐田は、二つの湯呑みを手に持ち匂いを嗅いでいる深山に尋ねた。

「え……」

二人が驚愕の表情を浮かべているのにもかまわず、深山は二つの湯呑みを交互に飲み干した。

「やっぱり」

深山は微笑んだ。

「うえ……」

見ていた彩乃は気分悪そうに舌を出した。

「事件が起きた後、ここにある花瓶の水って、交換しましたか?」

深山は秘書に尋ねた。

「いいえ」

答える秘書も、深山にすっかり引いている。

だが、そんなことはお構いなしに、深山は枯れた花を戻した青い花瓶を手に取り、すっくと立ち上がった。

じーっと、その花瓶をしばらく見つめていると、急に「痛っ」と顔をひきつらせてから、こう言った。

「近く花瓶……知覚過敏」

深山はウヒヒと笑った。その親父ギャグがツボにハマったのか、佐田が噴き出した。

「しかもこいつ、味覚が過敏だった。ハハ、かかってる～」と佐田はお腹を抱えている。

「十一点」

彩乃は真顔で深山の親父ギャグを採点した。

「俺だけ？」と深山のギャグを面白がっているのは自分だけということに気づいて、佐田も慌てて真顔に戻った。

だが、深山は今度は湯呑みを持ち上げて言った。

「ドゥ湯ー呑みー？」

深山が言うと、佐田はまたしても大ウケしている。

「七点」

彩乃は不快な顔を浮かべ、首を振った。秘書もドン引きだ。

「英語だよ！　だってＹＯＵ　ＫＮＯＷ……」

それでも佐田は笑い続けていた。

＊

深山は刑事事件ルームに戻ってくると、明石と藤野に花瓶の破片の写真を一つずつ切り取るようにと指示を出した。

藤野は「ええ、私、揺れないと切れないんですよ」と言いながら、せわしなく体を左右に揺らしながら切っている。明石だけが、藤野が真似をしているのが紙切り芸の師匠の持ちギャグだとわかっていたので、「林家正楽」とその師匠の名前を口に出した。

そんな二人のハサミ使いにより、白い会議用テーブルの上は青い破片だらけだ。

「落合先生お連れしました」

奈津子が落合を連れてきた。

「これは？」と紙の破片を見た落合が尋ねる。

「凶器の破片の写真を、全て同じ大きさで、形通り切り取ったものです」

深山は落合に言った。

「おまえのほら、うちの子の脚を直した……」

佐田が馬の置物の話をすると、即座に「ああ、ジグソーパズル」と落合は納得した。

「そうそうそう」

「超達人検定一級です」

「その実力を見せてくれ」

だが、佐田が頼んでも、落合は無言だ。

「ほら、言え」

佐田が彩乃に目配せをした。ほかのメンバーたちからも「ほら」と声が上がる。

「ほら、思ってなくていいから、がんばれーって」

明石が彩乃をせっつく。

「がんばれー」

彩乃は両手の拳を胸の前で握りしめ、つくり笑顔で落合に声をかけた。

「うん！」

落合は鼻の下を伸ばし、さっそく作業に取りかかった。

深山が借りてきた青い花瓶に、落合は破片をあてはめていった。隣で明石がセロテープを貼りつける係を務める。だいぶできてきたものの、だんだんと行き詰まってきた。

「ほら、がんばれーって」

藤野が小声で彩乃をせっついた。

「またですか？」

彩乃は迷惑顔だが、「減るもんじゃねーだろ」と明石も彩乃に強要する。

「がんばれー」

彩乃はため息をつきながらも無理に笑顔をつくった。

「見てるよーって」

藤野がさらに言った。

「見てるよー」

彩乃は仕方なく言った。

「好きなんじゃない？」

明石が落合に囁いた。

「好きだよーって、大好きだよーって」

藤野が彩乃にそう言うようにささやく。まるでささやき女将だ。

「集中させてください」

当の落合が言っているが、「ジグソー先パーイって」と藤野は完全に楽しんでいた。

それからしばらく時間が経過し、ついに写真の断片を貼りつけた花瓶が完成した。

「あれ？」

落合は首をひねった。破片がひとつ余ったのだ。

「あ！」

「こういうことか」

彩乃と佐田は声を上げた。深山はやっぱり、という表情をしている。

「ファ――――」

そこに志賀が入ってきた。

「この資料、私の部屋に置く場所がなくてね。とりあえずここに置いておくから保管しておいてくれるかな」

志賀は『株式会社オロゴンホビー　調査報告書』をいくつか机の上に置いた。

「勝手に中を見るヤツがいたら困るけどな」と本心とは逆のセリフを吐き、そして、両手をポケットに入れてキメキメのポーズでくるりと後ろを向く。そして去り際に奈津子にウインクを残していった。奈津子は顔をしかめているが、深山はほくそえんでいた。

＊

そして裁判の日。

深山、佐田、彩乃の三人が法廷に入ってきた。深山はドアを閉めると、ネクタイを締め直す。

傍聴席の正面に向かって右端の席にはすでに英樹の姿がある。この席は裁判の証人がよく座る席で、本日の証人尋問の主役である英樹がいるのはなんの不思議もない。

深山が弁護人席に座ると、正面の検察席にすでに腰かけていた検事の大島が不敵な笑みを浮かべてじっと深山を見つめていることに気づいた。深山も同じく不敵な笑みを浮かべて、大島から目線を外す。

ほかにも傍聴席には志賀と落合、そして奈津子と明奈も座っている。

やがて手錠と腰ひもをつけられた西岡が刑務官に伴われて入廷し、被告人席に着いた。

「お父さん……！」

身を乗り出す明奈を、奈津子が制した。

まずは検察側の証人尋問が始まった。

「凶器となった花瓶は、被害者の自宅にあったもので間違いないでしょうか？」

検察官の大島が尋ねた。

「はい。父の直筆の文字が入っていましたので、間違いありません」

英樹が答えた。

証人尋問は短時間で済み、深山が反対尋問に立った。

「証人は遺体を発見したとき、犯人がどうやって犯行現場に侵入したと思いましたか？」

深山は英樹に尋ねた。

「リビングの掃き出し窓のガラスが割れてたので、そこから侵入したんだと思いました」

「検察官請求証拠甲六号証の現場見取り図を示します。こちらです」

深山が英樹の前に出て行って見取り図を置くと、モニターに幸一が住む家の一階と二階の見取り図が映し出された。

「リビングには足跡はなく、割れた窓ガラスの破片が散乱していました。犯人はどうやって破片を踏まずに現場を歩けたんだと思いますか？」

「足跡がつかないような履物を持ってきて、中に入ったんじゃないですか」

英樹は先日深山が聞いたときと同じような持論を展開する。

「裁判長、ここで弁護人請求証拠第十号証を示します」

彩乃が透明の保存用ビニール袋に入れたスリッパを、深山に渡した。

「証人は、このスリッパを覚えていますか?」

深山はスリッパを英樹に見せた。

「うちの玄関にあったスリッパで、あなたが欲しいと言ったので渡したものです」

「玄関の位置は、この見取り図の通りでよろしいでしょうか」

「はい」

「証人が遺体を発見したとき、このスリッパは玄関に置いてあった。それは間違いないですか?」

「あったと思います」

英樹の答えに、深山は「うん」と短く頷いて続けた。

「最近このスリッパを履きましたか?」

「父を訪ねたときに、履くこともあったかと思います」

「そうですか。このスリッパなんですが、履いたとき、チクチクするなと思って、裏を見たら何かの破片が刺さっていました」

今度は破片が入った小さな保存用ビニール袋を見せた。

「なんだかわかりますか?」

「わかりませんが……」

「既に証拠調べで明らかになっていますが、この破片は、凶器の花瓶の一部でした。ということは、犯行時に犯人はこのスリッパを履いていた、ということですよね?」

「窓から入ってスリッパを履いたんですかね」

英樹は言った。

「つまり、犯人は窓から侵入し、玄関でこのスリッパを履いて、寝室に向かった。そして被害者を殺害した後、このスリッパを玄関に置いて窓から逃げた。そういうことですか?」

「その可能性もあるんじゃないですか?」

「なんのために?」

「さあ?」

英樹は首をかしげた。

「こうは考えられませんか? 犯人は玄関から家に入って、河村社長を殺害した。そしてその後に、窓ガラスを割った。窓から侵入したと見せかけるために」

「……私にはわかりません」

「異議あり！」

大島が立ち上がった。「単に証人の意見を求める尋問です」

「弁護人、ご意見は？」

裁判長が深山に尋ねた。

「いえ、けっこうです。では質問を変えます。検察官請求証拠甲四号証の写しを示します。証人はこの破片に見覚えはありますか？」

深山は英樹の前に資料を置いた。モニターにも映し出される。

「社長が殺害された現場に落ちていた花瓶の破片です」

「あなたが遺体を発見したとき、その現場に落ちていたものに間違いないですか？」

「間違いありません」

「ということは、この花瓶の破片は犯人が凶器として使った花瓶の破片、ということですね？」

「そうだと思います」

「なぜこんなに細かく割れているか、わかりますか？」

「わかりません。殴ったときに割れたか、落として割れたんじゃないんですか？」

「なるほど。裁判長、ここで証人の供述を明確にするために、弁護人請求証拠第十二号証を示したいのですがよろしいでしょうか？」

「どうぞ」

裁判長の許可を得たので、彩乃が保存袋から複製された花瓶を取り出して深山に渡した。

「これは西岡専務の指紋がついた凶器を、破片の写真を元に紙で復元したものです。ただ、おかしなことに破片が余っちゃったんですよ」

深山の言葉に、うつむいていた被告人席の西岡が顔を上げた。

「見てください。この破片がはまる隙間はどこにもありませんでした」

すると、大島が深山の方に向かって歩いてきた。

「貸せ」

深山から花瓶の複製を取り上げてくるくると回し、余った破片と比べて見ている。そして焦った顔つきになり、深山に花瓶を返して席に戻っていった。

「検察側の証拠と照らし合わせたところ、現場から採取された破片の中で西岡専務の指紋が検出されたのは、この余った破片だけだったんです。なぜ破片が余ったのか、そしてなぜ余った破片にだけ西岡専務の指紋がついていたのか、証人はわかりますか？」

深山は英樹に尋ねた。

「……わかりません」

「犯人は西岡専務が会社で使っていた花瓶を割って、その破片を凶器として使用した花瓶の破片に混ぜたんです。その代わりに、西岡専務の部屋には自分が持っている花瓶を置いた。どういうことかわかりますか?」

「今、西岡専務の部屋にある花瓶の持ち主が、犯人だということですか?」

英樹は深山を睨み付けた。

「そういうことですね」

深山は笑みを浮かべた。深山は先日、西山の部屋にあった青い花瓶と、ほかの花瓶の水を飲み比べた。亡くなった妻がフラワーアレンジメントの仕事をしていたので、花の取り扱いに詳しい西山は、花瓶の水に炭酸を入れていた。だからほかの花は、西岡の逮捕後も咲き続けていた。けれど青い花瓶の花だけは枯れていた。ということは、青い花瓶だけが入れ替えられたということだ。

「あ、あ、あああああ」

「え、え、ええええええ」

英樹の口癖に、深山も応酬した。

「あははははは」

やがて英樹は高らかに笑いだした。「あの花瓶は会社の創立四十周年記念で作ったものですよ。社員全員が持っていますよ」

「あなたもその花瓶を持っていますか?」

深山は英樹の方に歩いていった。

「もちろん持っています」

「その花瓶は今どこにありますか?」

「自宅に保管してます」

「自宅に?」

「そうです」

「自宅に?」

深山は念を押した。

「自宅です」

「なるほど。ちなみにその花瓶の底を見たことはありますか?」

深山は証人席のへりに片手を置いた。

「見たと思いますが……どういうことですか?」

「その花瓶には……シリアルナンバーが刻まれているんですよ」

深山の言葉に、英樹はハッと顔を上げた。

「あれ、ご存じなかったですか？ 誰に配ったかわかるように管理していたんです。あなたの会社の社員が。証拠提出した管理名簿によれば、証人に配られた花瓶には二番のシリアルナンバーが付けられていました。ご存知でしたか？」

深山に聞かれ、英樹は何も言い返せなかった。すっかり落ち着きを失くし、深山を睨みつけている。

「裁判長、ここで弁護人請求証拠第十四号証のビデオ映像を再生します」

お願いします、と言うと、彩乃がパソコンを操作し、すぐに一時停止ボタンを押した。そこは西岡の個室だった。画面には秘書と明石が映っている。

「これは西岡専務の部屋で、オロゴンホビー社の秘書である菱尾《ひしお》さんに立ち会ってもらい、撮影した映像です。西岡専務に振り分けられた花瓶のシリアルナンバーは三番、証人は二番です」

再生してください、と深山は促した。

「明石、行きまーす！」

モニターの中で、布の手袋をはめた明石が四十周年記念の花瓶を持ち上げた。そしてまずは秘書に花瓶の底を見せ、驚いた表情の演技をするなどおどけてからカメラ目線になる。そして、明石はたっぷりともったいぶってから叫んだ。

「にばーん！」

同時に明石がカメラに花瓶の底を見せると、「002」というシリアルナンバーがしっかりと読み取れた。

「……ためすぎだよ」

法廷の証拠映像には似つかわしくない明石の演出に、佐田はぼそっと呟いた。

「なぜ証人が家で保管しているはずの二番の花瓶が、西岡専務の部屋に置いてあるのか……教えていただけますか？」

深山は英樹に顔をのぞきこむようにして近づいていく。しばらく無言だった英樹は突然、鬼のような形相を浮かべ、机を思いきり叩いた。その音は法廷中に響き渡った。

傍聴席の明奈はホッとした表情を浮かべ、志賀と落合は顔を見合わせた。

＊

裁判を終え、斑目法律事務所のメンバーが階段を下りていると、英樹が追いかけてきた。

「裏切ったな、志賀。おまえ、顧問弁護士だろうがよ？　おまえも事務所も懲戒請求を出してやる！」

英樹は先頭を歩いていた志賀に食ってかかった。だが、志賀は無言で立っている。志賀に代わり、佐田が英樹を諌めた。

「あらかじめ……あらかじめご説明したと思いますけれども、あくまで刑事事件では、弁護士は被告人の利益のために弁護活動をすることになっています。そのことはご理解はいただけたと思っていますが」

佐田が話をしている間に階段を下りていた志賀は、少しだけ振り返って言った。

「副社長。私の方で会社の財務状況を調べました」

英樹も階段を下りていき、志賀を真正面から睨み付けた。

「あなたはある会社から、提携を約束する代わりに手付金をもらい、それを私的に流用していた。取締役会で生前、社長が『重要な報告がある』と言っていたのはこのことだったんですね。私はオロゴンホビー社の顧問弁護士だ。会社を守る義務がある。それは、亡くなった河村社長が築いた大切な会社であり、そこで働く従業員には、家族がいるからだ。西岡専務は、間違いなくオロゴンホビー社にとって必要な人材であり、彼を無罪にすることが、オロゴンホビー社にとって最も利益のあることだ。会社を守るために自分がすべきことをしただけだ」

「ふざけるな……！」

英樹は志賀の胸倉をつかんだ。

「止めなよ」

深山が佐田をけしかけたが、佐田はすっかり腰が引けている。深山はそれでも佐田の背中を押そうとした。

「ちょっと！」

彩乃が注意をした。

英樹は全身を震わせ志賀を睨み付けていた。英樹も長身だが、志賀はさらに一回り大柄だ。上から英樹を睨み返している。

「河村英樹さん。警視庁の者です。先ほどの話、署で詳しく聞かせてもらえますか」

そこに警察官が歩み寄ってきて、英樹に任意同行を求めた。

「ご同行願います」

英樹は警察官に両脇を抱えられ、連れていかれた。

「よくやった。いいスクラムだったね」

そこに斑目が現れた。佐田は深山と彩乃と握手を交わした。

「ありがとうございます。もう少し早く動けばよかったんですけど」

志賀と斑目が話している横を、佐田が通り過ぎていく。

「あれ？　志賀くんと握手しないの？」

斑目が佐田に尋ねた。

「けっこうです」

「儀式やめると、縁起悪いんじゃない？」

斑目は言った。

「縁起悪いですよ、儀式やめたら」

深山はそう言い、自分は立ち去った。

志賀は得意のしかめっ面で、佐田に右手を差し出した。大柄な志賀が小柄な佐田に握手を求めているので、かなりの威圧感だ。階段を下りきっていた佐田は逆戻りして志賀より三段ほど上に上がり、自分が見下ろすかたちで右手を差し出した。二人の右手には距離があるが、佐田はあくまでも動かず、志賀から手を伸ばさせて、握手を交わした。

「儀式なだけだからな」

そう言ってすぐに去っていく佐田を見送りながら、斑目は小指で眉尻を掻いていた。

その頃、先に法廷を出た深山は一人で霞が関の街を歩いていた。携帯が着信したので、ポケットから取り出した。

「はい……鈴木《すずき》さん？　ああ、鈴木さん、どうも、ええ。今晩の八時。はい」

話しながら歩いている深山の不白姿を、一人の女性が敵意のある瞳でじっと見つめていた――。

＊

数日後、佐田が事務所に到着すると、ビルの前にパトカーが二台停まっていた。赤いサイレンが回っている。佐田は何事かとパトカーを気にしながら、中に入っていった。

刑事事件専門ルームに、明石が走り込んできた。

「深山！　給料入ったな！　おまえ、いくらもらったんだよ？」

「知らない」

「あんたは？」

深山は机の上に置かれた三つのグラスをシャッフルして、飴の味を選んでいる。

明石は彩乃の方を向いた。

「言うわけないでしょ」

彩乃は人差し指を立てて舌を出した。プロレスラー・真壁刀義《まかべとうぎ》のポーズだ。

「給料がまともに通帳に刻まれたのは十年ぶりだよ。すなわち、おまえとコンビを組んで初めてということだ！」

「大変だったね」

「他人事みたいに……。いいか、おまえがやってきた弁護で使ったお金はちゃんとメモしてあるからな、返してくれよ」

「パラリーガルとして、優秀になれたのは？」

「おまえのおかげだよ」

「今、ここで働けてるのは？」

「おまえのおかげだ。ありがとう、深山……じゃねえんだよ！　それとこれとは別の話だかんな！」

「そうなの？」

「ごまかされないぞ」

と、そこに、いかめしい顔つきをしたスーツの男たちが三人、入ってきた。

「すみません、ここは勝手に入ってこられては困るんですけど」

奈津子が慌てて止めた。

「ちょっとすいません」

佐田が男たちの間を縫うようにして入ってきて、「どうしました？」と、先頭にいた男に尋ねた。すると男は胸ポケットの警察手帳を見せた。そして別の一人が深山の前に進み出た。

「深山大翔さんですね？　殺人の容疑で逮捕状が出ていますので、身柄を確保させていただきます」

逮捕状をかざされ、彩乃は驚いて立ち上がった。

藤野は「おうおうおうおう……」と言葉にならない声をあげ、佐田と明石と奈津子は言葉も出ない。

当人の深山だけが余裕の表情を浮かべ、口の中でカリッと飴を嚙んだ。

第8話
深山逮捕!!
ついに明かされる衝撃の過去

　深山の机の前には、三人の刑事が並んでいた。そのうちの一人が逮捕状を突き出している。たしかに逮捕状の『被疑者の氏名』の欄には深山大翔と記入されていた。だが深山はとくに反応することなく、飴を噛んでいた。

「おまえ、何やったんだ？」

　佐田が深山の机の前に立った。深山はその問いかけに答えることなく、手錠をかけられた。

「あ――――」

　彩乃は声を上げ、ほかのみんなと同様、ぽかんと立ち尽くしていた。

「行くぞ」

　刑事たちは深山を立たせ、一人が先頭に立ち、二人が両側から深山の腕をつかみ、歩きだした。

「ちょ、ちょ、ちょっと殺人って、深山がそんなことするわけ……」

明石が慌てて刑事の前に出ていった。

「はい、どいてくださーい」

だが刑事は明石の肩を押して脇にどかした。

「何かの間違いじゃ……」

藤野も必死で言ったが、その声はまったく届いていない。

「弁護士を逮捕するっていうことは、それ相応の覚悟を持ってのことですよね」

騒ぎを聞きつけてやってきた斑目が刑事の進路をふさぐように立った。

「証拠があるので逮捕状が出されたんですよ」

答えた刑事越しに、斑目は深山を見た。

「ちょっと行ってきます」

深山は斑目に向かって微笑んだ。斑目はその顔を見て少し安心したのか、無言でうなずいた。

「おい、深山!」

だが明石は納得できずに叫んでいた。だが深山は刑事と共に階段を上がっていってしまった。「深山、どうなっちゃうんですか？　ねえ、ねえ！」

明石は斑目にすがりついた。刑事事件専門ルームに残されたメンバーたちは、みんな呆然と立ち尽くしていた。

「深山先生が、殺人って……」

奈津子がみんなの気持ちを代弁するようにつぶやいた。

＊

翌日、佐田と彩乃は接見室にやってきた。仕切り板越しの深山は白いワイシャツ姿だ。

「弁護人チェンジで」

深山はニヤつきながら冗談を口にした。

「自分の立場を考えなさい。ともかく、俺たちがおまえをここから出すから」

佐田は説教するように言った。

「僕は僕なりにこの事件のこと調べますんで」

深山は言った。

「殺人事件の被疑者としてあなたは捕まってるのよ！」

彩乃は声を上げた。

「え、なんて？」

深山は耳に手を当てた。「こっちからだと本当に聴こえにくいんですよ、気をつけた方がいいよ」

ふざけた調子で言う深山に、彩乃はチッと舌打ちをした。その横で、佐田がバンと机を叩いた。

「おまえは逮捕されてるんだぞ。留置場の中で何ができるっていうんだよ」

「できることはたくさんありますよ」

「ともかくこの状況をおとなしく受け入れなさい」

「嫌です」

深山は挑戦的な目で佐田を見ると、立ち上がった。

「ちょっと、本気？」

彩乃が声を上げたが、深山はドアを叩いて看守を呼んだ。

「終了ですか？」

看守が顔を出す。

「ええ、終わったみたいです」

深山はそう言うと腰をかがめてもう一度仕切り板のところまで戻ってきた。

「そういうことで」

再び背中を向け出て行こうとする。

「被害者の鈴木さんとどういう関係なのかくらい教えなさいよ！」

彩乃は怒鳴った。

「弁護依頼を受けただけだよ」

深山は振り返って言った。

「え？　なんて言った？　おいちょっと、もう一回言ってくれよ、聞こえなかった、おい！」

佐田が立ち上がったが、深山は今度こそ行ってしまった。

「あ、それと」と深山がドアからひょっこり顔を出した。「明後日くらいにもう一度来てもらっていいですか。こちらから指示出しますんで」

「こちらから指示って、指示を出すのはこっちだろ！」

「では」

深山はドアの向こうに引っ込んだが、もう一度顔を出した。

「あ、それと、僕の服持ってきてもらってもいいですか？　坂東に言えばわかると思うんで。では」

そして深山は、「では」とドアの向こうに消えていった。

「服？　おい！　だいたいバンドウってなんだよ、おい！」

佐田が叫んだが、もう深山は戻ってこなかった。

「バンドウってなんだよ？」

佐田は彩乃を見た。

「親戚……です」

彩乃は肩をすくめながら言った。

*

検察庁で、深山は担当検事の三浦から取り調べを受けていた。年齢は深山より十歳ほど上だろうか。眼鏡をかけ、一見気が弱そうにも見えるが、その目は鋭い。三浦の横にはスーツ姿の事務官、深山の後ろには制服姿の警察官がいる。

「あなたは、五月三十日午後八時ごろ、レストラン・アンジェロコート東京で、被害者である鈴木政樹《すずきまさき》さんと待ち合わせし、先に店内で待っていた鈴木さんと食事をした」

三浦に言われ、深山は頭の中で鈴木と待ち合わせた夜の記憶を再生した。

――あの夜、深山が約束の時間にレストランに到着すると、鈴木はすでに来ていた。

レストランの中央あたりのテーブル席に案内されていくと、すでにワインがグラスに注がれていた。

「それで、依頼というのは？」

深山は尋ねた。

「早く着いたので、先に二人分コースを頼んでおいたんです。お話は食事の後に」

鈴木は言った。

「そうですか」

深山が席に着くとほぼ同時に、料理が運ばれてきた。

「本日の前菜の、サーモンのカルパッチョでございます」

店員が言う。

「じゃ、いただきましょう」

鈴木は深山に笑いかけた。

「そうですね、せっかくの食材に失礼ですからね。では、いただきマンチェスター・ユナイテッド！」

「え……」

鈴木は突然の親父ギャグに困惑していたが、深山はナイフとフォークを手に食べ始めた。

「ん？」

深山は首をひねった。

「味が薄い」

目の前の鈴木も同じ感想のようだ。

「はい」

深山はリュックからいつも持ち歩いている赤い木箱を出し、マイ調味料をカルパッチョにかけようとした。すると、「私の方にもかけてくれませんか？」と鈴木が深山の前にスッと自分の皿を差し出す。

「いいですよ」と深山は鈴木のカルパッチョに緑色の調味料をかけた。

「どうぞ」

「ありがとうございます……ん、おいしい！　何のソースですか？」

「柚子胡椒と小夏のソースです。柚子胡椒にオリーブオイル、それと、高知県産の……」

深山が調味料の材料について説明を始めたところで突然、「う！」と鈴木が苦しみだした。そして、首を掻きむしるようにして床に倒れてしまう。

「大丈夫ですか？」

深山はすぐに立ち上がった。テーブルを回り込んで鈴木の様子を見ようと思った深山よりも先に、鈴木と背中合わせの椅子に座っていた男が「大丈夫ですか？」と、立ち上がった。そしてしゃがみ込み、鈴木の様子を見ている。

「救急車呼んで！」

その男は深山に指示をした。

「はい」

深山は携帯で一一九番のボタンを押した――。

「被害者は、病院搬送後まもなく死亡した」

三浦は深山を見据えて言った。

「僕が殺したという証拠は？」

深山は落ち着いた口調で尋ねた。

「自宅から押収したおまえのパソコンから、今回の犯行に使われたものと全く同じ毒物の購入履歴が見つかった」

「購入履歴ねぇ」

深山はつぶやいた。

「検視の結果、被害者の体内から、それと同じ成分の毒物が検出されている。おまえがその調味料を入れる瞬間が店の防犯カメラに映っていたんだよ」

「僕の調味料は調べましたか？　毒なんか入れてませんよ」

「一度おまえが持ち帰ったものを信用できない。いくらでも隠ぺいすることができるからな」

「その防犯カメラの映像を確認することはできますか？」

「必要ない」

三浦は腕を組み、椅子にふんぞりかえった。

「僕、記憶力があまりよくないんで、その映像見て思い出さないと供述しようがありませんね。それとも、僕が供述してないことを勝手に作文しようとしてるんですか？　ひどいなー」

ねえ、と、深山は隣の警察官を見た。若い警察官は困惑しているが、深山は次に事務官を見て、ねえ、と、同意を得ようとした。事務官も曖昧な表情でごまかしている。

「調書は正確に取らないと、ですよね？」

深山は三浦に視線を戻して言った。三浦は面倒くさそうに舌打ちをしたが、「……今日だけだぞ」と、渋々、了承してくれた。

「ありがとうございます」

「おい」

三浦は事務官に声をかけた。事務官は深山の前の机にノートパソコンを置き、防犯カメラ映像を再生した。深山は耳を引っ張りながら、映像に集中した。

＊

刑事事件専門ルームのモニターでも、同じ映像が再生されていた。画面に表示された日時は五月三十日二十時四分。深山が鈴木の皿に調味料をかけ、それを食べた鈴木が苦しんで床に倒れる。

「ちょい、いったん止めよう」

佐田が言い、奈津子が一時停止ボタンを押した。

「まずいなあ」

斑目は言った。

「被害者が最初に一口を食べたときは何ともなかったのに、深山先生が調味料をかけた直後、苦しみ始めました……」

「これは、深山先生の犯行に見えますね……」

藤野と奈津子は言った。

「あいつ、ふざけてる場合じゃないじゃない」

彩乃は苛ついた口調で言った。

「深山やばいよね？　深山――――！」

動揺した明石はモニターに駆け寄り、深山に声をかけている。

「明石くん、しっかりしなさい！」

藤野が声をかけると明石はモニターから離れ、今度は斑目にすがりついた。

「どうにか深山を助けてやってください」

「どうする？　佐田先生」

斑目は佐田を見た。

「今できることをやるしかありません」

佐田は「立花」と、彩乃に声をかけた。

「はい」

「このレストランに行って当時状況をもう一回、詳しく聞き出してくれ」

「わかりました」

「……映像を戻して。深山がいつものあれを料理にこの、あれしたところまで……」

佐田もまだ頭の中が整理されていなかった。

＊

検察庁では、深山が鈴木の倒れたシーンの映像を何度も確認していた。

「あ、戻してください」

深山が言うと、三浦はまた舌打ちをした。事務官は鈴木が倒れたところまで戻し、再生する。

「この人は？」

深山は映像を指さした。鈴木の後ろの席に座っていた男性が、立ち上がったところだ。

「近くに座ってたお客さんが介抱してくれたんだ」

三浦が面倒くさそうに答えた。

「おかしいな……ちょっと手伝ってもらえます？」

「何をする気だ？」

三浦は顔をしかめた。

「再現」

「はあ？」

「です！」

深山はそう言うと、さっそくテーブルと椅子を、あの晩のレストランと同じ形に並べた。

「では、警察官の方が鈴木さんです」

『鈴木さん』と書いた画用紙に紐を通したものを、警察官の首にかけた。

「ありがとうございます」

役を与えられた警察官はなぜか嬉しそうに頭を下げた。

「こちらに座ってください」

深山は『鈴木さん』を椅子に座らせた。

「あの、私は？」

事務官は自分から申し出た。

「あなたは防犯カメラです」

深山は事務官に『防犯カメラさん』の画用紙をかけた。

「あの上に立って映像と合ってるか確認してください」

レストランの防犯カメラと同じ位置に、椅子が用意してあった。

「あ、はい……」

事務官は、ノートパソコンを手に椅子の上に立った。だが防犯カメラの役にどこか不服そうだ。

「で、『介抱さん』」

最後に、『介抱さん』と書かれた画用紙を三浦にかけた。

「なんで、私が介抱した人間の役をやらなきゃならないんだ！」

三浦は腕組みをし、深山を睨み付けた。

「ちゃんとした調書を取るためです。こちらへ座ってください、『介抱さん』」

深山に言われ、三浦は不服そうに『鈴木さん』の後ろ側の椅子に座った。

「大事なんでお願いしますね」

深山は『防犯カメラ』さんに念を押し、自分は『鈴木さん』の正面に座った。

「じゃあ、いきましょう」

深山は椅子に座り、両手で自分の両膝をパンと叩いた。「まずは被害者の鈴木さんが苦しそうに倒れる」

深山が指示を出すと『鈴木さん』は「グワアアアアアッ！」と声を上げて苦しみ始めた。

「迫真だな、おい」

三浦は引いている。

「僕に背を向けて、倒れる。……介抱さんが駆け寄り介抱する」

「大丈夫ですか、鈴木さん」

三浦は椅子から立ち上がり、最短距離で鈴木に近づき、しゃがみ込んだ。

「違います。介抱さん」

深山はすぐさま指摘した。

「ん？」

「この介抱さんは、防犯カメラの映像では、そこの席からこちら側に回り込んで……」

深山は『介抱さん』の椅子に座り、倒れている鈴木の上半身をぐるりと回って背中側に回り込み、しゃがみこんで見せた。

「鈴木さんを介抱するんです。そうですよね？」

「はい」

椅子の上でノートパソコンをチェックしていた事務官はうなずいた。

「ちゃんとやってください、介抱さん」

「ちょっと待て、介抱さんって呼ぶな」

「テンション上げてくださいよ」

そしてもう一度、やり直しだ。

「ヒイイイイイ――――」

『鈴木さん』役の警察官が声を上げた。

「うわ、びっくりした、いきなり始めるなよ！」

三浦は『鈴木さん』の演技に驚いて椅子を立った。『鈴木さん』は床に倒れ込む。

「どうぞ、介抱さん」

深山が三浦を促した。

「大丈夫ですか、鈴木さん！」

三浦は『鈴木さん』の背中側に回ってから、しゃがみ込んだ。

「いいですねえ」

深山は笑顔でうなずいた。

「うーん、不自然だ」

三浦は言った。

「ですよね」

深山は両手を腰に当てた。「なんでわざわざ回り込んだんだ？　しかも、この回り込んだ位置は防犯カメラに対して背中を向けてるんですよ、ほら、あの位置です」

と、防犯カメラ役の事務官の位置を指した。

「本当だ」

三浦は振り返り、確認してつぶやいた。

「介抱さんは、防犯カメラに映りたくなかったんですかね？　普通に考えたら、ここだったらこうやって座りたくなりますよね」

深山は最初に三浦がやったように、椅子を立って倒れている警察官の正面にしゃがんだ。

「どう思います？」

「ちょっと待って……」

三浦はもう一度『介抱さん』の椅子から立ち上がって『鈴木さん』をぐるりと回ってみる。そして……。

「たまたまだ」

三浦は言った。

「あれ？　不自然ってさっき言いましたよね？」

深山は抗議した。

「言ってない」

三浦は即座に否定した。

「言いましたよ」

「言ってない」

「言いましたよね」

深山が事務官と警察官に尋ねた。

「はい」

二人が同時に頷いた。

「記憶にない！　いいかげんな仮説を立てるな！」

三浦は立ち上がり、深山を怒鳴りつけた。

「僕は事実を知りたいだけです。もう一度映像を確認しましょう」

深山の言葉に、三浦はうんざりした表情を浮かべた。けれど事務官は深山の指示通りに、防犯カメラの映像を再生した。

「仮にこの人が毒を飲ませたとする」

深山は『介抱さん』を指した。

「そんなことあるわけないだろう。そもそも、この人が駆け寄る前に被害者の鈴木さんは倒れてる」

「たしかにそうなんです。でも、なんでわざわざ……カメラに背を向けたんだ。やっぱり不自然ですよね。この人の動き」

深山は耳をいじりながらつぶやいた。

「不自然だ」

三浦ははっきりと言った。

「ほら」

「不自然ではあるが、被害者の体内から毒物が検出されたんだ」

だがすぐに自分の意見を翻した。「防犯カメラにおまえが調味料を入れるところが映っていた以上、犯行を行ったのはおまえ以外の何者でも……人の話を聞けい！」

三浦は自分の話を聞かずにパソコンを操作している深山に気づき、声を上げた。

「シ――！」

深山は人差し指を唇に当てた。

映像には、救急車を呼ぶために電話をかける深山が映っていた。電話が消防庁の通信指令室とつながり、事情を話す間、深山は倒れている鈴木に背を向けていた。その一瞬『介抱さん』が深山の方に振り返っている。

「戻してください」

深山は事務官に言った。

「もういいだろう」

三浦が思いきりパソコンを閉じると、事務官の指が挟まった。

「あ痛っ……」

「いいから戻してください」

深山はすぐにパソコンを開けた。事務官が操作しようとすると、またすぐに三浦が閉じる。

「あ――っ！」

また指が挟まった事務官は相当痛そうにしているが、深山はまたすぐにパソコンを開けた。

「いいかげんにしろ」

三浦は深山を怒鳴り、

「痛いですよ……」

事務官が三浦に訴える。

「もう一度だけお願いします」

深山は強い口調で言った。

「はい」

事務官は三浦を警戒しながら再生ボタンを押した。

「止めてください」

深山はパソコンの荒い画面を凝視した。

「あれ？　なんでここに……？」

深山は介抱した男の顔を見て、考え込んでいた。

＊

刑事事件専門ルームのホワイトボードには、いつもより拙い文字で事件の概要が書き出されていた。

「いいですか、みなさん」

そして、明石が説明を始めた。いつもは彩乃が説明役になることが多いが、今日はホワイトボードに記入したのも明石だ。さらにいつもと違うのは、被疑者という言葉ともに深山の写真がホワイトボードに貼られていることだ。

「深山が見覚えがあるといった男は、三年前に深山が扱った刑事事件の被告人、岩下《いわした》亜《あ》

「被告人の恋人？」

佐田が首をかしげた。

「はい、三年前、被告人の岩下さんは会社の同僚からいじめに遭い、その同僚を非常階段から突き落としたんです」

現在二十七歳の岩下は、三年前のある晩、同僚の女性を非常階段で思いきり押し、同僚は転げ落ちて怪我をした。

「当時、会社には岩下さん以外残っておらず、動機もはっきりしていたため、彼女は逮捕されました。しかし、本人は容疑を否認。で、深山が弁護を担当することになったんです。でも、俺と深山が調べた限り、彼女は間違いなくクロでした」

「でも否認したんですね」

早口でまくし立てる明石に、彩乃が尋ねた。

「そう。そこにこの黒川って男が出てきて！」

明石は今回の事件で鈴木を介抱した男でもある黒川の写真を憎々し気にペンで指した。

「彼女のアリバイを証言するって言ってきたんで。その証言の信ぴょう性を俺と深山で調べたんです」

＊

三年前、深山と明石は都内の喫茶店で黒川に会っていた。

「俺があいつのアリバイを証明するって言ってんのに、なんで断るんだよ」

不機嫌な黒川に、深山は飲んでいたコーヒーカップをソーサーに戻しながら、こともなげに言った。

「あなたの証言が嘘だからです」

深山の言葉に黒川の表情が引き締まる。

「明石さん」と深山が声をかけると、隣に座っている明石は書類を出して黒川の前に置いた。黒川の目線が書類に注がれる。

「あなたは犯行が起きた時間にご自身が経営するクラブに出勤してますよね。防犯カメラの映像も確認しました。それと、結婚詐欺で二回、振り込め詐欺で二回逮捕されてますよね？」

「だからなんだよ、このイケメン野郎」

黒川は今にもコーヒーカップをひっくり返して殴りかかってきそうな勢いだ。

「あんまり怒らすとまずいよ」

明石は囁いたが、もちろん深山は聞いていない。

「あなたに証言していただくのはお断りします。僕の依頼人をだますのはやめてくださ
い」

それだけ言って立ち上がり、リュックを背負って出口に向かう深山。続いて明石も立ち上がって黒川に軽い口調で言った。

「じゃあ、あのコーヒー代……」

「てめえが払えこの直毛野郎！」

怒鳴られた明石は、何か言いたげだったが言葉を飲み込むと「……払います」とだけ言って伝票を手に持った。そして不満げな声で「直毛野郎って……」と言いながら、当時はさらさらだった髪を触りながらレジへと向かった。

深山は、黒川の証言を採用しないことを伝えるため、接見室で岩下と会った。

「なんで、私に有利な証言を採用しないのよ！」

「事実ではないことは採用できません。自分が利用されてることに、早く気付いた方がいいですよ」

深山は冷静に忠告した。

「僕は自分が見つけた事実に嘘はつけません。それが受け入れられないなら、僕を解任してください」

深山の言葉に、岩下は怒って立ち上がった。

「何が言いたいの？」

「……で、岩下亜沙子さんには懲役一年四ヶ月の実刑判決が言い渡されました」

このように明石は三年前の事件の概要を話し終えると、手にしていたペンにキャップをした。

佐田は立ち上がり、ホワイトボードに向かって近づきながら要点をまとめる。

「つまり、被害者の鈴木さんを介抱しに来た男とその恋人には、深山を陥れる動機があったってわけか」

そして、佐田はホワイトボードに貼られている深山の写真をじっと見つめた。

＊

深山は明後日くらいと言っていたが、佐田と彩乃は翌日、接見にやってきた。

「介抱した男と接点があったのね」

彩乃が言うと、深山は「は?」と口を動かしながら、耳に手を当ててガラス板の方に乗り出してきた。聞こえないというジェスチャーだ。彩乃はムッとしながらも、声のトーンを上げてもう一度言った。

「介抱した男と接点があったのね。かつて証言を採用しなかったから、恨みを買った」

「採用するわけないでしょ、佐田先生じゃないんだから」

深山の言葉に、かつての古傷を軽くえぐられた佐田はチッと舌打ちをした。

「佐田先生、まずは鈴木さんと黒川さんの関係を洗ってください」

「そこに接点があったってことか」

「ええ。防犯カメラの映像を見ると、黒川さんは……明らかに不自然な動きをしていました」

「あなたを恨む人物が、偶然あの場に居合わせ……」

彩乃がしゃべり始めると、また深山はおどけた表情で耳に手を当て、聞こえないというジェスチャーをしている。

「あ・な・たを恨む人物が、偶然あの場に居合わせたっていうのはたしかにおかしいわよね」

またも同じことを言い直させられるはめになった彩乃は、深山を睨みながら前に乗り出し、ゆっくりと話した。

「それと、岩下さんも探してください。おそらく彼女が一番、僕のことを恨んでいるはずです。たぶんですが、黒川さんとはまだ切れてないでしょう。それと、レストランに行って店員さんから当時の状況を聞い……」

「ああ、それは立花が確認中だ」と佐田が深山の言葉をさえぎった。

そこで彩乃が「事件当日、勤務していた店員……」と説明をはじめたところで、「そうですか」と深山はからかうように笑いながら口をはさむ。何度も話をさえぎられた彩乃は、よく佐田が深山にするようにチッと舌打ちした。

しかし、一向に介さない深山が「それともうひとつ」と言いだしたので、佐田が制して尋ねた。

「ちょっと待て。さっきからなんでおまえが全部指示出してんだ?」

「ここにいる僕の方が情報を持っているからですよ。佐田先生、ありますか? 何か新しい情報」

「そ……それは」

しどろもどろになっている佐田を見て深山は勝ち誇ったように笑った。

「そしてもう一つは」

「なんなんだよ！」

「今度こそ僕の服を持ってきてください。なんですかこの服」

深山は彩乃が愛用している新日本プロレスの赤白ジャージを着ていた。

「持ってきてもらっただけでもありがたいと思いなさい」

佐田はそう言うと席を立ち、出ていった。

「聞いてますか？　聞こえてますか？」

深山は立ち上がって叫んだ。

「似合ってるよ」

彩乃はひとこと言って、背を向けた。

「今度こそ僕の服、僕の白いシャツ……白いシャツを！」

深山は叫んでいたが、彩乃はバン、とドアを閉めた。

「持ってきてください……」

深山は力なく、パイプ椅子に腰を下ろした。

「あー、すっきりした」

さんざんイラつかされた深山に最後に少しだけ復讐できたからか、彩乃はそう言いながら佐田と並んで早足に歩いていた。

「あいつ、あの状況を楽しんでやがる」

「なんなんですかね、あの態度」

「腹立たしいが、俺たちはあいつの弁護人だ。とりあえず俺は鈴木という人物と黒川という男の関係性を調べる。立花はその黒川の所在を確認してくれ」

佐田は彩乃に指示を出した。


その夜、彩乃と明石は、歩道の植え込みから向かい側のコインパーキングを張っていた。車の運転席には黒川がいて、先ほどから携帯をいじっている。ポケットがたくさんついたカメラマンベストにベレー帽姿の明石は、対向車線の植え込みの陰からその様子をカメラで撮影していた。しばらくするとショートカットの女性が現れ、助手席に乗り込んだ。

「あれ?」

明石が声を上げる。

「岩下さんよね?」

彩乃は明石に確認した。

「やっぱり。縁が切れてなかったんだなあ。男と女ってのはそういうもんだからな」

「彼女いないのにわかんないでしょ?」

「彩乃さん、彼氏いるの?」

「いません」

「ドンマイ」

明石は親指を出して彩乃を励ました。彩乃はまたもチッと舌打ちすると明石の背後に回り、思いきりモンゴリアンチョップを食らわせた。

「あ―――っ!」

明石が大声を上げたので、コインパーキングの料金を払うために車を降りてきた黒川がキョロキョロしている。彩乃は慌てて明石の頭を抱えて口をふさぎ、しゃがみこんだ。

＊

昼になり、警視庁の接見室には、坂東と加奈子が深山の面会に来ていた。

「あー来た……あれ、水色のおまわりさん、来たよ……」

坂東が言うように、初めに水色の制服を着た看守が入ってきて、続いてオレンジ色のTシャツ姿の深山が現れた。

「……そっくりだな」

坂東は深山を見て、自分にそっくりだとしみじみ言った。

「なんで僕の服持ってきてくんないの?」

深山が着ているのは、坂東愛用のヨレヨレのオレンジ色のTシャツだ。

「いやいや、僕の服って言ったから」

「僕の服持ってきて」

「あ、僕? あ、こっちのこと?」

坂東は自分が今着ている黄色いTシャツを指した。

「ヒロくん、大丈夫なの?」

加奈子がガラス板をドンドンと叩き、深山に少しでも近づこうとガラス板に右手と顔をくっつけた。鼻がつぶれるほどの密着ぶりだ。

「なんで触んの? もう、いろいろついちゃってんじゃん!」

ガラスには加奈子の手と、ファンデーションの跡がべったりついている。

「少しでも近づきたくって」と言う加奈子は手には新曲『そば煮るね』のCDがあった。

だが、深山は容赦なく「離れて」と言い放ち、ガラスについた加奈子のファンデーションや手の脂のあとを指さした。

「え？」

「ほら、すごい汚れてんじゃん。気になるんだよ、こういうの。取れないし」

深山は自分の側から拳を握った手の甲でガラスを何度もこする。だが、ガラスの裏側からでは、もちろん汚れが取れるわけもない。

「ごめん、すぐ拭くね！」

加奈子はバッグの中からハンカチを探す。

「なんで連れてきたの？」

深山は坂東に尋ねた。

「ごめん、ついて来ちゃったの。おまえがいないとさ、『料理の質が落ちた』って客がうるせんだよ。だから早く帰ってきて、もお」

「知らないよ」

「ハンカチ忘れた」

バッグの中を探していた加奈子が顔を上げた。

「ハンカチ？」

坂東が面倒くさそうに言うと、加奈子は「そのヘアバンド貸して」と、坂東の頭からタオル地のヘアバンドをはずそうとする。

「ヒロくんが汚れを嫌がってるの！」

「いやいやいや」

「坂東バンドを、やめなさい」

ヘアバンドの奪い合いが始まったところに、佐田が入ってきた。

「あ……そうか」

坂東は椅子から立ち上がった。

「ヒロくんの上司ですか？」

「ヒロ……くん？」

「私、ヒロくんの彼……女の加奈子です」

加奈子は「かの」と「じょ」の間で一度横を向き、一拍おいてから言った。

「彼女……？」

佐田は不思議そうにしているが、深山は敢えて訂正するのも面倒なので放っておいた。

「あ、どうも。いとこの坂東です。いつもお世話になってます」

坂東は頭を下げた。

「彼女といとこ？　てかおまえ、おまえ彼女いたの？」

「彼女じゃありません。いとこはホントです」

深山は佐田に答えた。

「どうも。坂東……いや、バンド？」

坂東はヘアバンドを指しながら、改めて佐田に頭を下げた。

「あ、坂東さん？」

「そうです。坂東、バンド……」

坂東は自分の顔とヘアバンドを交互に指した。

「それで、坂東さん？」

佐田は坂東の親父ギャグに笑っている。

「すぐ笑うんすね」

坂東に苦笑され、佐田は慌てて真顔に戻った。

「あ、じゃあ、行くよ」

坂東がそそくさと帰ろうとすると、「ヒロくん、これ聴けるように置いといてあげるからね」と加奈子は自分のCDを置いていこうとする。

「いらないから、拭いていきなって」

「帰ってきたら何食べたい？」

「僕の服持ってきて」

「私も好き～」

「白いシャツ持ってきてね、白いシャツ」

「私も好き～」

「白いシャツあったっけ？」と坂東は言いながら、まったく深山と会話が嚙み合っていない加奈子を無理やり引っ張って外に出た。

にぎやかな二人が去って、一瞬だけ接見室に沈黙が訪れた。立ったままの佐田とガラスの向こう側で座っている深山がしばし見つめ合う。だが、すぐに佐田は同席していた看守に声をかけた。

「深山の弁護人です。このまま弁護人接見に入ります。手続きはもうしてありますんで」

「はい」と返事をして、看守は席をはずした。

その間、深山は加奈子がつけたファンデーションの跡を、落ちるわけもないのに内側からこすっていた。

「おまえな」

話を切り出しながら、佐田は深山が気にしているガラス板の汚れをハンカチで拭き取った。「俺がこっから出してやったときは感謝しろよ。でないといつまでもそんな格好をしてることになるぞ」とオレンジ色のTシャツを着ている深山に語りかけた。

「僕が指示してきたことはやってきたんですか?」

佐田の話などまったく聞いていないそぶりの深山の言葉に、佐田はチッと舌打ちをし、鞄から資料を出した。

「被害者の鈴木さんは、黒川とつながっていた。黒川は銀座でクラブを経営していたが上手くいかず、鈴木さんが経営する金融会社から多額の借金をしており、その返済を迫られて、金策に走っていたことを確認した」

佐田は仕切り板に『調査情報』と書かれた資料を立てかけて、深山に見せた。そこには黒川が鈴木に借金を重ねている記載がある。

「なるほど。黒川さんは鈴木さんを殺す動機があった……。でも、黒川さんが犯人だとするなら、鈴木さんにいつ毒を飲ませたんだろう……」

深山は考え込んだ。佐田も疑問に思うが、すぐに話を切り替えた。

「ああ、それともうひとつ……」

佐田は黒川と岩下が並んで歩いている写真を見せた。

「黒川はおまえが言う通り、恋人の岩下という女性と切れてはいなかった。これだけ新しい証拠が出てきたんだな。検察に行って不起訴処分をかけ合ってくる」

「だめですよ。起訴してもらわなきゃ」

「おまえ何を言ってるんだよ？」

佐田は驚いて身を乗り出した。

「不起訴になったら僕がこの事件と関係なくなってしまって、真相がわからなくなるでしょ」

「おまえは自分がどれだけヤバい立場に立たされているのかわかってるのか？」

「もちろん」

深山は食い気味に言った。「でも、ここにいれば検事さんが何時間でも話してくれます。そっちにいるより、こっちの方が情報が入ってきます」

「これは殺人事件だ。起訴されて、有罪になったら無期懲役もありうる。弁護士資格だって剝奪だぞ」

佐田が真剣に諭したが、深山は目と口を見開き、おどけた顔をした。

「こっち側の窓も拭けないような奴を、早期釈放させるのが俺の弁護人としての仕事だ」

「もっときれいに拭いた方がいいですよ」

その言葉に、鞄へと荷物を詰め込んでいた佐田は顔を上げ、キッと深山を睨みつけた。

だが深山はひるまずに続けた。

「詰めが甘いなあ」

「ああ言えばこう言う……これは?」

佐田はガラスの前に置きっぱなしになっていた加奈子のCDを指した。

「さあ」

「捨てていいの?」

「どうぞ」

深山に言われ、佐田はCDを一応手に持った。

「手のかかる子どもだね」

「じゃあついでに僕の服も持ってきてもらえまちゅか」

深山はわざと子ども口調で言った。佐田は深山を睨み付けたまま出て行った。

「白いシャツですよー」

深山は耳を掻きながら言った。

＊

佐田と彩乃は検察庁の三浦の個室を訪れていた。

「被害者と介抱した男性との間に関係性があったということですか」

三浦は、佐田が提出した鈴木と黒川、岩下の関係性を示した書類を見て言った。

「そうだ。しかも介抱したこの男性とその恋人は、深山に恨みを持っていた」

「その三人はなんらかの形でこの事件に関わった可能性があります」

彩乃が言い添える。

「……可能性ねー」

三浦はのらりくらりと言う。

「黒川という男は明らかに不審な動きをしていて、被害者に毒物を飲ませたことも考えられる。そしてその岩下という女性は経歴を調べたら一流企業のシステムエンジニアで、ハッキング対策班のチーフも務めていた。彼女の技術を使えば、毒物の購入履歴の偽装も十分できたはずだ。つまり、深山以外の人間が犯人である可能性は十分にある」

「可能性ねー」

三浦は先ほどと同じような口調で言った。

「不起訴処分にしてもらいたい」

「いろいろとお調べになるのはけっこうですが、いかんせん、深山にはたしかな動機がありますからね」

「……動機？」

彩乃が眉をひそめる。

「深山は被害者に脅されていたんですよ」

三浦は思わせぶりに言った。

「脅されて？　深山が？」

「何で脅されてたんですか？」

佐田と彩乃は身を乗り出した。

「被害者の自宅に、深山の父親の事件に関する資料があったんですよ」

「父親の事件？　深山の父親が事件を？」

佐田にはなんのことやらわからない。

「あれ、知らないんですか？　深山の父親は殺人犯なんですよ」

三浦はどこか楽しそうに言ったが、佐田と彩乃はあまりの衝撃に言葉が出なかった。

＊

その頃、深山は独房の壁にもたれ、父親のことを思い出していた。

――いつも最初に浮かぶのは、青空の下でラグビーボールを投げ合い、一緒にお弁当を食べた父親の笑顔だ。けれど次に浮かぶのは、店で刑事たちに囲まれ、怒りに顔を歪める父親と、刑事たちを睨み付けていた自分の姿で……。

いつも飄々としている深山だが、過去のことを思い出しながら目を伏せて、もの憂げな表情を顔に浮かべていた。

＊

佐田と彩乃は明石たちに頼み、深山の父親、大介《だいすけ》の事件が載った新聞記事のコピー、公判記録を写したメモなどを集めてもらった。

会議用テーブルには、二十五年前、一九九一年からの事件の流れがわかる新聞記事のコピーが五枚、広げられた。

『定軍山で女子高生遺体発見　何者かに首を絞められ殺害』『金沢　飲食店店主を逮捕　傘から指紋検出』『深山大介被告に無期懲役　弁護側　判決不服として控訴の構え』などの見出しが躍り、それらの記事はピンク色の蛍光ペンで囲まれている。

「深山先生のお父さんが……」

藤野は呆然としていた。

「あいつ、そんな話一回もしたことなかった……」

明石もただ立ち尽くしている。彩乃も、奈津子も言葉がない。佐田は無言で頭を抱えている。

「記事の扱いが年々小さくなって……最後のお父さんが亡くなった記事はこんなにちっちゃい」

藤野が言ったその死亡記事を、佐田は手に取った。『深山大介被告人死亡　控訴を棄却』というたった十四文字の見出しがついた小さなベタ記事だ。

「深山、どう思ってたんだろう……」

明石は唇を嚙みしめた。

「深山先生、とうとう起訴されちゃいましたね……」

藤野がため息まじりに言う。佐田は記事を手に取ったまま立ち上がり、ホワイトボードに貼られた深山の写真を見つめていた。そして部屋を出て行いった。

佐田はマネージングパートナー室にやってきて、斑目に記事を見せた。斑目は虫眼鏡を手に、『深山大介被告人死亡　公訴棄却』の小さな記事を読んでいる。

「こんなところで掘り返されるとはね……」

斑目は驚くこともなく、淡々と言った。

「あなたはこのことを知っていたんですか?」

「うん」

「うん、じゃないでしょう?　なんで私に一言も話してくれなかったんですか?」

「必要ないと思ったから」

「僕はあいつの弁護人ですよ。事件に関わることなら知る権利があります。きちんと話していただきたい」

「深山くんの父親とは高校の同級生でね」

「は?」

佐田は口をポカンとあけた。

「深山くんに似て、変り者だったが……とてもいい奴で」

斑目の部屋に飾られているラグビーボールには多くの人の文字で、寄せ書きがされている。そのなかの一つに『常昭ラグビーは常勝だ!　深山大介』と書かれているのだ。

「それが、二十五年前のある夜にね……」

斑目は自分が知っていることを話しだした。

*

——一九九一年五月九日の夜。雨の中、大介は経営する店『キッチンみやま』の車を走らせていた。駅前にさしかかったとき、近所の女子高生、鏑木《かぶらぎ》美里《みさと》が一人でぽつんと立っていることに気づいた。

「美里ちゃん、大丈夫？　迎えは？」

首のあたりまである長髪に口ひげという風貌の大介は車を停め、助手席の窓を開けて声をかけた。

「親が仕事で……」

「え？」

外は激しい雨で、美里の声は聞こえにくい。

「親が仕事で……」

美里は車に近づいてもう一回言った。大介が車のダッシュボードにあるデジタル時計を見ると、八時三十九分だった。田舎町なので、この時間になると真っ暗で、ほとんど人も通らない。

「家まで送るよ、乗って！」

大介が言うと、美里は一瞬戸惑いながらも、頷いて車に乗り込んだ。大介は家まで送っていくつもりだったが、美里は途中のコンビニエンスストアで降りると言う。

「あの……お願いします、親には内緒にしといてください」

そう言ってドアを開けた美里の様子に一瞬戸惑いながらも、大介は「うん」と頷いた。

「あ、ちょっと待って。これ持ってってって」

大介は後部座席に置いてあった折りたたみ傘を美里に渡した。

「そんなら」

美里は傘を受け取って、ありがとうございました、と、降りていった。

「気ぃつけて」

大介は声をかけ、車を走らせた――。

*

「その女の子が翌日、雑木林の中で、遺体で見つかった。警察は大介を一番に疑った。最後に彼女に接触していたのは、大介だったからね」

斑目は窓の外を見ながら、話し続けた。

「無実を訴え裁判で戦ったんだが、実刑判決だった」

そして斑目は、佐田の方に振り返った。

「決め手は駅の防犯カメラの映像と、殺害現場に残されていた大介の指紋がついた折りたたみ傘だった。すぐに控訴したが……控訴審の最中に、大介は心労がたたり、無実を証明できないまま亡くなった。……間違いなく、冤罪だった。私はそう確信している」

＊

彩乃は『いとこんち』で、坂東に話を聞いていた。

「大変だったんだよ。親父さんが逮捕されてから、大翔の母ちゃん、大翔置いて逃げちまうし」

料理の盛り付けをしながら珍しく真面目に語る坂東に、カウンター席に座った彩乃は無言で頷いた。

「で、俺の親が大翔を引き取ったってわけ。それで、本物の兄弟みたいに育てられて。だから顔がこんなに似ちゃったってわけよ」

最後の一言だけには頷けず、彩乃はおどける坂東の顔を無言で凝視していた。

「世の中、不公平だよね」

真顔に戻った坂東は寂しそうに言った。その様子を見て彩乃はふっと短く笑うと、気持ちを引きしめ、さらに詳しく尋ねた。

「え、じゃあ、お父さんの事件で検察を恨んで、弁護士に？」

「まあ、親父さんのことがきっかけにはなってると思うけど……。単純に好きなんだよ、事実を追求するのが。はい、お待ちどう」

坂東は調理場から出てきてカウンターに料理を置く。だが自分の店のメニューなのに料理名を思い出せず、「あーこれなんだっけ?」と料理をのぞき込む。そんな坂東に彩乃は答えを教えた。

「あーげだしどうふ」

「あー、そう、あーげだしのとうふのやつ。まあ、そういう昔から変な奴だからさ。最初うちに来た頃は口数も少なくて。でも、うちの両親が思いっきり可愛がったから、明るさも取り戻したし」

「……そうなんだ」

「あのさ、親父さんと同じような目には遭わせないようにしてやってね」

坂東の言葉に彩乃がしんみりした気持ちになっていると、「じゃないと、この店潰れちゃう!」と再びおどけた口調で坂東は言った。

そこへ後ろのテーブル席から、「大将!」と声がかかった。今日の客はスーツをビシッと着こなしたシルクハットの外国人男性だ。もちろん、髪形はアフロヘアだ。

「ボンジュール!」

客に声をかけられ、「ボンジュール、セシボン、セシボン、サバ?」と坂東も挨拶を返した。とりあえず知っているフランス語を羅列しているだけだ。「どうもー、いいですねえ、元気ですか?」といったところか。

「サバ」

客が答えた。そして続けて「味噌漬け」と、注文する。

「サバ? 味噌漬け?」

坂東たちのくだらないやり取りを聞きながら、彩乃は考え込んでいた。

彩乃が刑事事件専門ルームに戻ってくると、もう終業時間はとっくに過ぎているというのに、全員が残っていた。壁一面には、深山がいつもやっていたように事件の概要が貼られている。

「あれ? 今日は帰らなくていいんですか?」

彩乃は藤野に尋ねた。

「ご心配なく。今日は帰らないって奥さんに言ってありますから。明石くんも、今夜は泊まるみたいだし」

藤野はワイシャツをまくり上げ、頭にタオルを巻いてやる気満々だ。

「深山――、帰ってきてくれ――」と叫びながら、明石は一心不乱にパソコンを打っていた。

「立花先生」

奈津子が彩乃に声をかけた。

「はい」

「鈴木さんは深山先生を脅すために、深山先生のお父さんの事件の資料を持ってたんですよね。でも鈴木さんと深山先生は初対面だった。どうやって、そのことを知ったんでしょうね？」

「……ああ」

彩乃はハッとした。


帰宅した佐田は着がえもせず、愛犬・トウカイテイオーのケージの前に座り込んでいた。その目線は床に置かれた資料に注がれている。

「あなた、深山くん、大丈夫？」

由紀子が起きてきて佐田に声をかけた。

「……ん」

「仕事のことに口出しはしたくないんだけど、深山くんのことは心配だから」

「……状況は厳しいな」

元気のない声で答えると、佐田は立ち上がった。

「有罪になっちゃうの？」

「九十九・九％はアウトだ。ただ、〇・一％が残ってる」

佐田はソファにドカッと座り、背もたれに体をあずけた。

「いい相棒さんだものね……おやすみなさい」

由紀子は寝室に戻っていった。佐田はもう一度気合いを入れなおし、資料を見直した。

＊

翌朝、佐田は事務所の廊下で落合とすれ違った。

「落合」

「はい？」

「……深山の事件、手伝ってくれないか。こっち、手いっぱいなんだ」

「忙しいのは重々承知してるんですが、なにぶん志賀先生の許可がないと」

落合は佐田に取り合わずに行こうとする。

「立花もな、『落合くん、頑張れ』って言ってたぞ」

佐田はとっさに彩乃の名前を利用した。落合は立ち止まり、しばらく考えてから戻ってきた。

「何をすればいいんですか？」

落合が尋ねてくる。

「被害者の鈴木さんのこの会社について調べてくれ」

佐田は資料を渡した。

「喜んで」

「できるか？」

「はい」

落合は張り切って去っていった。

彩乃は事件現場のレストランで当日勤務していた店員に聞き込みをしていた。

「え、事前にですか？」

彩乃は問い返した。鈴木は事前に「薄味で」と、オーダーしていたという。

「はい。まあ味にうるさい方もいらっしゃいますし。そういう方なのかな、と」

たまにそういう方はいるのだと店員は言った。

夜、明石と藤野は、デート中の黒川と岩下の後をつけていた。黒川たち二人はガード下を歩いている。明石たちは互いに一眼レフカメラを手にいいポジションを争いながら、某刑事ドラマ風のステップを踏むような走りで後を追った。

奈津子は佐田の個室に資料を持ってきた。

「先生、岩下さんの過去の職歴です」

「ありがとう」

佐田は資料を読み始めた。岩下は私大の工学部を卒業し、派遣社員として外資系IT企業を転々としているようだった。その資料を見ていた佐田は、突然、鋭い目になった。何か思いあたることがあるようで、岩下の履歴書を見ながらパソコンで調べものをしはじめた。

＊

また夜が明けた。昨夜は明石と藤野に尾行されていた岩下は、現在勤めている会社に出勤し、『中央区レストラン毒殺事件　毒殺の弁護士まもなく初公判』というネットニュースを読んでいた。

その頃、彼女をマークしていた刑事事件専門ルームのメンバーたちは、それぞれの調査結果を報告をしはじめた。

「鈴木さんはコース料理を頼む際に薄味に……」

まずは彩乃が話し始めると、この事件に並々ならぬ決意で臨む明石が真正面にやってきた。明石の顔が近くて一瞬引いてしまうが、彩乃は報告を続けた。「薄味にしてほしいと言っていたそうです」

「鈴木さんは最近、株式の投資に失敗して、大きな損失を出していたそうです」

次に報告を始めた落合の前にも明石が出ていった。落合は報告を終えると、隣の彩乃を見て親指を立てた。

「黒川さんは警戒してるのか、岩下さんと一緒にいる時間が増えてますね」

藤野が言う。

「みんな、深山のためにありがとうございます。深山を、勝たしてやってください！」

明石はみんなに深々と頭を下げた。

「わかった。立花、行くぞ」

佐田は鞄を手にした。

「はい……え、どちらへ？」

「そもそも深山がこの事件に巻き込まれた発端は、岩下だ。岩下に会いに行く」

佐田は岩下の写真を指し、部屋を出ていった。

「はい」

頷いて後に続く彩乃を、みんなが行ってらっしゃい、と見送った。

「よろしくお願いします」

土下寝をする明石の尻を「大丈夫」と、藤野がしゃがんでポンと叩いた。

＊

留置所の接見室には、斑目が会いに来ていた。出てきた深山は、斑目の差し入れたTIGERSというロゴの入ったTシャツとカーディガンを着ていた。Tシャツのほうはかなり古そうで、ロゴの書体の感じから見てもプロ野球のものではなさそうだ。グループサウンズのほうだろうか。

「だからなんで僕の服、持ってきてくれないんですか」

深山は開口一番、言った。

「だって、僕の服を持ってきてくれって言ったから」

このTシャツとカーディガンのセットは、以前に深山がラグビー場を訪れていたときに、偶然にも孫の試合を見にきた斑目が着ていたものだった。

「……だから僕違いなんだよな」

深山はため息をつきながら椅子に座った。

「手があいてる弁護士は僕しかいなくてね。君が言った通り、防犯カメラの映像を鮮明化してきたから」

「どうも」

深山は顎を軽く突き出すようにして頭を下げる。

「ずいぶん危ない橋を渡ってるね」

「ですね」

「疲れてない？」

「全然。むしろ楽しんでます」

「変わらないねぇ、君は」

「では、映像お願いします」

深山が言うと、斑目はタブレットを仕切り板に向けて映像を再生した。深山は何度も何度も繰り返し、その映像を見ていた。弁護士の接見には制限時間がないので、しまいに手で持っていることに疲れた斑目は、タブレットを立てて、自分は座ったり立って腰を伸ばしたりしていた。

　長い時間が過ぎ、突然、「ん？」と深山が声を上げた。

「どうした？」

「ちょっと戻してください」

「はい」と斑目が映像を戻す。

「これ、黒川さん拡大できますか？」

「うん」

　斑目がタブレットに指をあてて操作をすると、一一九番通報をする深山の背後で、防犯カメラに背中を向けた黒川が拡大された。彼の上着のポケットのフラップが、鈴木に駆け寄ってしゃがみ込む前は中に入っていたが、立ち上がったときには外に出ていた。黒川の上着は紺色だがフラップは赤く縁どられていているので、目立っている。

　何かに気づいた深山は両手の指で耳をふさぎ、意識を集中させた。そしてポンッと指を抜くと、「そこのポケット」と、斑目の上着の胸のポケットを指した。

「ぽけっとすんじゃない！」

　自分の親父ギャグに深山はひとりでウケているが、斑目はいつもの無表情のまま、最初に人差し指を一本立て、次に手を広げた。十五点だ。

岩下は会社でパソコンに向かい作業をしていた。ふと目を上げると、オフィスの入り口で中年男性に何かを尋ねられた上司が、自分の方に向かって案内をしている景色が目に入った。来客の予定はないはずだが……。

立ち上がりその男性と目が合うと、横にいた部下らしい若い女性と一緒に自分に会釈をしてきた。岩下も頭を下げる。自分を訪ねてきたのは、佐田篤弘と立花彩乃と名乗る弁護士だった。

岩下の昼休みを待ち、三人は会社の近くのカフェのテラス席で向かい合った。

「では、さっそく本題に入ります。半年前、うちが顧問を務める通信販売会社・ソンケンと、電機メーカー・SOSOで情報漏えい事件がありました。ハッキングして情報を盗んだ犯人は、まだ捕まっていません」

「ちなみにあなたは、過去にこの二社で派遣社員として勤務されていましたよね?」

佐田に続いて彩乃が、岩下に言った。

「だったらなんですか?」

岩下は動揺する様子もなく、アイスコーヒーを飲んでいる。

「黒川陽介さんをご存知ですね？」

彩乃がもう一度尋ねると、

「いいえ」

岩下はふてくされたような口調で否定した。

「嘘はやめてください」

彩乃はテーブルの上に二人が並んで歩いている写真を置いた。

「親密な関係にあるという認識でよろしいですね？　彼は過去に結婚詐欺で二回、振り込め詐欺で二回捕まっています」

「……何が言いたいんですか？」

「その被害にあったのは、あなたが派遣社員として勤めていた、二つの会社の顧客なんです。あなたが勤めていた会社から漏れた情報を、あなたと親密な関係にあった黒川さんが知っていたのは、ものすごく偶然だなと思いまして」

佐田は言った。

「バカバカしい」

岩下は鞄を手に席を立った。

「立花くん、彼女と一緒に行って、今の情報を岩下さんの上司に伝えなさい」

「はい」

彩乃が立ち上がると、岩下は足を止めて振り返った。

「……何が望みなんですか？」

「座ってください」

佐田は先ほどの席を指した。

「私の部下がある殺人事件で起訴されました。深山大翔という男です。ご存知ですよね？」

佐田の問いかけに、岩下は答えない。

「その事件では、被害者の鈴木さんの自宅から深山の父親の事件に関する資料が見つかりました。それを使って、鈴木さんが深山を脅そうとしたため、深山が毒を使って鈴木さんを殺害したということになっているんです」

「鈴木さんは、その情報をどこから入手したんでしょうか？　それはもともとあなたが深山の父親の事件を知っていたからなんじゃないですか？」

彩乃と佐田が、たたみかけるように岩下に言った。

――岩下の頭の中に、三年前の事件で検察官に取り調べを受けていたときの会話が蘇った。


「深山弁護士を解任したそうだね」

検察官が岩下に尋ねた。


「はい」

「でも、よかったんじゃないか？　彼の父親は殺人事件を犯してるからね」

検察官は悪意のある口調で言った。いったいどういうことなのか意味がわからずぽかんとしていると、さらに検察官は続けた。

「殺人犯の息子に弁護されるなんて、たまったもんじゃないよな」

岩下は深山の父親の事件を知ったときのことを思い出し、そして、挑戦的な口調で目の前の佐田と彩乃に問いかけた。

「知っていたならなんなんですか？」

「あなたは先ほど『何が望みですか』と聞かれました。こちらの望みは、来たる深山の裁判で弁護人側の証人として証言台にあなたに立っていただくことです」

佐田が言うと、岩下は鼻で笑って、吐き捨てるように答える。

「そんなことできるわけないじゃないですか！　あの弁護士は私の人生を狂わせたんですよ？　絶対に嫌です」

「深山は当時、黒川さんに実際に会って話を聞きました。そのうえで、あなたへの彼の証言を断りました。三年前、たとえば私があなたの弁護人だったら、その証言を採用していたかもしれない。ただ、もしそれであなたが無罪になったとして、それがあなたの人生を狂わせることになったのかと問われれば、それは私にはわかりません。私は依頼人のその後の人生には残念ながら興味はありません」

佐田はふっと笑い、続けた。「でも、深山は違うんです。彼は事実を曲げることができないんです。それも弁護士のあり方のひとつだと私は思ってます。あなた今、深山という男に人生を狂わされたとおっしゃいましたよね？　あなたはその深山に同じ仕返しをしている。彼の人生を狂わせて、あなた自身もその狂わされた人生を歩んでいくこともできます。一方で……深山という人物を救って、今この瞬間から、太陽の真下で正々堂々と生きることもできます」

佐田はじっと岩下を見つめながら、熱を込めてしゃべり続けた。

「あなたはどっちの人生の方が好きですか？　岩下さん、一人の男の冤罪を晴らすことができるのはあなたしかいないんです。……お願いします」

そして、佐田、さらには彩乃も、岩下に頭を下げた。

＊

そして裁判の日——。

検察官席には三浦が、弁護人席には、佐田と彩乃が座っていた。傍聴席には、斑目と刑事事件専門ルームのメンバーがずらりと並んでいる。そこに被告人、深山が現れた。手錠をかけられ、腰縄をつけられている。

『必勝』と書かれた鉢巻を頭に巻いた明石は、前を通り過ぎる深山の方に身を乗り出し、小声で「深山、大丈夫だぞ」と話しかけ藤野にたしなめられた。

深山は被告として彩乃の左側の席に座り、手錠がはずされた。

裁判は進み、主尋問の後に反対尋問が始まった。

「それでは検察官、反対尋問をどうぞ」

裁判長の言葉に、三浦が立ち上がった。

「えー、先ほどの主尋問のとおり、被告人は犯行を否認していますが、検察官請求証拠甲三号証の事件現場の防犯カメラ映像には、被告人が持参した調味料を被害者の料理にかけ、それを口にした被害者が苦しむ様子がはっきりと映っています。その点についてはどのように説明するのですか？」

「僕がかけた調味料に毒が入っていたと断定する証拠はどこにもありません」

証言台に座った深山は、冷静な口調で答えた。

「では、なぜあなたは、自分の料理にはその調味料をかけず、被害者の料理にだけかけたんですか？」

「いい質問ですね！　そうなんです、そこがおかしいんですよ」

深山は目を輝かせた。

「どういうことですか？」

三浦が首をひねった。

「僕は自分の料理に調味料をかけなかったんではなく、かけるタイミングを与えられなかったんです。そもそも、サーモンのカルパッチョは不自然なほど味が薄かったんです。それはなぜか？　鈴木さんが事前に、店に『薄味で作ってくれ』と頼んでいたからです」

「それなのに、調味料をかけてくれと被害者が頼んだということですか？」

後ろで手を組んだ三浦が、深山のそばに歩いてきた。

「はい。あの日、僕は料理を一口食べて味が薄いと思い、鞄から調味料を取り出しました。そして僕が料理にかけようとすると、鈴木さんが急に皿を出して、『自分の料理にもかけてくれ』と言ってきたんです。おかしいなと思いました」

「どうしてですか？」

「普段、調味料を出すと大抵引かれます」

深山の言葉に、傍聴席の明石は無言で「そうだよ」と口を動かした。自覚はあるのだ。

「ですが、鈴木さんは初対面であるのにも関わらず、なんの調味料か確認しないで、『自分の料理にもかけてくれ』と言ってきたんです」

深山は言った。

そして、佐田による再主尋問が始まった。

「裁判長、被告人の記憶を喚起するため、弁護人請求証拠第六号証の防犯カメラ映像を鮮明化した映像を映し出したいのですが、よろしいでしょうか？」

「どうぞ」

彩乃が防犯カメラ映像を再生すると、スクリーンには鈴木が倒れ、後ろの席の黒川が立ち上がる瞬間が映し出された。

「止めて」

佐田は彩乃に言い、映像を停止した。そして、深山に尋ねた。

「今、椅子から立ち上がったこの男性をご存知ですか?」

「はい。黒川陽介さんです」

深山が答えた。

「お知り合いですか?」

「ええ。過去に僕が弁護を担当した事件の関係者です」

「わかりました。では、続きをご覧ください」

映像が再生されると、黒川が不自然な動きで鈴木の上半身を回ってしゃがみこんだ。

「止めて」

佐田が彩乃に指示を出す。

「黒川さんは、被害者を介抱するために、わざわざ被害者の背中側に回っているように見えます。あなたはこの映像を見たとき、どのように感じましたか?」

「違和感を感じました」

深山は言う。

「それはどの部分でしょうか?」

「黒川さんはわざわざ自分から遠い方に回り込んで被害者を介抱しています。緊急時に最短距離をとらないことに違和感を感じました」

「この動きをすることによって、防犯カメラにも背中を向ける格好になっているということですね」

「はい、そう見えます」

「裁判長、黒川さんが被害者に近付くところをもう一度再生してもよろしいでしょうか？」

佐田は尋ねた。

「どうぞ」

許可が出たので彩乃が巻き戻し、再生した。

「止めて。拡大して」

佐田は指示をした。

「この倒れている被害者の奥に、何かが転がっています。これは、なんですか？」

佐田は深山に問いかけた。

「薬品を入れた瓶に見えます」

この深山の答えに、裁判官たちがざわついた。傍聴席の藤野や明石は、行け行け！と拳をつきあげた。

「事件当時、あなたはこれに気付いていましたか？」

佐田は質問を続けた。

「いいえ。起訴後、鮮明化された映像を見て初めて気付きました。そして、この後、黒川さんが立ち上がったときにはこの瓶がなくなっていることもはっきり確認しています」

「それを映像で確認してもよろしいでしょうか？」

「どうぞ」

裁判長の許可を得て、彩乃が映像を再生した。

「止めて」

佐田は映像を停止させた。

「本当ですねえ。なくなっています。これは何が起こったんでしょうか？」

「おそらく、黒川さんが瓶を回収したんでしょう。この映像を見ると、黒川さんが起き上がったときには、ポケットのフラップが外に出ています。ですが、僕の記憶が正しければ、鈴木さんに近づいたときには、黒川さんのポケットのフラップは中にしまわれていたはずです」

「それはたしかですね」

「はい」

「映像を巻き戻してもよろしいでしょうか?」

「どうぞ」

裁判長が許可をする。

そして映像を戻し、黒川が駆け寄ってしゃがみ込んだところで停止すると……。

「たしかにポケットのフラップは中にしまわれています。これはどういうことでしょうか?」

佐田は深山に尋ねた。

「鈴木さんと黒川さんが共謀し、僕が毒を飲ませたように見せかけたんじゃないでしょうか」

「異議あり!　意見を求める質問です。今は被告人の推理を聞く時間ではありません」

三浦が挙手し、立ち上がった。

「以上で尋問を終わります」

佐田は席に戻った。

「裁判所からの質問は以上です。被告人は席に戻ってください」

裁判長に言われ、深山は立ち上がった。

「深山、よくやったぞ!」

明石が興奮して声を上げ、また藤野に止められる。

「裁判長」

佐田は手を挙げて立ち上がった。

「公判前整理で深山被告人が犯人ではないことを決定的に裏付ける証人がいることを申し上げましたが、本日、ようやく本人が証言台に立つ決心をしてくれました。この段階での証人申請が異例であることは承知しておりますが、判決を出す上で絶対に無視できない事実を語ってくれるはずです。どうか追加で証人尋問を行うことをお許し願えませんでしょうか?」

「その証人とはどなたですか?」

裁判長は尋ねた。

＊

翌日、法廷の証言台には岩下が座っていた。

「それでは弁護人、主尋問を始めてください」

「はい。さっそくですが、今回の事件現場で被害者を介抱した人がいることを知っていますか?」

佐田が尋問を始めた。

「……はい。黒川陽介さんです」

岩下は目を伏せたまま小声で答えた。

「あなたとは、どういうご関係ですか？」

「……恋人です」

「では、被害者の鈴木さんが、被告人の深山弁護士を脅迫しようとしていたことを知っていましたか？」

「はい、知っていました」

「その脅迫の内容をご存知ですか？」

「……深山さんのお父さんが二十五年前に起こした事件のことです」

岩下が答えるのを聞き、深山は沈痛な表情を浮かべる――。

「では、被害者の鈴木さんはなぜ、深山弁護士のその父親の事件を知っていたんでしょうか？」

佐田の言葉に、岩下は証言台に座ったまま黙り込んだ。数秒間の沈黙の後、岩下は顔を上げた。

「私が……私が黒川に深山さんのお父さんの情報を流したからです。黒川は鈴木さんに借金があって、お金に困っていました。だからその情報をもとに、深山さんを脅してお金を取るという計画を立てて、鈴木さんに持ちかけました。鈴木さんもお金に困っていたみたいで、その計画に乗りました」

岩下の証言を聞き、三浦が痛恨の表情で目を閉じた。

「その計画の具体的な内容を教えてください」

佐田はさらに尋ねた。

「鈴木さんが深山さんを呼び出して、調味料をかけさせた後、目の前で倒れるというものです。その後に鈴木さんが自ら少しの毒を飲めば、お父さんの事件のことを知られたくなかった深山さんが鈴木さんを毒で口封じをしたことにできる。そういう筋書きでした」

「少しの毒であったはずだったのに、なぜ鈴木さんは、死んでしまったのでしょうか？」

「……黒川が……毒を入れ替えたからです」

涙を流しながら答える岩下の言葉に、裁判所中がどよめいた。

「黒川は借金を踏み倒そうと考え、鈴木さんに致死量の毒を飲ませました。そして、そして……すべてを深山さんになすりつけようとしました」

自分の罪を告白した岩下に、佐田がこれまでとは違う優しい口調で問いかけた。

「あなたは、なぜそれを今まで黙っていたのですか？」

佐田の質問に、岩下は静かに泣いていた。

「深山さんが苦しめばいいと思うところもあって……」

岩下は深山の方を向いて立ち上がると、頭を下げた。

「……本当に申し訳ありませんでした」

しかし、深山はずっと目をふせ、岩下のほうを見ることはなかった――。

＊

『おかえり深山先生！』

刑事事件専門ルームは、まるで子ども会の会場のように飾り付けられていた。

「佐田先生、楽しみでしょう？」

斑目が佐田に尋ねた。

「何言ってるんですか、また言い合いの日々が戻ってくるだけですよ」

口ではそう言いつつも、佐田は嬉しそうだ。

「深山が帰ってきた――っ！」

そわそわしていた明石が絶叫した。

「え？」

いつものスーツ姿の深山が、リュックを背負って普通の調子で階段を下りてくる。

「おかえりなさ――い！」

明石たちがクラッカーを鳴らし、彩乃が紙吹雪を撒いた。

「何があったんですか？」

深山は肩を組んでくる明石を払いのけ、部屋に入ってきた。

「おまえ、なんか俺に言うことがあるだろ？」

佐田は得意げに尋ねた。

「ありませんよ」

いつも通りの冷静な表情で深山は自席に戻ろうとする。

「あるだろ。『あ』で始まって、こうやって頭下げるやつが」

苦笑いをしながら佐田は頭を下げる仕草をやってみる。

「あのとき僕が情報を引き出さなかったら、無罪になってないでしょ？」

深山は佐田の顔をのぞきこんで言う。

「生意気言いやがって」

佐田は悔しそうに歯ぎしりしながらも、右手を出した。

「事実を言っただけですよ」

深山も手を握り返し、いつもの儀式の握手を交わす。

「帰ってきた――っ!」

明石が声を上げ、みんなが拍手をした。

「いいチームだね」

斑目は笑顔でみんなの顔を見回している。

「やめてくださいよ」

佐田は即座に否定した。

「斑目さんこれ、お借りした服です。ありがとうございました」

深山は紙袋に入った服を返した。

「はい、きみも」

そしてもう一つの紙袋を彩乃に渡す。

「お礼ぐらい言いなさいよ」

そう言って受け取った彩乃の顔を、深山はニヤニヤと見返していた。彩乃は紙袋の中を見て、硬直した。新日本プロレスのジャージの背中についているトレードマークのライオンの頭に、黒い布でアフロの装飾が縫いつけられている。深山のいたずらだ。

「ありがとうございましたー」

深山は、無言で立ち尽くしている彩乃の顔をのぞきこんだ。「似合うと思うよ」

「よかったな、深山、本当、よかった！」

明石は安堵のあまり床に座り込んで泣いていた。

「はい、明石さん」

奈津子は明石に一枚の紙を差し出した。それは『中央区レストラン毒殺事件に関する被告人深山大翔の弁護活動を担当した費用として以下の金額を請求する』と書かれた請求書で……。

「一、十、百、千、万……なんじゃこりゃ――――っ！　高過ぎるっ！」

その額、なんと七〇〇万円だ。

「深山先生、佐田先生に弁護を依頼したの、明石くんなんですよ」

藤野が深山に言った。

「へぇえ」

深山はすっかり他人事だ。

「分割でもいいぞ」

佐田はニヤつきながら言うが、明石は真っ青だ。

「藤野さん、貸してください！」

「双子はお金かかるのよー」

藤野はピンセットで鼻毛を抜きながら言った。

「奈津子さん！」

「いやいやいや、無理無理無理無理」

奈津子はハナから取り合わない。

「彩乃さーん！」

彩乃に泣きついたけれど、

「貸さ、なきゃ、よかった……」

彩乃はアフロにされたライオンマークのジャージの入った紙袋を手に放心状態だ。

「今は無理か……深山！」

深山の机に行って請求書を見せると、

「あるわけないでしょ」

あまりの金額に深山も目を丸くしている。

「マネージングパートナー！」

斑目に駆け寄ってみたが、斑目はいつもの無表情を貫いている。

「どうしたらいいんだー」

床に倒れた明石の手から、佐田は請求書を取り上げた。

「それじゃ、こうしてあげよう」

佐田は請求書を引き裂いた。「今回だけだよ」

「殿ぉぉぉ」

明石はそのまま土下寝して感謝の意を表した。

「そろそろいいかな？　次の依頼だ」

斑目はさっそく書類を深山に渡した。

「では、接見に行ってきまーす」

深山は一度下ろしたリュックをまた背負った。そして床に寝ている明石の背中を踏んで歩いていく。

「ウォォォ！」

明石が悲鳴を上げているが、深山はかまわずに、振り返って佐田を見た。

「行きますよ」

佐田は苦笑いを浮かべ「行くぞ」と彩乃に声をかけた。

「行ってらっしゃいましー――っ」

明石は佐田にひれ伏した。

第９話
深山、敗北!? 華麗なる一族の悲劇…

検察庁の大友検事正の個室に、稲葉と丸川が訪れていた。

「本当に申し訳ございません」

稲葉は体を二つ折りにするようにして、頭を下げた。

「今がどういう時期かわかってるだろう」

大友は眉間にしわを寄せ、凄みのある声で言った。先日、十八年前の『杉並区資産家令嬢殺人事件』での調書の捏造が判明し、検事長の十条がマスコミに袋叩きにあったばかりだ。そこへ来て、深山を誤認逮捕と、検察の失態が続いている。いよいよ東京高等検察庁の次期検事長かと目されている大友だが、実にタイミングが悪い。

「深山の父親も殺人で有罪判決を言い渡された男です。公訴を提起し、維持するのに十分な証拠があると担当の三浦が申しましたので……」

稲葉は主張しているが、ほぼ言い訳にしか聞こえない。大友の頭の中には、先日の裁判で岩下亜沙子が口にした——すべてを、深山さんになすりつけようとしました——という言葉が、何度も再生されている。だが大友は思いを振り切るように、立ち上がった。

「弁護士を誤認逮捕し、起訴したことで、最高検も法務省も……ご立腹だ！」

「申し訳ございません」

稲葉は再び深く頭を下げた。

「……で、刑事部長としてどう示しをつけるつもりだ？」

「示し、ですか？」

声を震わせている稲葉に、大友は無言で頷いた。稲葉はしばらく考えていたが、ハッと気づき、笑顔になった。

「三浦も自分がなすべきことはわかっているはずです」

稲葉は言った。

「……辞職させるおつもりですか」

それまで黙っていた丸川が口を開いた。

「丸川」

それ以上何も言うな、と稲葉は丸川を制し、部屋を出ていった。

「失礼します」

丸川も頭を下げ、稲葉の後に続いた。

＊

その夜は満月だった。

都内の有数の高級住宅街の中でもひときわ目立つ大豪邸、山城《やましろ》家は、いつものように静かな夜を迎えていたが……。

「……何をするんだ。やめろ！」

突然、広い邸宅内を這うように、この家の主である善之助《ぜんのすけ》の声が響き渡った。

和室で琴を弾いていた長男の妻、育江《いくえ》、別の和室で生け花をしていた次男の妻、昌子《まさこ》、リビングでテレビを見ていた次男の敬二《けいじ》と息子の良典《よしのり》、庭でゴルフの素振りをしていた三男の隆三《りゅうぞう》は、それぞれが階段を駆け上がり、善之助の寝室に向かった。

寝室に集まった家族たちが目にしたのは、とんでもない光景だった。食事の途中だったのか、椅子に座っている善之助は目を閉じ、右手で胸を抑えるような格好で絶命していた。床には夕飯がばらまかれていて、すぐそばには三男・隆三の妻、皐月《さつき》が善之助を睨みつけるようにして、無言で立っていた。その手には、オレンジ色のネクタイが握られていた……。

*

ちょうどその頃、深山は刑事事件専門ルームで机の上の三つのグラスを眺めていた。それぞれに紫、赤、黄色の三色の飴が詰まっている。さて、どの飴を食べようか。

「みなさん、なんか予定が入ってるんですか？　親睦を深めるためにちょっと飲みに」

明石はみんなに呼びかけたが、帰り支度を始めようとする藤野は「帰ります」とあっさりと断った。それでも「飲みに行きません？」と明石がしつこく誘うが、藤野は再び「帰ります」と断る。

そこへ、佐田が勢いよく入ってきた。

「どいて！」

「佐田先生、今日は……」

明石は佐田にも声をかけてみたが、「やかましい！」と佐田はまるで聞く耳を持たず、明石を蹴散らすようにして、奈津子の机の方に向かった。

「勝手おじさん……」

明石はぶつぶつ言いながら佐田を見た。佐田は手に持っていた資料を奈津子に突き出した。

「これコピーしてくれ」

「佐田先生、何かあったんですか？」

奈津子は、明らかに不機嫌な佐田の顔をのぞきこんだ。だが佐田は奈津子には答えず、深いため息をついた。そしてふと彩乃と目が合うと、

「あれ、髪の毛切った？」

と、前髪を切る仕草をしながら尋ねた。

「あ、はい！」

藤野が返事をしているが、もちろん誰にも相手にされない。

「ああ、切りました」

彩乃は答えた。

「いつ？」

「昨日ですかね」

「失恋でもしたのか？」

「してないです……変ですか？」

彩乃は闘魂ショップ限定のライオンマークコンパクトミラーを出して自分の顔を映し

てみた。

「ちょっと聞くけど、君ぐらいの年代だと、初恋っていうのは何歳ぐらいだった？」

唐突に佐田が彩乃に尋ねた。

「えー、だいたい十五歳とかじゃないですか」

「相手と電話とかは頻繁にするのか？」

「しますします」

「どれぐらい？」

「最高だと……五時間とか」

「うちは二時間だからいいんだけどな、まだ。何をそんなに話すことがあるんだ」

彩乃は佐田に何が起きたのか、大体の事情を察して「いろいろありますよ」と答えた。

「僕らの時代はな。相手に電話するだけでも緊張したもんだよ。親が出て、彼女に代わってくれるかなあとかさ。なあ、僕らの時代そうだったよな、戸川くん」

佐田は今度は奈津子に同意を求めた。

「私のときはもう携帯あったんで」

奈津子は笑顔で否定した。

「よく言うよ」

佐田はツッコんだ。

「まあまあ、可愛い娘さんのやることですから許してあげたら……」

藤野が佐田に声をかけた。

「藤野くん、君もね、こうやって机に飾ってるこの二人の娘さんもね、すぐに電話かかってくるよ、これ。あと二、三年で」

「いやいやうちはまだまだ先の話で……」

「ボーイフレンドから、携帯に」

「いや、そんな」

「双子だろ。ダブルで！　リンリンと！」

「ガッ」

藤野が心臓を押さえた。

「まあまあ、積もる話も……」と、明石はまだ飲み会に誘おうと口をはさんできたが、
佐田は「うるさい！」と明石を一蹴した。そんな佐田を見て、深山は笑っていた。

「何笑ってるんだよ、さっきからニヤニヤ。おまえも親になればわかりますよ、あ？　このストレスはな、半端ないんだよ。表現できないぐらいのストレスなんだよ！」

「糖分足りないんじゃ……」

深山は立ち上がり、飴の入ったグラスを差し出した。

「いらない！」

佐田は大声ではねつけた。

「プリッツ食べましょ」

明石がプリッツを差し出す。

「いりません！」

佐田が怒鳴ったところに、競走馬の発走前に流れるファンファーレが鳴った。競馬好きな佐田らしい携帯の着信音だ。

「もしもし！」

「ん？　荒れてるね。何かあった？」

電話の相手は斑目だ。深山と明石は面白がって佐田に飴とプリッツを勧めながら近づいていく。

「何もない！」

佐田は思わず電話口に怒鳴ってしまい「何もありません、すみません」慌てて謝った。

「ならいいが、君に頼みがあってね。旧知の友人の息子から電話があって、すぐに来てほしいそうなんだ」

「どういうことですか？」

「日弁連の会合で、今名古屋なんだよ。明日の朝に行くと言ったんだが、すぐに来てほしいそうなんだ。山城鉄道の会長の家だ。頼んだよ」

「わかりました」

佐田は電話を切った。

「深山、立花、すぐ行くぞ」

「どこ行くんですか？」

深山が尋ねたが、

「いいから出かけます！」

佐田のイライラはおさまっていない。

「コピーは？」

「机置いといて」

「はい」

奈津子は返事をし、彩乃を見送った。

「行ってきまーす」

深山たちは出ていった。

「じゃ、三人で飲みに行きますか」

こりない明石は、またも藤野に提案した。

「ぼくは、娘たちの待つ家に帰ります」

藤野が言う。

「いや、こういうときこそ飲みに行きましょうよ」

明石は藤野の背中を叩いたが、「まだ、パパのことが一番好きって言ってるから」と涙声だ。さっき佐田に娘たちの将来のボーイフレンドの話をされたことがショックだったのか、藤野は急いで帰っていった。

*

流れてくる黒い雲に見え隠れしている満月に照らされながら、三人は山城家にやってきた。

「家が見えないけど」

門の前に建った深山は、思わず声を上げた。一軒家というより庭園のようだ。鬱蒼《うっそう》と茂る木々の奥にあるであろう建物は、門からは全く見えない。

「表札でかーい」

深山はさらに言った。佐田が押したインターホンの上に掲げられた表札は普通の家の何倍も大きく、山と城の文字が佐田の頭と同じぐらいの大きさだ。

「山城鉄道グループの邸宅よ。あたりまえじゃん」

彩乃は深山をバカにしたように言う。

「はい」

インターホンから声が聞こえてきた。

「斑目法律事務所の佐田と申します。斑目の代理で伺いました」

「お待ちください」

やがて門が開き、玄関に続くエントランスを歩いていくと、ようやく家が見えてきた。

玄関を開けてくれたのは長男の功一《こういち》だ。仕事から帰って来たばかりなのか、ベージュ色のスーツ姿だ。山城鉄道グループの長男だけあって、見るからにエリートという印象だ。

「失礼します」

深山たちは佐田を先頭に入っていった。玄関には男性物の靴とスニーカー、女性物の靴、草履などが十足ほど並んでいる。

「何かありましたか？」

佐田は尋ねた。

「見ていただければ……」

功一は階段を上っていった。佐田が続いたが、なぜか廊下に大量に柿ピーがばらまかれていて、踏んでしまった。なぜ、こんなところに？

「何があったんですか？」

不審に思った佐田はもう一度尋ねたが、功一は答えずに上がっていった。佐田も慌てて後を追う。

「もったいないなあ」

深山は落ちていた柿の種を拾い上げ、彩乃に差し出した。

「食べ……ない」

彩乃が若干引きながら断ると、深山は自分の口に放り込み、階段を上がっていった。

「……お腹壊すよ？」

彩乃は深山を見て眉をひそめながら、後に続いた。

功一は階段を上ってすぐの部屋のドアを開けた。

「こちらですか？　失礼します」

佐田は功一に続いて入っていった。二十畳ほどの和室だったが、入ってすぐに、佐田は足を止め、息を呑んだ。奥にはリクライニングベッドがあり、その手前に机と椅子があるのだが、そこには老人が椅子にもたれたまま目を閉じ、亡くなっていたのだ。テーブルの下には絨毯が敷いてあるのだが、その上には食事が散らかっている。佐田は絶命している老人と同じように右手を胸に当てて立ちすくんだ。

「なんですか？」

彩乃が佐田の後ろからのぞきこんだ。

「父です」

功一が言った。

「……山城善之助会長ですよね？」

佐田は功一に尋ねた。

「はい。私が駆け付けたときには、この状態で亡くなっていました」

功一が答えると、佐田は深山の方に振り返った。

「これ以上そっちに入るなよ。警察が来たときにややこしいことになるからな」

振り返って深山と彩乃に注意をする佐田に、「お力を貸していただけませんか？」と功一が言った。

「もちろんです」

佐田は答えた。その間に深山はするりと抜け出してテーブルに近づき、携帯で写真を撮り始めた。

「おい、ちょっと何やってるんだ、深山。入るなって言ってるじゃないか」

佐田は慌てて言った。

「警察が来たら全部持っていかれちゃうんで。証拠保全です」

「非常識でしょ」「ダメだって！」

彩乃と佐田は功一の目を気にしながら、深山に注意をした。

「僕の常識は、君の非常識。君の常識は、僕の非常識」

深山はイラだつ佐田に全くとりあわず、撮影を続けている。

「はい笑って」

深山は佐田たちに携帯を向けてシャッターを切った。

「何言ってんだ。こっち撮んなくていいっての」

佐田のイライラは増すばかりだ。

「早くやめなさい！」

「やめなさいよ！」

佐田と彩乃が言えば言うほど深山は楽しそうに撮影を続けた。

「ほら、警察来てから。そこ絶対まずい。そこ絶対ダメだって、絨毯の上は……」

深山に現場から出るように佐田は何度も言い、彩乃は「すいません……」とひたすら功一に謝っていた。


次に功一に案内されたのは一階の和室だ。襖を取り外した二部屋続きの和室に、山城家の一族がずらりと座布団に正座し、並んでいた。

「いったい何があってこういう状況になったのか……」

七人の男女を前に、佐田が立ったまま小声で功一にだけ切り出したが、それをさえぎるように深山は「まずみなさんのお名前と関係を教えてください」と全員に語りかけた。言いながら、深山はさっさと一族の向かい側に三つ用意されていた座布団のうち上座の一枚に座った。

「またかよ」

佐田は舌打ちをした。

深山がノートを広げていると、山城家の一族は次々に自己紹介をはじめた。

「改めまして、長男の山城功一です」

腰を下ろした功一が言った。

「妻の育江です」

育江はショートボブに、和服姿だ。

「次男の敬二です」

敬二はシャツに蝶ネクタイをし、サスペンダー付きのズボンを履いていた。ぽっちゃりしていて、長男の功一とはまったくタイプが違う。

「妻の昌子です」

昌子は家の中なのにしっかりと装飾品をつけ、派手な服を身にまとっている。

「息子の良典です」

茶髪で、いかにも今どきの若者、といった印象だ。

「三男の隆三です。妻の皐月です」

ボーダーのカーディガン姿の隆三は、隣でうつむいている妻の皐月も紹介しようとしたが、全員があまりに矢継ぎ早だったので、「すみません。もう一度、ゆっくりお願いします」と深山が言い、再び功一から自己紹介をした。二度目も皐月は口を開かず、拳をぎゅっと握ってうつむいていたが、突然、顔を上げた。

「私が……お義父さまを殺してしまいました」

唐突な皐月の告白に、佐田と彩乃は息を呑んだ。だが深山は飄々《ひょうひょう》としている。

「一生懸命介護をしていたんですけど……私が至らないことも多くて、なかなか満足してもらえなくて……私も耐えられなくなってしまって……」

皐月が話しているのを聞きながら、深山は畳の上を這って皐月に近づいていった。そんな深山に山城家の人たちは眉をひそめている。

「よしなさい」

佐田が止めたが、深山はもちろん聞いていない。

皐月によると、善之助には日頃からひどい扱いを受けていたという。ベッドから起こそうとすればやり方が気に入らないと突き飛ばされたり、怒鳴られたり、そんなことの繰り返しだった。そして今夜、夕飯が気に入らないとひっくり返された。皐月はついに耐えられなくなり、カッとして箪笥《たんす》からネクタイを取り出して首を絞めたという。

「親父は六年前に脳梗塞を患い、彼女がずっと面倒を見ていてくれていたんです。彼女に対し強く当たることも多かったようで……。彼女の弁護をお願いしたいんです。自首させたいんですが、どうしたらいいんでしょうか?」

功一が言った。

「どうか妻を助けてやってください」

隆三が切実な表情で深山たちに向かって手をついた。

「彼女は本当に疲れていたんだ」

「私たちが気付いてあげられれば……」

敬二と昌子も真剣な口調で言った。

「皐月ちゃん、弁護士の先生にお任せしましょうね」

育江は皐月の顔をのぞきこむように身を乗り出した。けれど皐月は放心状態だ。ふと、皐月の横を見ると、畳の上にオレンジ色のネクタイが置いてある。

「それで首を絞めたんですか?」

深山は尋ねた。

「はい」

皐月は頷いた。深山は携帯をネクタイに近づけ、写真を撮った。

「深山、わかってると思うけど、これには触るなよ。絶対触るなよ」

佐田が慌てて飛んできた。

「触ってないですよ」

「写真はもういいだろ、おまえ」

　佐田は深山を下がらせようとするが、深山は例によって言うことを聞かずにネクタイの写真を何枚か撮影した。次に深山は畳にうつ伏せになり、可能な限りネクタイに顔を近づけた。

「何やってんだ。馬鹿じゃないのか?」

　佐田は深山の両脇をつかみ、離そうとした。

「ワインの匂いがするから……」

　深山はネクタイを指して言った。

　佐田は山城家の面々に非礼を詫びた。

「私どもの方で責任を持って弁護をさせていただきます。では、警察に連絡をいたします」

「わかりました、お願いします」

　功一が頭を下げた。

　彩乃が申し出た。

「私、付き添いますね」

「ああ、頼んだ」

　佐田は言い、携帯から警察に連絡をした。その間にも深山はうつむく皐月を正面から撮っている。

「何撮ってんだよ、正面から撮る必要ないだろ」

警察に電話をかけながら、佐田は深山の腕を引っぱった。

「汚れてるから……」

深山が言うように、皐月の白いブラウスの胸の辺りには赤茶色の染みがうっすらと付着していた。

「警視庁ですか、すみません」と電話しながら佐田は「やめろっての、もう」と、撮影を続ける深山の肩をつついて制止しようとしていた。

*

翌日、刑事事件専門ルームのメンバーは会議テーブルでニュースを見ていた。

『それでは、次のニュースです。山城鉄道グループの会長、山城善之助さんが殺害された事件で、山城さんの三男の妻、山城皐月容疑者が自首し、その後逮捕されました』

「愛ちゃん可愛いなあ」

明石は女子アナにうっとりしている。

「うちの奥さんそっくりなんですよ」

藤野が言った。

「奥さん、ズゴックじゃないですか」

「ズゴックって、人の奥さん、水中用モビルスーツみたいに言わないでよ」

明石と藤野は言い合っている。

『皐月容疑者は殺害を認めており、介護に疲れて殺してしまったと話しているようです』

アナウンサーが『では、次のニュースです』と言うのを聞いて、彩乃はリモコンでテレビを切った。

「ちょ、なんで消すの！」

女子アナの姿を観続けたい明石が怒って振り返る。

だが彩乃はわけがわからないので「はい？」とだけ返事をして、相手にしなかった。

「しっかし、これ、莫大な遺産相続が発生しますね」

藤野は朝刊を手にして言った。『山城鉄道グループ会長殺害』のニュースは新聞でも大きく扱われていた。

「そりゃあ山城鉄道グループですからね」

奈津子も頷いている。

「えー、山城会長は六年前に脳梗塞を患い、右半身に麻痺が残っていました。皐月さんはその介護を一人で担当していたそうです」

彩乃がホワイトボードに書き出した事件の概要を説明し始めた。

「一人でねえ」

深山は両耳を引っ張りながらしみじみとつぶやいた。

「体の不自由さもあってなのか、山城会長は普段から彼女に強く当たっていました。昼夜を問わない過酷な介護に精神的に参ってしまい、犯行に及んだ……そうです」

「ま、今回の件は長期の介護によるストレスから衝動的に犯行に及んだものだ。酌《く》むべき犯行に至る経緯と事情を訴えて、情状酌量による執行猶予付きの判決を目指そう！」

佐田は立ち上がった。

「はい！」

メンバーたちはうなずいた。

「じゃあ僕は接見行ってきます」

「おい深山、今回は本人が自白してるんだぞ。結論がわかりきっていることをいちいち調べなくていい」

よけいなことをするな、と、佐田は慌てて止めた。

「今回の事件の結論ってなんですか？」

「そりゃあもう、六年間一人で健気に介護を行った結果が招いた悲劇だよ。それ以外、何もないだろ」

「なるほど。では家族が大勢いるのになぜ一人で介護をしていたのか？　なぜ誰も手伝わなかったのか？　情状酌量を証明する事実を確認に行ってきますね」

そして深山はリュックを背負って出ていった。

「おい、深山。おい、深山、深山……立花！　一緒に行け」

「はい、行ってきます」

彩乃は鞄を手に飛び出した。

「……そうなんだ、それでいいんだよ」

佐田はうなずき、彩乃を見送った。

＊

深山は彩乃と並んで、接見室でガラス板の向こうにいる皐月の話を聞いていた。

「結婚したのは、六年前です」

「お子さんは？」

「いません」

「なるほど」

深山は耳をそばだて、彩乃が必死でメモを取っていた。

「では、事件に至る経緯を聞かせていただけますか？」

「……はい」

皐月は疲れ切った表情で頷いた。彩乃はまた聞くのか、という表情で深山を見た。

「まず、あなたはなぜ一人で介護されていたんですか？」

「お義父さまの指名だったからです。お義父さまは昔気質の方で、自分の息子たちに介護されるのを嫌がったんです」

「二人のお義兄さんも結婚されてますよね？　交代でみる方がよかったんじゃないですか？」

彩乃が尋ねる。

「お義姉さまにも『手を出すな』とのことでした。お義父さまの部屋に入るのは、私一人に限定したほどだったので」

「あなたしか部屋には入れなかったんですか」

深山は尋ねた。

「はい」

「一人で介護は、大変でしたよね」

彩乃は心から同情していた。

皐月は首を振った。「私が至らなくて……お義父さまにはなかなかご満足いただけなかったので……」

「……いえ」

食事も気に入らないと、食べてくれなかったという。

「夫にも、施設に入ってもらったらどうかと相談したんですけど……」

隆三は「悪いな。もうちょっと我慢してやってくれ」の一点張りだったという。

「それで、犯行に至った？」

深山が尋ねると、皐月は「はい」と静かにうなずいた。

「あのときは……一口食べて気に入らなかったのか、私に向かって食事をひっくり返して……。カッとなって、様々な思いがこみ上げてきて……」

「ちょっと待ってください」

深山は皐月の話を遮った。

「ひっくり返した？　あれ故意だったんですか？　じゃあ、あの床に散らばって……それは許せないな」

深山は食べ物を粗末にしたことに腹を立てている。

「そっち?」

彩乃が呆れた表情を浮かべた。

「確認ですけど、そのときの夕食のメニューは?」

深山はいつになく真剣な表情で皐月を見ている。

「必要ですか?」と彩乃は深山の顔を見た。

「必要です」

深山は皐月から目を逸らさずに、即答した。

「チキンソテーと……」

「チキンソテー?」

「サラダとパン。あと赤ワインでした」

「それを、一口食べただけで全部ひっくり返したんですか?」

「そうです。赤ワインも一緒に」

「ワインも?」

「はい。でも本当に後悔しています。ましてや、お義父さまがよく着けていらした、あの朱色のネクタイで殺してしまうなんて……」

皐月の言葉を聞き、深山はぴくりと反応して耳に触れた。と、皐月は目を閉じて顔に手を当てた。

「大丈夫ですか?」

彩乃は声をかけた。

「……少し気分が悪くて」

皐月は座っているのもしんどそうだ。

「留置係の人呼んできますね」

彩乃は立ち上がった。

*

事務所に帰ってきた深山は、佐田の個室に入っていった。「佐田先生」と深山は声をかけてみるが、ヘッドフォンをつけてCDを聴いている佐田は気づかず、曲に没頭してハンカチで涙を拭っている。

「泣いてる」とニヤニヤ笑って深山がヘッドフォンのプラグを抜くと、佐田がハッとして顔を上げた。

「なんで泣いてんすか?」

「なんだよ、おまえ！」

佐田は驚いてヘッドフォンをはずし、深山を見た。

「てか、捨ててないじゃん」

深山は佐田の机の上にある加奈子のCD『そば煮るね』を指した。この前、深山の接見に来たときに捨ててくれるよう頼んだのに、気に入って聴いていたようだ。

「それはおまえ、いろいろあんだよ」

「何泣いてんの」

「うるさいな！」

「これ、何色に見えますか？」

深山は携帯に保存していた凶器のネクタイの画像を見せた。

「は？　バカにしてんのか？」

「何色に見えます？」

「畳とか座布団とかいろいろあるじゃん」

「ネクタイですよ」

「オレンジだろ」

「ですよね？」

「オレンジだよ」

「俺はな、情状証人を探せと言ったんだよ。凶器の色は今関係ないだろう」

「ですよね」

佐田は言ったが、深山は無視して続けた。

「皐月さんは会長に、料理とワインをひっくり返され、カッとなったと言っていました」

「それがどうした」

「泣いてんじゃん」

「泣いてないよ」

佐田をからかいながら、深山は別の画像を見せた。

「現場の絨毯」

善之助の部屋の足元のベージュの花柄の絨毯の上には割れた皿の破片と料理が落ちているが、ワインの跡はない。佐田が画像を見たことを確認すると、深山はスワイプして次の画像を見せた。それは広間で一人、うつむいている皐月の画像だ。

「皐月さんの服、グラス一杯に見合うワインのしみが見当たらないんですよ」

「ワインを飲んだ後だったんじゃないのか？」

「だったらなぜ、凶器のネクタイはワインで濡れていたんですか？」

深山がネクタイに近づいて匂いを嗅いだときは、たしかにワインの匂いがした。

「それはなんか理由があってネクタイだけに飛んだんだろ」

「なんかあって？」

「なんかあってだよ」

「何がですか」

深山はなぞなぞの問題を出す子どものような笑顔を浮かべた。

「知らないよ、そんなの。それを捜せよ」

「捜しますよ」

そう言うと深山は佐田の机の上からＣＤプレイヤーを持って歩き出した。

「おい、なにを」

佐田は慌てて深山を追いかけた。深山が再生ボタンを押すと、加奈子の声が流れだした。バラード調の曲だ。

「おい何かけてんだよ、おまえ！　おい、ちょっ……何やってんだよ！」

佐田は深山の手からＣＤプレイヤーを取り返した。

「泣かないで～」

深山はからかうように佐田の肩を叩いた。

「泣いてねーし！」

「泣いてたし」

深山は佐田の個室を出ていった。

「……っるせえな」


ちょうどそこへ、深山と入代わるように彩乃がやってきた。

「すみません、私、皐月さんの実家に行って事情を聞いてこようと思います」

「わかった。頼んだ……ああ、被疑者の様子、どうだった？」

「いや、もう、かなり参ってますね。家族は何やってたんですかね」

彩乃は腕を組んで怒りを露わにした。

「間違ったボーイフレンドと結婚しちゃいけないんだよ！」

佐田はそう言いながら目頭を拭った。

「泣いてます？」

彩乃は尋ねた。

「泣いてないよ」

佐田が否定したとき、深山がリュックを背負い、刑事事件ルームから出ていく姿が見えた。明石と藤野と奈津子、そして落合が深山に付いていく。

「落合まで連れて……。深山、どこ行く気だよ?」

佐田は怒っているが、彩乃は無言で目を逸らした。

「おまえ、知ってるな?」

佐田に聞かれ、彩乃は頷きかけたが慌てて首を横に振った。

「どっちなんだよ?」

問い詰められた彩乃は、首をブルブルと横に振った。

*

山城家を訪れた深山たちは、広間に通された。まだ山城家の一族は現れないが、お手伝いの女性がお茶を出してくれていた。

深山は広間に飾ってあるモノクロの写真が気になって近くに行った。『昭和36年　日本シンクロナイズドスイミング東京大会優勝　清武智大学　山城・川谷ペア』と書いてあり、ペアの二人の脚がプールから突き出ている写真だ。どちらかが、昔の山城家の誰かの脚なのだろう。

「清《きよ》、武《たけ》、智《とも》?」

深山は写真にある「清武智大学」という大学名を見てニヤリとした。佐清《すけきよ》、佐武《すけたけ》、佐《すけ》智《とも》といえば横溝正史原作の金田一耕助シリーズ『犬神家の一族』ではないか。全財産と全事業の相続権を意味する三種の家宝『斧《よき》・琴《こと》・菊《きく》』をめぐる話だったが、偶然なのか、山城家の広間の掛け軸には『良き事を聞く』とある。

「嫌だなあ、鵺《ぬえ》が鳴いていますよ」

明石は立ち上がって障子の外を見ていた。『鵺の鳴く夜は恐ろしい』は同じく金田一耕助シリーズの映画『悪霊島』のキャッチコピーだ。庭ではカラスがカーカーと鳴いている。

「ぼく街中でよく襲われるんですよね……」

明石は言った。

「え、鵺に？」

藤野が尋ねた。

「鵺野さん」

そこに、落合がやってきて藤野の耳元で囁いた。

「藤野だよ」

「藤野さん」

「なんで間違えたんだよ」

明石が落合にツッこむ。

「オクパードな僕はあなたたちを手伝うためにわざわざやってきたんだ。約束のモノは大丈夫なんでしょうね？」

オクパードとはスペイン語で忙しいという意味だ。プロレスラーの内藤哲也《ないとうてつや》がよく使うフレーズなので、落合は彩乃の好感度を上げようと、使っている。

「ん？　約束ってなんだっけ？」

「ちょちょちょちょ、とぼけないでくださいよ。立花先生のプライベート写真ですよ」

「これだろ？」

明石がカレイのケースに入った携帯の画面を落合の方に向けた。それは彩乃が、深山にアフロヘアを縫い付けられた新日本プロレスのジャージから、必死でアフロヘアを取っている画像だ。

「あー、前髪切る前じゃないですか！　ハンターチャンス、ハンターチャンス！」

落合はガッツポーズをした。

「何それ？　柳生博？」

藤野が眉間にしわを寄せたとき、「お待たせして、申し訳ありません」とこの日も和服姿の育江が障子を開けた。そして功一を先頭に、敬二、昌子、良典、隆三が入ってきた。事件が起きた晩と同じように、並べられた座布団に、順番に腰を下ろす。

「すいません、突然大人数で押しかけちゃって」

深山が切り出した。

「とんでもない。皐月ちゃんのためなら私たちはなんでもします。で、今日はどのようなご用件で?」

功一が尋ねた。

「今日は、お一人ずつ別々にお話を伺います」

「一人ずつ?」

「みんな一緒じゃ、ダメなんですか?」

敬二と良典が尋ねた。

「人間の記憶というのは実に曖昧でして。たとえば、事故現場を目撃した人に『どうやって激突しましたか?』と聞くのと『どうやって当たりましたか?』と聞くのとでは、その人の見たスピードの感覚に十キロほど差ができるんです」

深山は説明した。

「そうなんですか」

功一を始め、みんなが頷いている。

「ですから、それぞれの記憶が、他の人の記憶と混同しないようにするために、お一人ずつお話を伺います」

「……はい」

一同は不安そうに頷いた。


こうして、五つの場所にわかれ、山城家の一族への個別聞き取り調査がはじまった。

まず、和室の広間では、深山が功一と向かい合っていた。深山はビデオカメラをセットしてから質問を始めた。

「お待たせしました。それでは始めます。まずは、事件発生時はどちらにいらっしゃったんですか？」

「その日は十八時から西麻布で経団連の方と会食でした。二十時過ぎに、次男の敬二から電話がかかってきて、慌てて家に戻ったんです」

「皐月さんが山城会長を殺害したのは、二十時前後だったと聞いていますが」

深山は功一の顔を見ながら、膝の上でメモを取る。

「ええ」

「そのとき、あなたはこの家にはいなかったんですか？」

「そうです」

「帰ったときは？」

「皐月ちゃんが、親父の朱色のネクタイを手に、呆然と立ち尽くしていました」

「朱色のネクタイ、ですか？」

深山は確かめるように尋ねる。

「はい」

「山城会長の部屋のひきだしの中にあったものですよね？」

「そうです」

「あれ、なぜご存知なんですか？　皐月さんは『山城会長の部屋には誰も入れなかった』と言っていましたが」

「ああ、私は特別です。父が病気を患ってから、私が社長を務めています。父の寝室では経営の相談をしょっちゅうしていましたから」

「なるほど」

深山は笑顔で功一を見た。

「ちょっと煙草を吸ってもいいですか？」

功一は落ち着かない様子になった。

「どうぞ」

深山が言うと、功一は左手で煙草を吸った。その間に深山は出された和菓子を食べた。

「おいしい！」

「……よかった」

功一は安心したように笑った。

「普通じゃな〜い」

深山はしみじみ言い、煙草を吸う功一を見ていた。

次に洋室では、落合が敬二から話を聞いていた。

「私はこの部屋で息子の良典と一緒にテレビを見ていました」

良典が手にしていた大きな柿ピーの缶から、敬二は柿ピーを取っては口に入れていたという。

『新日本プロレス、レインメーカー、オカダ・カズチカです。遅くなりましたが、新番組、『ぶらぶらやろうZ』おめでとうございます。大阪城ホール、やります』

『大阪城ホールに、金の雨が降るぞー』

テレビでオカダ・カズチカと外道が登場する番組を観ていたときに、事件は起こった。

「そしたら親父の部室から『やめろ！』という声が聞こえたので駆けつけると、皐月ちゃんが、親父の朱色のネクタイを手に、呆然と立ち尽くしていました」

「ありがとうございました。ヨシユキさんどうぞ」

廊下で待機していた良典を、落合がドアを開けて洋室にまねき入れる。

「あ、ヨシノリです」

「あ、すいません、どうぞ」

すれ違うとき、敬二と良典が目配せをするのを、落合は気づいていただろうか。

三つ目の場所は琴が置かれた和室だった。藤野は育江の琴の演奏を撮影していた。

「なんか、うどん屋にいるみたいですね」

弾き終えた育江に藤野が率直な感想を言うと、育江は一瞬ムッとした表情を浮かべたが、すぐに話し始めた。

「あの夜、私はこの部屋でお琴を弾いていました」

「で、『やめろ！』という声を聞いたんですね？」

それで急いで駆けつけたと言う。

「皐月ちゃんが、お義父さんの朱色のネクタイを手に、呆然と立ち尽くしていました」

「ネクタイは、朱色だったんですね？」

藤野が念を押すと、

「はい、朱色です」

育江は頷いた。

「ちなみにお琴はいつから？」

「……え？」

育江は首をかしげた。


四つめの場所は、庭だ。

明石はカメラを手に隆三に話を聞いていた。

「僕はここで、ゴルフの練習をしていたんです」

隆三は縁側から庭に出たあたりで言った。

「部屋までかなり遠いですよね。声、聞こえたんですか？」

明石は尋ねた。建物も大きいし庭も広いので、かなりの距離がある。

「ええ、かすかに」

「かすかに」

「まさかそんなことが起きてるとは思わずにゴルフクラブをしまってから、二階に行きました」

「ゴルフクラブをしまってから?」

明石は素っ頓狂な声を出した。

「そしたら、皐月が親父の朱色のネクタイを手に、呆然と立ち尽くしていたんです」

隆三は両手を腰に当て、モデルのようなポーズを決めて爽やかに答えた。

「呆然と……」

明石は繰り返した。

五つ目の場所は育江が琴を演奏していたのとは別の和室だった。

ここでは奈津子が昌子に話を聞いていた。

「こちらのお部屋で生け花をされていたんですね」

「はい。で、すぐ駆けつけたら、皐月さんが、お義父さまの朱色のネクタイを手に、呆然と立ち尽くしていました」

こうして、総員手分けをして一族全員に事件当時の状況を聞き終えると、斑目法律事務所のメンバーたちは検証のため、一つの部屋に集合した。

「では、良典さんのを再生します」

落合が、自分が撮影した映像を再生した。

『はい。皐月おばさんが、おじいちゃんの朱色のネクタイを手に、呆然と立ち尽くしていました』

良典がしゃべりはじめると、カメラが三脚にうまく固定されていなかったらしく、ガクンと映像が下方向にパンしてしまった。モニターには良典の手しか映らず、テーブルの上にあった大きな柿ピーの缶がアップになった。

「映ってない」とつぶやく落合。

「何撮ってんの?」と明石や藤野がブーイングを浴びせた。

「明石くん、例の写真、消します?」

藤野が言うと、明石は携帯を出し、彩乃の写真を削除しようした。

「ちょちょちょちょ!」と落合は立ち上がり、必死で止めている。

そんな彼らには目もくれず、深山は一人、メモをとったノートに目を落とし、耳たぶを触りながら考えている。そして、つぶやいた。

「朱色ねえ……」

検証を終え、斑目法律事務所のメンバーたちは再び山城家の一族と広間で向かい合った。お手伝いの女性にも同席してもらっている。

「ではこれから、みなさんには事件当時の状況を再現してもらいます」

深山は切り出した。

「再現?」

敬二が問い返した。他の一族も一様に驚きの表情を浮かべている。

「はい」

「正確にですか?」

隆三が身を乗り出した。

「正確にお願いします。確認のため、うちの人間がお一人ずつに付かせていただきます。功一さん、あなたは家にいなかったということなので、山城会長の役をお願いできますか?」

「……わかりました」

功一は深山の勢いにおされて頷いた。

「それと、皐月さん役は、お手伝いさん、あなたにお願いします」

深山は末席にいるお手伝いの女性を指した。

「え？　あ……はい」

その女性は、美人で華奢な皐月とは正反対の大柄なタイプなのだが、なぜかどこか不満そうだ。

「いい役なんですからお願いしますよ」

深山はそう言って、「じゃあやりましょう」と立ち上がった。

*

彩乃は皐月の実家を訪ねていた。山城家とは違い、建売の庶民的な一軒家だ。小柄でほっそりとした母親は、台所のテーブルに彩乃を案内し、向かい合った。

「皐月を大変なところに嫁がせてしまいました」

母親は辛そうにうつむいた。「結婚当初から、泣きながらよく電話をかけてきたんです。家族にのけ者にされてるって……」

「そうだったんですか……」

「あの子はごく普通の大学を出て、商社に就職しました。取引先に山城グループがありまして、隆三さんと出会ったんです。皐月には不釣り合いだったんです。お義兄さんたちも、そのお嫁さんも、皐月のことが気に食わなかったんです」

「大変だったんですね」

彩乃はメモを取りながら頷いた。

ひと息ついた母親は、その控えめな容貌とは不釣り合いな、ズルズルという不快な音を立ててお茶をすする。そして、切々と訴えた。

「離婚した方がいいんじゃないと話していたんですが……、あの子……」

「え?」

母親の口から出たのは、意外な発言だった。

*

「お二人、準備はいいですか?」

落合は、洋室でソファに座っている敬二と良典に声をかけた。敬二は良典が手にした柿ピーの缶から「これくらいだったよね?」と、事件当時と同じぐらい食べるつもりなのか、絶え間なく柿ピーを食べている。

「落合準備オーケイ!」

落合はトランシーバーに向かって言った。

和室では育江が琴を弾いていた。

「よろしいですか？」

藤野が声をかけた。

「はい、いつでもどうぞ」

「フッ、藤野オーケーです。フッ」

藤野は気取った口調で、自分の息の音でトランシーバーのノイズの音を真似しながらえた。

「いいですか？」

奈津子が尋ねると、花を活けていた昌子が頷いた。

「戸川オーケーです」

庭では、明石が隆三にカメラを向けていた。

「チャー、シュー、ドーン！」

隆三が独特の掛け声でスイングをする。

「チャー、シュー、メーンだろ、そこは」

明石は思わずツッコミを入れた。


「明石さん、行ける?」

善之助の寝室で待機していた深山は明石にトランシーバーで尋ねた。

「明石も、行けまーす!」

明石からも返事が返ってきて、全員スタンバイオーケーだ。

「よし、じゃあ、功一さんもお願いします。お手伝いさん、やりますよ」

深山は、寝室にいる善之助役の功一と皐月役のお手伝いの女性に声をかけた。

「あ、はい」

先ほどからお手伝いの女性はテンションが低い。

「やる気出してよ」

「はあ」

女性の反応は鈍いが、深山はかまわずにトランシーバーに向かって言った。

「じゃあ僕が叫んだら、みなさんは事件当時と同じように動いてください。『やめろ!』

……って言ったら動いてくださいね」

各所にいたみんなは深山が言った「やめろ！」の声と同時に動いてしまい、その後ズッコケる、という、コントのような動きをしてしまった。

「行きますよ！　『やめろー！』」

深山は今度こそ本当に叫び、ストップウォッチを押した。みんなはそれぞれスタートした。

「ここでぶつかって、ここでこぼれて……」

良典は洋室のドアに缶をぶつけ、柿ピーをバラまいた。

「おまえ、フリでいいだろうよ、もったいない」

そこまで再現するのか、と敬二はかがんで柿ピーを拾い食いしている。

「だって正確にって言うから」

それでもひたすら食べている敬二を、「いいから早く」と良典が急かした。

庭でゴルフの練習をしていた隆三はまずゴルフクラブをしまうと、片方の手袋を取り、それを口にくわえてもう片方を取って走り出した。

「片平《かたひら》なぎさか」

その手袋のはずし方は『スチュワーデス物語』における片平なぎさの動きだ、と明石は細かいツッコミを入れた。

ストップウォッチは三十秒を回った。まだ誰も寝室には到着していない。

「全員が揃うまでお二人はそのままの体勢で絶対に動かないでくださいね」

深山は功一とお手伝いの女性に言った。

「わかりました」

「……あーい」

女性は依然としてやる気のない返事だ。

「大丈夫だから落ち着いて、落ち着いて」

明石は隆三に声をかけた。隆三はあたふたと縁側に上がっていき、一度屈んで脱いだ靴の向きを揃えた。

「な、なんだ？　丁寧か！」

明石は再びツッコミを入れた。「よし行きましょう」と明石も続いて上がっていこうとすると、隆三は目の前で掃き出し窓を閉めてしまった。

「なんで閉めるのよ、なんで！」

明石は慌てて窓を開け、カメラを手に隆三を追った。

「うおっおっ、おっ……痛っ」

広間を駆け抜けようとした隆三は、さっき自分が部屋の隅に積み上げた座布団の山に躓いて転んでいる。爽やかなイケメンだが、どんくさいのか、いちいちボケているかのような間の抜けた行動をとる。

「なんでこっちから入ってくるの、ちょ、おかしいでしょ、なんで！」

明石のツッコみどころは満載だ。


柿ピーを食べていた敬二は気が済むまで食べてから階段を上った。次に静々《しずしず》と和服姿の育江がやってきて、廊下にこぼれた柿ピーを踏んでしまう。

「ああ、パリッパリッ」

カメラを持って育江を追いかけていた藤野も踏んでしまった。

深山はストップウォッチを見ていた。四十七秒が経過したところで、敬二と良典が到着した。深山はストップウォッチを持った手で耳たぶに触れた。

「到着しましたー」

藤野の声と共に育江が、しばらくして奈津子と昌子が到着した。

「丁寧なのか、雑なのか」

隆三と行動を共にしている明石はまだ和室の広間にいた。隆三は自分が崩した座布団を重ね直している。なんとか重ね上げ、走り出したが足を引きずっている。

「足怪我したのか？　頑張れー！　頑張れー！」

明石は呆れながらも隆三を励ましながら後を追った。

「痛たたた」

隆三は裸足で柿ピーを踏んでしまい痛がっている。

「上上上、ゴーゴーゴー」

明石は急かした。だが隆三は階段で足を踏み外した。足の裏の柿ピーを取って、もう一度階段を上る。

「ゴーゴー、ゴーゴーゴー、ゴール！」

明石と隆三はゼイゼイ息をしながら寝室に到着した。

深山は隆三が到着すると、ストップウォッチを止めた。

「一分二十秒です」

深山が言うと、功一が顔を上げた。

「みなさんは事件当時、今のこの状況と、まったく変わらない状況でした？　それは間違いないですか？」

深山が尋ねると、山城家の人々はそれぞれの顔を窺いながらも、曖昧に頷いた。

「うーん……どうですか？」

深山は善之助が食事をしていたテーブルに両手をつき、功一の顔を見た。

「……と、言いますと？」

功一はぎこちない表情で問い返した。

「みなさんはこの部屋に到着してからなぜ会長に近づいたり、助けを呼んだりしなかったんですかね？」

深山の核心を突いた問いかけに、山城家の人々は目を泳がせた。

「敬二さんと良典さん、お二人は一番最初にこの部屋に着きましたが、何も声をかけなかったんですか？」

「……気が、動転してしまって」

敬二が答えた。

「僕もです」

すぐに良典も言った。

「育江さんと昌子さん、お二人はこの位置から、会長が亡くなっていることに気づきましたか？」

深山は妻たちを見た。

「はい」

二人は同時に頷いた。

「状況で、すぐにわかりました」

「私もそうです」

育江と昌子が続けて言った。

「なのに、何もしなかった？」

深山が尋ねると、二人は黙り込んでしまった。

「ふーん……そうですか。わかりました。ご協力、ありがとうございました」

深山はみんなに背を向け、笑いながら耳を引っ張った。

＊

その夜、彩乃は刑事事件専門ルームの会議テーブルで、『唐揚げ　丸武商店』の期間限定黒からあげを食べながら、メンバーたちが撮影してきたビデオを見ていた。

『……皐月が親父の朱色のネクタイを手に、呆然と立ち尽くしていたんです』

『……皐月ちゃんが、親父の朱色のネクタイを手に、呆然と立ち尽くしていました』

『……皐月ちゃんが、親父の朱色のネクタイを手に、呆然と立ち尽くしていました』

『……皐月おばさんが、おじいちゃんの朱色のネクタイを手に、呆然と立ち尽くしていました』

『……皐月さんが、お義父さまの朱色のネクタイを手に、呆然と立ち尽くしていました』

隆三、功一、敬二、良典、昌子、とまったく同じ発言ようなが繰り返された。功一と敬二に至っては、一言一句変わらない。

『……皐月ちゃんが、お義父さまの朱色のネクタイを手に、呆然と立ち尽く……』

育江の証言の途中でリモコンの停止ボタンを押した。

「全員が朱色のネクタイって証言してたよね？」

彩乃は深山に尋ねた。夜遅くなり、刑事事件専門ルームに残っているのは二人だけだ。

「うん」

深山は自席でノートを見ていた。

「普段、朱色って言う？　あれ『オレンジ色』だよね」

「全員が現場に到着するまでは一分二十秒。全員が皐月さんは朱色のネクタイを手に呆然と立ち尽くしてたって言っている」

深山は立ち上がり、彩乃の向かい側の席に腰を下ろした。

「この再現、本当にリアルにやりました？」

「ん？」

「だって、初めに着いた人さあ、声かけたりとか、なんかいろいろあるじゃん？」

「あるけどだって、誰も声をかけてないじゃん。で、そっちは？」

「あ、そうそう、皐月さんね。山城会長だけじゃなくて、家族全員から虐げられてたって、皐月さんのお母さんが証言してくれた」

「家の中に居場所がなかったってことか」

「それと……皐月さん、妊娠してる」

彩乃は唐揚げを頬張りながら言った。

「それは初耳だね」

深山は片耳を引っ張った。

「誰にも言ってないと思う。まあ、離婚したかったみたいだし」

「なるほど」

深山はニヤリと笑った。

「どうしますかね」

「そろそろあの人にも、出走してもらいますかね」

深山は競馬好きの佐田のことを思い浮かべて、「出走」という言葉を使った。

＊

その頃、山城家のみんなは出前の寿司を食べていた。だが、食卓に並ぶ高級寿司を黙々とむさぼるだけで、誰もしゃべらない。

一方、皐月はもちろんたった一人、しゃべる相手など当然いるわけもなく、留置場の粗末な夕飯を食べていた。そしてズズーっと、母親と同じように不快な音を立ててお茶をすすりながら、暗い目で何かを見据えていた——。

＊

佐田が白いパジャマ姿で自宅の風呂から出てくると、リビングから女同士がワイワイと話す声が聞こえてきた。

「うちのパパは特別じゃないの？」

かすみの声だ。

「うん、違う違う。だってうちの父親なんて、私に初めて彼氏ができたって言った日、こっそり泣いてたらしいよ」

聞き覚えのあるあの声はもしかして……？

佐田は、こっそりとリビングに顔を出した。予想通り、彩乃が来ている。

「へー」

かすみが笑い、彩乃と由紀子も声を合わせて笑った。

「私も厳しかったなー」

由紀子が言った。

「ママも？」

「ですよねー。こう、父親らしいこと言うわりには、そういうことになるとしどろもどろになるっていうかねー」

　彩乃が言った。

「じゃ、プロムに一緒に行ったなんて言ったら、パパ大変かも」

　かすみが言うと、三人は「ねーっ」と盛り上がった。

「ちょ、ちょっと立花、何やってんの？」

　佐田は動揺を隠せぬまま、リビングに出ていった。

「お疲れさまです」

　彩乃は立ち上がり、頭を下げた。

「お風呂入ってきまーす」

　かすみはさっとリビングを出ていった。

「すいません、急にお邪魔して」

　彩乃は佐田に頭を下げた。

「おまえなあ、人のうちに来るときは……来る前に連絡ぐらいしろ！」

　佐田はいつもの口調で怒鳴りつけた。

「しろ!?　女性に対してそういう言い方はやめてくれる？」

　由紀子が立ち上がり、抗議をした。

「だって、俺の部下だもん」

「そういう風に権力を振りかざす人、私は嫌い！」

「権力っておまえ、だって……」

しどろもどろになっている佐田の目の前を横切り、由紀子はリビングを出ていった。

やりこめられている佐田を見て、彩乃は笑っている。

「……なんの用だよ？」

佐田はムッとして尋ねた。

「ちょっと、見てもらいたいものがあるんです」

「今？」

「今です」

「明日じゃダメなのか？」

「ダメなんです、すいません。お願いします」

彩乃はテーブルの上にノートパソコンを広げた。

「あー、どいつもこいつも」

佐田は大きなため息をつきながら、隣に座った。

山城家での再現映像を見終わった佐田は、うーん、と、唸り声を上げた。

「つまり、これみんなが全く同じ証言をして」

「はい」

「その証言通りに、再現してもらったってことだな」

「はい。……どう思います？」

「たしかに不自然だな……わかった。明日、皐月さんの接見に、俺が行くわ」

「ありがとうございます」

彩乃は頭を下げ、パソコンを片付け始めた。

「あ、そうだ、立花」

「はい？」

「さっきうちの娘が言ってたプロムって……どういう意味？」

佐田の質問に、彩乃はしばらくじっと考えていたが、高校生のダンスパーティだなどということは言わない方がいいだろうと思い、「佐田先生、お疲れさまでしたー」と大きな声で言うと帰っていった。

「おお、お疲れさま」

「失礼します」

彩乃は帰り際に、小声でそう言うと、ニッコリと笑って出ていった。

佐田は一人取り残されたリビングで、「なに、その笑顔」とつぶやいていた。

＊

翌日、斑目は検察庁の大友の個室を訪れ、ソファで向かい合っていた。

「おまえがここに来るなんて初めてだな」

大友はハッハッハ、と楽しそうに笑っている。だが、斑目が「うちの弁護士を誤認逮捕しておいて、謝罪も何もないからね」とうっすらと笑みを浮かべながら淡々と嫌味を言うと、痛いところをつかれたと真面目に顔をしかめた。

「あ、いや、まあ、あの一件に関しては、謝らなきゃな。……申し訳ない」

大友は素直に認め、頭を下げた。

「検察にミスは許されないだろう」

斑目は出されたコーヒーを口にしながら、大友の表情を窺った。

「ああ、あの担当検事は自ら辞職したよ。ま、我々も人間だ。ミスるときもある」

大友もコーヒーに口をつけて飲み始めた。

「そのミスで人生を狂わされて、取り返しがつかなくなった人間もいる」

斑目の言葉に、大友はコーヒーカップを置いた。

「『十人の真犯人を逃すとも、一人の無辜《むこ》を罰するなかれ』。刑事裁判の大原則だ」

斑目が言い終えると同時に、大友は口を開いた。

「実際の国民感情は、一人の無辜を罰しても、十人の凶悪犯を野に放つことなかれ、だろ？ 我々は国民の正義感を正しくつかみ、謙虚な姿勢で努力し続けている」

「正義感ね」

斑目は大友の言葉を繰り返した。

「おまえの中にも、それがようやく芽生えたんじゃないのか？ 日本トップの弁護士事務所が、刑事事件専門ルームを立ち上げたんだ」

「正義感じゃない。信念だよ。冤罪をなくしたいというね」

斑目の言葉を聞き、大友は大きくため息をついた。そしてイライラと肘掛けを叩きながら口を開いた。

「今、おまえとは事を荒立てたくない。おまえだって弁護士会会長の座を狙っているんだろう。お互いうまく生きようじゃないか」

「……変わらないな、おまえは」

「ああ。おまえとはうまい酒を飲みたいからな」

大友は唇の端を上げ、斑目を見た。斑目もかすかに笑い返し、立ち上がった。

「ごちそうさま」

そしてさっさと、大友の部屋を出ていった。

＊

その頃、丸川は自分の個室で深山の父親の事件の資料を読んでいた。一行一行指で追いながら読んでいた丸川は、担当検察官の欄に書かれた名前を見て、思わず手を止めた。

深山たちは皐月の接見に来ていた。この日は佐田と彩乃と三人だ。

「面白いことがわかりましたよ」

深山が皐月に切り出した。

「……なんですか?」

「ご家族の証言が完全に一致しているんです。凶器で使われたネクタイなんですが、普通は『オレンジ色』と言いそうなところを、あなたを含め全員が『朱色のネクタイ』と証言しています。それはなぜですか?」

深山は耳に手を当てた。

「あのネクタイは、お義父さまが気に入ってよく着けてらして、お義父さまが『朱色のネクタイ』と言っていたんです」

皐月はあくまでも、善之助が言っていたのだ、と強調した。

「それを全員が知っているんですか？」

「それは……」

皐月が黙り込む。

「すいません私もビデオを拝見したんですけど」

佐田が割り込んだ。「あれだけ証言が一致しているって言うのは、普通あまりないんですね。あのお、殺害現場である寝室に、あなたの旦那さまは一番最後に入ってきたはずなのに、一番最初に入ってきた方と全く同じ証言をしてます。あれほどの人数が集まってればですね、首を絞められた父親を見て、普通は救急車を呼ぶなり、蘇生を試みるなりしたはずです。でも、誰も何もしていません。これ、みんなが何かを隠しているとしか思えないんですね」

「あなたは家族全員から、虐げられていたんですよね？」

今度は佐田が話している途中で、彩乃が割って入った。「もしかして殺人の罪を被るよう脅されたんじゃないんですか？」

「違います！」

皐月は激しく否定した。

「皐月さん、妊娠されていますね？」

彩乃はさらに尋ねた。だが皐月はうつむき、目を逸らした。

「生まれてくる子のためにも、正直に話して、そこから出てくるべきです」

「あなたが正直に話してくだされば、あなたをすみやかにそこから出すことがで……」

佐田は畳みかけるように言った。

「私がやったんです！　もう話すことはありません」

皐月は席を立ち、接見室を出て行ってしまった。

「あーあ、出走してこれか」

深山はため息をついた。

「俺？」

佐田が自分を指でさした。

＊

刑事事件専門ルームに戻ってきた佐田たちは、ホワイトボードと睨めっこをしていた。

「誰をかばってるんですかね？」

彩乃が首をかしげた。

「よし！　真犯人、つきとめよう！」

佐田は気合いを入れ、立ち上がった。

「お？」

深山が佐田を見た。

「おまえとは違うからな。依頼人の利益を最大化するのが俺の弁護方針だ。このまま彼女が嘘をつき続けても、彼女の利益にならねえからな」

佐田はムキになって言った。

「だから事実を明らかにするんですよね？」

「おまえとはやり方が違うんです」

「頑固な人だな〜」

深山は佐田をからかうように笑った。佐田は深山にはかまわず、みんなを見回した。

「いいか、みんな。山城家の人たちを、徹底的に全員調べる！」

「はい！」

メンバーたちは声を合わせた。

「いいか、みんな。山城家の人たちを、徹底的に全員調べる!」

深山は佐田の真似をして声を張り上げた。

「真似すんなよ」と佐田は文句を言いながら部屋を出ていった。

「やめなさいよ〜」彩乃は深山を注意して出ていった。

「やめなさいよ〜」

深山は今度は彩乃の口調を真似た。そして「やめませんよ」と言いながら二人の後を追った。

「やめなさいよ、男子〜」と藤野が続いて上がっていく。

「その感じ、いいですよね」と言いながら明石も続き、その後に奈津子も続いた。

＊

「こんにちは〜、先日はどうも」

奈津子と藤野は山城家の外を掃き掃除していたお手伝いの女性に声をかけた。

「こんにちは」

女性は手を止めた。

「すみません、少しお話、伺っていいですか?」

「あーはい」

女性はほうきを片手に返事をした。


明石は駐車場で功一の運転手に話を聞いていた。駐車場には数台の車が停まっていて、深山は隣に停めてあるスポーツカーをチェックしていた。

「社長ですか？　あの日は十八時から西麻布のレストランで経団連の会食がありました。私はそこにお送りはしましたが、『終わりは何時になるかわからないから、今日はタクシーで帰る』と言われたので、私はそのまま帰宅したんです」

「わかりました」

明石は運転手の話に頷くと、スポーツカーの近くにいる深山に「触んなよ！」と声をかけた。


奈津子がお手伝いの女性にその晩のことを尋ねると……。

「あの日、私は夕食の用意をして十八時にはお屋敷を出ました。長男の功一さん以外は、みなさんいらっしゃいましたよ。もういいですか？　見つかると、怒られますので」

「ああ、すみません。……ありがとうございました」

奈津子は言った。藤野は横にいたが、寄ってくる虫をはらっていただけで結局何の役にも立たなかった。

＊

刑事事件専門ルームに戻ってきた深山たちは、椅子に座らせた黒いマネキンのような人形を善之助に見立てて殺害時の様子を検証していた。

「巻いて、巻いて……」

藤野が声をかけると、明石が人形の背後から首にネクタイを巻き付けた。そのネクタイと人形の首の間に、深山は両手の人差し指をはさんで力具合を測っていた。

「ギュ――――ッ！」と藤野がかけ声をかけると、明石はネクタイを左右に引っ張った。

「左強く」

指を人形の首とネクタイの間にはさんだまま、深山が指示すると明石は左手にさらに力を込めて引っ張る。

「違います？」

藤野が尋ねた。

「うん、たしかに違う」

深山は答えた。そして、善之助の司法解剖の結果の書類を手に取った。

「なるほど。司法解剖の結果通り、犯人は左利きである可能性が高いか……」

利き腕がどちらかで遺体に残された痕跡が変わってくることを検証していたのだ。深山は納得したように頷いた。

「はい、ありがとうございました。失礼します」

電話をしていた彩乃が会話を終え、深山たちのところにやってきた。

「ねえ、お母さんに確認したけど、皐月さんは確実に左利きです」

深山は再び、「なるほど」と言った。

と、そこに、佐田が帰ってきた。

「おかえりなさい」

奈津子が声をかけた。息を切らして駆け込んできた佐田は、深山の背中を叩いた。そして振り返った深山に、ちょっと、と手招きをした。

「功一さんが、事件の夜に……参加した経団連の会食……会食あるだろ?」

佐田はなんだか嬉しそうだ。早く報告したくて走ってきたようで、息が上がっているのだろうか。しゃべりながらもブレスが入り、話す内容がとぎれとぎれになる。だが、急にふき出した。

「何笑ってるんですか」

「や、ちょっと待って」

どうやら佐田はなぜか笑いがこらえきれないようだ。「経団連の会食あるでしょ？

あの会食には、俺が顧問をしていた……会社の役員も参加していたんだ。ね」

「はい」

「で、ああいう会合ではときどき……」

佐田は手にした写真を見てまた笑う。

「気持ち悪いんですけど」

「ああいう会食では、会食の最後に、こういう記念写真を撮るんだよ」

佐田は写真を深山に渡した。

「で、よく見て、これ」

佐田は得意げに笑っているが、深山は気持ちを集中させて写真を見つめた。そして、
顔を上げると、佐田と目が合った。

「シャッター、押ししゃったー」

佐田が深山に渾身の親父ギャグを言った。なるほど、このギャグをずっと頭の中で温
めていて、自分でふき出してしまっていたのだ。佐田は一人で今にも爆笑寸前だが、少

し離れたところから見ていた彩乃や明石、藤野、奈津子はシンと静まり返っている。深山も真面目な表情を浮かべている。そして……。

「謎は……すべって解けた」

ウヒヒヒ。今度は深山が親父ギャグを繰り出し、自分のギャグに笑っている。

だが、「すべってないよ、別に」と佐田は真顔に戻りなぜか反論した。

「すべってないよ、いつも言ってるのと同じぐらいだよ。むしろちょっと俺の方が上。ちょっと上」

すると深山は佐田に寄ってきて写真を見せた。そして男性と女性を指すと……。

「彼と彼女は……ネクタイ関係」

サーっと冷たい風が吹きすさぶような音が刑事事件専門ルームにしたような気がした。深山と佐田以外の全員が冷たい目で二人を見ている。だが、そんなことはおかまいなしに深山と佐田は二人同時に噴き出した。

「それ、肉体……うー、やっぱかなわないや」

佐田はお腹を抱えている。いつも反目というかスレ違ってばかりの二人だが、なんだか意気投合して「肉体関係」「ネクタイ関係」と言い合ってはしゃいでいる。

「二人のツボがよくわからないんだよな」

「ただの親友だろ」

藤野と明石は首をかしげながらそれぞれの仕事に戻った。彩乃と奈津子は無反応だった。

＊

翌日、深山と佐田、彩乃は、山城家に向かった。広間に座って待っていると、山城家の一族が入ってきて、ずらりと並べた座布団に順番に腰を下ろした。

「お忙しい中、時間をお割きいただき、申し訳ございません」

佐田は功一に頭を下げた。

「皐月ちゃんの弁護活動は、ちゃんとやってもらえてるんでしょうか？」

功一が尋ねた。

「それは、もちろんです」

そう言うと佐田は一度咳払いをして「深山」と、促した。

「情状酌量どころか、無実を証明できそうなんです」

深山は言った。

「どういうことですか？」

「皐月さんは誰かをかばっています。真犯人は……この中にいます」

笑顔を浮かべながら言う深山に、一族の顔が硬直した。お茶を出し終えたお手伝いの女性は、一瞬、硬直しつつも、そっと襖を閉めた。

「まずはこちらをご覧ください。これは司法解剖の結果です」

深山はファイルに入った『解剖立会報告書』を一族の側に向けて畳の上に置いた。

「司法解剖の結果、犯人は左利きである可能性が高いんです」

「皐月ちゃんは左利きじゃないですか？　何がおかしいんでしょう？」

昌子が身を乗り出して言った。

「たしかに皐月さんは左利きです。ですが、この中にもう一人、左利きの方がいらっしゃいますよね？」

深山の問いかけに、一族はしんと静まり返った。

「功一さん、あなたです」

「……たしかに私は左利きだ。でも、それだけで犯人だって言うんですか？　だいたいあの日は、二十時過ぎに敬二から電話をもらって帰宅したんですよ」

「そうでした。あなた犯行時刻には、ここにはいなかったんですよね？」

深山は功一の言葉に頷いた。

「この間も、そうお伝えしたでしょう。そのとき私は西麻布で経団連の方と会食をしていたんですよ」

功一が言うと、深山は佐田に目線を送った。佐田は鞄から会合の写真を取り出し、功一に見せた。

「私もあの、企業法務の世界ではそれなりに顔が広くて、たまたま知り合いがその会食に出席していたんです。あなたはあの夜、急用だと言って途中で会を退席されたそうですね。それで、いつもは会の終わりに撮ることになっていた記念写真を、あなたが帰るときに撮影することになった。写真のデータに、その撮影された時間が残されていました。時刻は、十九時二分です」佐田はデジタルカメラのデータを解析した資料を功一に渡した。

「つまりそれから急いで帰れば、犯行時の二十時前にはあなたはこの家にいることが可能です」

「君たち、失礼だぞ。君たちには皐月ちゃんの弁護人から降りてもらう」

功一はあくまでも強気の態度を崩さない。だが深山はふっと笑って言った。

「そうですか。でも、その前にこちらもご覧いただけますか?」

深山は座布団を手に功一のすぐ前に移動し、写真を見せた。

「こちらは、この会食のときの写真を拡大したものです。そしてこっちは、僕がこの家に初めて伺ったときに撮った写真です」

後者は事件当夜、善之助の寝室で現場の写真を撮っていた深山が、佐田たちの方に向けて撮影した一枚だった。

「あなたの着ているスーツとネクタイが、違っているんですよ」

会合のときは紺のスーツにオレンジ色のネクタイをし、寝室の写真ではベージュのスーツにエンジ色のネクタイをしている。

「あなたは皐月さんが山城会長を殺したと聞いて、急いで帰ってきたんですよね？　そんなときになぜ、わざわざスーツを着替えたんですか？」

深山の問いかけに、功一は黙りこんだ。

「あなたはスーツを着替えなきゃならない理由があったんですよね？　皐月さんは山城会長にワインと料理をひっくり返され、カッとなったと言っていました。ですが……部屋の絨毯にも、皐月さんの服にも目立ったワインのシミは、どこにも見当たりません」

深山は自分が撮影した現場の絨毯の写真と、皐月の写真、そしてネクタイの写真を、功一の前に置いた。

「でも、凶器のネクタイからはワインの成分が検出されています。山城会長にワインをかけられたのは、あなただったんですね。……あなたは山城会長にワインをかけられ、殺意を抱き、していたネクタイで会長を絞め殺した。そして、そのことを隠すためにスーツを着替える必要があったんです。違いますか？」

深山は功一の顔を覗き込んだ。功一は深山と目を合わせることができなかった。

*

事件の起こった晩……。

「親父、トランスバース・グループとの取引が決まったんだ」

功一は経団連の会合で決定した事柄を早く報告したくて、善之助の部屋に向かった。だが……食事中の善之助はいきなり功一にワインをかけた。

「会長と呼べと言っただろ。おまえみたいな者が跡取りだと、山城鉄道ももう終わりだで」

そう言われ、功一は突発的にしていたネクタイで善之助の首を絞めた。

「何をするんだ、やめろ……やめろ！」

その声に山城家の面々が集まってきた――。

功一がぽつりぽつりと、その晩のことを語り始めると、

「あの女が仕組んだのよ！」

昌子が深山たちに抗議するように声を上げた。

「やめろ、昌子」

敬二が制した。

「あの女が、自分がしたことにしろって言ったのよ！」

昌子は叫ぶように言った。


――あの晩、善之助がうめいているのを聞きつけ、まず皐月が寝室にやってきた。そのとき功一は、善之助の首をきつく絞め上げていた。皐月は足を止め、呆然とその様子を見ていた。やがて善之助は命尽き、がっくりと首を垂れた。

次に敬二と良典が駆けつけた。功一はネクタイを手に、腰が抜けたように絨毯に座り込んでいた。

「親父……」

敬二は善之助に駆け寄った。「親父？　親父？」と何度も善之助を呼び、心臓に耳を当てたが、なんの反応もない。そこに育江と昌子が到着した。

「死んでる……兄さん、なぜこんなことをしたんだ?」

敬二は座っている功一に尋ねた。

「は……」

育江は声にならない声を上げ、その場に膝から崩れ落ちた。善之助の寝室の空気が凍りつく中、皐月が歩き出した。そしてテーブルの上のトレイを持ち上げ、自分の方に向けひっくり返した。料理は絨毯の上に散乱し、皐月が着ていた服にも料理の汚れがつく。

「私が……代わりに自首します」

静かな声で皐月が言い、功一は顔を上げた。

「私が、長年の介護で疲れた上に料理を投げつけられて犯行に及んだことにすれば、罪が軽くなると思います」

「皐月!」

隆三が止めようとしたが、

「私が少し我慢することでこの家を守れるなら、身代わりになります」

皐月の決意は揺るがなかった。功一は思わず立ち上がった。皐月は功一の手からネクタイを奪い取って続けた。

「このネクタイは、お義父さまが功一さんに譲られたものですよね?」

「……ああ」

「だったらそのことは内緒にして、今でもお義父さまのものだということにすれば……。私がこのネクタイで殺したというのも、つじつまが合います」

皐月は言ったが、功一は頭が回らず、返事ができない。

「兄さん。山城グループのためだ。ここは彼女に」

敬二が言うと、功一はハッと我に返った。

「警察を呼ぶ前に弁護士を呼ぶ。君をできる限り守るからね」

功一は皐月に約束した。

「何か聞かれたときのために、口裏を合わせるんだ。叫び声が聞こえて各々寝室に駆けつけたら、皐月ちゃんが、そのオレンジ色のネクタイを手に、呆然と立ち尽くしていた」

敬二は言ったが、

「オレンジ色ではなく、朱色です」

皐月は否定した。

「朱色？」

功一は聞き返した。

「お義父さまはこのネクタイがとても気に入ってらして、よく『朱色のネクタイ』と呼んでいたんです」

「朱色……」

功一たちはそれぞれたしかめるように、その言葉を口にした。

「じゃ、朱色のネクタイを持っていた。そう答えるんだ。兄さんは会食でここにいなかったことにしよう。兄さん早く着替えて！」

敬二が指示をして、みんなは動き出した。

「すぐに準備します」

そう言った育江とともに、功一は急いで寝室を出ていった。

皐月は膨らみかけたお腹の前で、ワインのかかったネクタイをギュッと握りしめていた――。

その晩の話を聞いた彩乃は、呆れ果てていた。

「今までさんざん虐げて、殺人犯にまで仕立て上げて、そんな言い訳まで……」

「言い訳じゃない！」

昌子が叫んだ。

「もう、やめろ」

功一は大声で昌子を制した。

「私が親父を殺した。それは間違いない」

功一が言うと、隣に座っていた育江が泣き崩れた。

＊

翌日、佐田はマネージングパートナー室で、斑目に今回の顚末を報告していた。

「跡を継いだ会社の業績を伸ばしても伸ばしても、全くお父さんに認めてもらえなかった長男の山城功一さんは、父親に対して長年に渡って憎しみを募らせていたそうです」

「なるほどね」

斑目は頷いた。

「斑目所長のご親友のご家族の方たちだったので、少しだけ気を遣いました……」

「嘘をつきなさい」

斑目は薄く笑った。

「よくやってくれた。お疲れさまでした」

「失礼します」

佐田はマネージングパートナー室を後にした。斑目はポンと、いつも飾ってあるラグビーボールに手を置いた。

＊

その夜、明石と藤野と奈津子は『いとこんち』に来ていた。明石はようやくみんなで飲むことができてご機嫌だ。明石と藤野は日本酒を、奈津子は赤ワインを注文している。

「いやあ、嬉しいなあ。ま、勝手おじさんはいないけど、やっぱみんなで飲みに来るとね。すいませんね、わざわざ野方くんだりまで来てもらってね」

「おい、野方をディスるのか、おまえ。井荻のくせによ」

聞き捨てならない、とばかりに坂東がつっかかってきた。井荻は西武新宿線で野方から四つ下った駅だ。

「井荻は、アムロやマチルダさんが誕生した街なんです」

「上井草だろ、それ」

井荻のひとつ先の上井草にはアニメーション制作会社があり、駅前にはガンダムのモニュメントが設置されている。

「当時は井荻だったんです！」

二人はどうでもいいことで言い合いになった。

「うるせえな、おい」

坂東は口答えする明石の頬を軽くはたいた。

「殴ったね？　親父にもぶたれたこと……」

『機動戦士ガンダム』のアムロ・レイの真似をして口答えする明石はもう一度ひっぱたかれた。

「言わせろや、最後まで、髭！」

二人が言い合っているのをよそに、「『悲劇のヒロイン』って……皐月さんも大変な思いしてたんでしょうねえ」と藤野がつぶやいた。藤野が読んでいる週刊誌には『山城鉄道グループ社長逮捕　犯人に仕立て上げられた悲劇のヒロイン』というタイトルの記事が見開きで載っていて、功一の写真入りの記事が大きく取り上げられていた。皐月は容疑者だったときはテレビのニュースでも新聞報道でも顔写真が公開されていたが、無実が証明されたので、週刊誌では黒目線で隠されている。

「ねえ、ほんとですよ」と奈津子が相槌を打った。

「大変な思い……」

藤野の言葉を聞いて、カウンターの中でタコを切っていた深山の手が止まった。

そこに、「ごめん！　試合長引いた」と彩乃が入ってきた。深山の目の前の席を陣取っていた加奈子が露骨に嫌な顔をする。

「おお、彩乃ちゃん。ホール帰り？　プロレスラーの方、来てるよ」と坂東がテーブル席を指した。「えええ――っ！　すごいね、すごいね」と彩乃は坂東の肩を叩いて盛り上がっていたが、テーブル席のプロレスラーが振り返ると、それはモハメド・ヨネだった。このアフロの客が集うことの多い店にふさわしい立派なアフロヘアだ。

だが、「なんだ、ノアかよ」と彩乃は小声でつぶやく。彩乃が応援している新日本とは違う団体に所属している選手なので一瞬がっかりした表情を浮かべていたが……すぐに笑顔になり、声をかけた。

「すいません、ヨネ選手ですよね」

「あ、はい」

「写真撮ってもらってもいいですか？」

「いいですよ」

「やったー！」

「調子いいなあ、おい。調子よすぎるだろ、それ」と呆れる坂東に、彩乃は携帯を渡して、「ちょっと坂東さん、撮って」と頼む。

「俺が撮るのかやっぱり。撮るけどもさ」と坂東が「ポーズ」と、彩乃の携帯を向けると彩乃の新日本プロレスの携帯ケースを見てヨネが顔を曇らせた。

「新日ファンですか？」

「あ、いや……プロレス全般です！」と彩乃は咄嗟《とっさ》にごまかした。

「全般？」とヨネは自分のアフロをかたどるような手つきをする。

「そう、ぜんぱーん」と彩乃は言った。

「嘘だろ？」と坂東は言うが、「嘘じゃねーよ」と、彩乃は改めてヨネの隣に並んだ。

「あれ、どしたの？」

そのとき、トイレから新日本プロレスのＴシャツを着た男が出てきた。

「邪道《じゃどう》さん！」と驚いた彩乃は「フォーッ！」と邪道のポーズをした。

「フォーッ！」と邪道も応じて、一緒にポーズを決められた彩乃は大盛り上がりだ。

「なんか写真撮ってもらいたいって」とヨネが邪道に言った。

「いいんですか？」と彩乃が三人で並んで写真を撮ろうとしたところに、扉が開いた。

『ブレイク！　ブレイク！　ブレイク……ＹＴＲ』とプリントされたＴシャツを着て、チャンピオンベルトを腰にまいた男が扉をくぐって入ってくる。

「やの、とーるー」

彩乃は矢野通のポーズをした。矢野は突然声をかけられて驚きながらも、一緒にポーズをした。Tシャツの背中には『リングの中心でブレイクをさけぶ』とプリントしてある。「ウオオオーーーッ！」と彩乃の興奮は止まらない。

「大変な思い……大変な思い……」

カウンターの外は騒がしかったが、深山はみんなに背を向け、考えごとをしながらフライパンでタコやズッキーニなど具材を炒めていた。

「犯人の身代わりになった、悲劇のヒロイン。自ら罪をかぶった……」

週刊誌の記事のタイトルが、頭の中にどうも引っかかっている。

カウンターの外では、彩乃がレスラーたちとポーズを決めて、坂東に写真を撮ってもらっていた。

「みんなで飲もう、せっかくですから」とレスラーたちのテーブルに誘ってもらい、彩乃は飲む前から異様にテンションが高い。「ありがとな！」と彩乃は坂東の肩を叩いた。

「自ら罪をかぶった……」

深山は頭の中で「私が代わりに自首します」と言った皐月の心情を想像していた。

「ヒロくん。たまには私が作ろっか？」

カウンター席から加奈子が声をかけてきた。

今日はカウンターに『甘煮添え／かなこの糠床節』というCDが置いてある。

「加奈子、おまえ何作れんの？」と坂東は尋ねた。

「目玉……、焼き」と加奈子は答えた。

「おまえそれ料理って言えるのかよ。彩乃ちゃんは料理できるの？」

「できますよ」と彩乃は当然のように頷いた。

「え、得意料理何？」

「卵焼き」

「それ料理って言わねーだろ」

坂東と彩乃の会話を聞いていた矢野が思わずツッコミを入れた。

「言うよね、言うよね。ていうかこの二人同じ系統よね、これ」と坂東はカウンターの加奈子とテーブル席の彩乃を指した。

「全然違うだろ！」と間髪入れずに否定したのは加奈子だ。

「怖いわ、敵意が……」と坂東はつぶやいた。

「なぜ、なぜだ……」

深山はネクタイの匂いを嗅いだときのことを思い出していた。あのときのワインの香りを思い出していると、フライパンの中で料理がグッグッしてきた。

深山がフライパンとバケットを持ってカウンターに置くと、おー、と声が上がった。

『深山風　タコとズッキーニの夏のアヒージョ』だ。

「うーん、おいしー！」と加奈子が叫んだ。

「どれどれ」と奈津子が手を伸ばした拍子に、明石の赤ワインのグラスを倒してしまった。こぼれたワインは明石のシャツにかかった。

「あ――――！　だからもうワイン好きの女は嫌なんだよ！」

「何よ、うるさいなあ」

「シャツにワインは取れないの！」

「じゃあ脱げば」「一回脱げ」

藤野と坂東が言った。

「お気に入りのシャツなのに――――！」

明石はブツブツ文句を言っている。

カウンターで、明石のシャツにこぼれた赤いワインのしみを見ていた深山の頭の中に、皐月の言葉が蘇ってきた。

「そうです、赤ワインも一緒に」

皐月はそう言った。でも、実際にワインをかけられたのは功一だった。

深山の中でようやくひっかかっていたものがすっきりして……。

「ワイーン！」

深山は「アイーン」の真似をしながら親父ギャグをかました。

騒がしかった店内は一気に静まりかえった。

「五点」

「三点」

明石と彩乃は厳しい採点だが、「可愛い〜」と加奈子はいつもの通り目がハートだ。

すると、深山は拳を突き出すように突然踊りだす。

「♪素晴らしいワインエムシミ〜」

深山は西城秀樹の『ヤングマン』の替え歌を歌いながら、自分のネクタイを両手で持ってぐっと前にひっぱる。

そんな深山の姿を見て、レスラー席は爆笑の嵐で仕方なく彩乃も笑った。そんな中、明石はしょんぼりしながら席を立った。

「帰るの？　おやシミ～」

深山は明石に手を振った。

＊

数日後、皐月が斑目法律事務所の会議室にお礼に来ていた。後ろで一つに結んでいた髪を下ろし、赤いカーディガンを着た皐月は、ずいぶん雰囲気が変わって明るく見える。

「本当にありがとうございました」

「よかったですね」

彩乃は微笑みかけた。

「なぜ、最初から本当のことを話してくださらなかったんですか？」

佐田が尋ねた。

「功一さんは一族の後継者として、会社を守らなければならない立場にありました。私が罪を被ることで、一族も守れるし、執行猶予がつけば、変わりなく暮らせると思ったんです。浅はかでした」

　皐月はうつむいた。

「私、一生懸命働いて、なるべく早く弁護料をお支払いします。本当にありがとうございます……」

「働かなくても返せますよね？」

　深山は口を開いた。

「え？」

　皐月が驚いて深山を見た。

「弁護料」

「何言ってるんだよ？」

　佐田は小声で慌てて深山を止めようとした。

「あなたは料理をひっくり返されたと話したとき、『ワインも一緒に』とおっしゃいましたよね。でも、絨毯にも服にもシミは残ってなかった。そのことがずっと気になってたんですよ。あなたの本当の狙いは僕たちの疑いの目を、山城一族に向けさせること。あなたは罪を被るフリをして、僕たちが真相にたどり着くのを、赤ワインの話をわざわざ出して、巧みに誘導したんです。すべては山城会長の遺産を手に入れるために」

「遺産？　そもそも皐月さんには遺産の相続権はないでしょ？」

彩乃は言った。

「皐月さんには相続権はない。相続権があるのは三人の兄弟と敬二さんの息子の良典さん。でも、長男の功一さんは殺人を犯し、相続権はなくなるでしょう。そして、敬二さん、隆三さんも、良典さんも、犯人を隠匿したため、同じく相続権は失うことになるでしょう。でも……たった一人だけ遺産を相続できる人がいるんですよ」

深山は皐月を見た。皐月も深山を挑戦的に見返した。その顔つきはこれまでの清楚な雰囲気とは全然違う。

「あ、おなかの中の赤ちゃん」

彩乃が声を上げた。

「……代襲相続か」

佐田もハッと気づいた。

「民法八八六条、胎児は、相続については、生まれているものとみなす……」

彩乃は言った。

「皐月さん、あなた、家族全員の遺産の相続権をなくすために……」

佐田は驚きで言葉を失っていた。

「あなたは自分が罪を被ると言って彼らの相続権をなくした。そして、山城会長が持っていたすべての財産を自分の子どもに行くようにした」

「……なんのことでしょう？」

皐月は無表情のまま言った。「なんの証拠もありませんよね？」

「ええ。ありませんよ」

深山はそう言うと、もうこの件には関心がないとばかりに、椅子を左右に揺すった。

「お世話になりました」

皐月は立ち上がると弁護士たちに一礼した。そして頭をあげると一瞬、口の端に笑みを浮かべるた。深山はその笑みを見逃さなかった。

立ち去ろうとする皐月は会議室のガラスの扉を押して開けようとしたが、開かない。押したり引いたりしていたが、深山は立ち上がり、すっと横に引いてドアを開けた。

「お身体お大事に……」

深山が笑いかけたが、皐月はふてくされたような顔で一礼して去っていった。


その晩、深山は一人で刑事事件専門ルームに残って仕事をしていた。そろそろ帰ろうとリュックを背負うと、斑目が入ってきた。

「お疲れさま。してやられたね」

「……ですね」

「しかも、法律上、彼女を罰することは難しい」

「僕は事実を知りたいだけなんで。それに、狙いだったかどうかは、本人にしかわかりませんから」

「本人にしかわからない、か」と斑目は小指で右の眉尻を掻いた。

——その仕草を見て、深山は父親の葬式を思い出した。

＊

——父、深山大介の葬儀は田舎町の小さな葬儀場で執り行われていた。

小学生だった深山は、耳を引っ張りながら最前列の席に座っていた。ふと、通路を隔てた席を見ると、弔問客の男たちが二人、小声で話しているのが聞こえてきた。

「深山は本当にやったのか？」

尋ねられた長身の男は、

「……私はやってないと思う。冤罪だ」

はっきりとそう言った。

「そうか……。おまえがいたらな……」

そう言われ、長身の男は小指で眉毛を掻いていた――。

*

「一つ聞いてもいいですか？」

深山は斑目の顔を見た。

「もちろん」

「あ、二つか」

「どうぞ」

「どうして僕をここに入れたんですか？」

「君の弁護士としての才能が半分。あとは……なんだろうね」

「弁護士としては半分か。もうちょっとあると思ったんだけどなあ」

「もう一つは？」

「眉、どうして小指で掻くんですか？」

深山に言われ、斑目は小指を眉に持ってきた。

「……癖だね」

「小指で掻くより、人差し指とか中指の方が掻きやすいでしょ」

「そんなとこまで細かいんだ」

「まあ……昔からですもんね」

深山は斑目に飴を一つ渡して、「お疲れさまでした」と部屋を出て行った。

「……昔から」

深山に言われた言葉が気になり、斑目は自分の小指を見つめていた。

*

大友が検察庁の個室で一人考えごとをしていると、ノックの音がした。

「はい」

「失礼します」

入ってきたのは丸川だ。そして、意を決したような表情で大友の机の前に立った。

「深山の父親の事件の担当検事は、あなただったんですね」

「……それが、どうしたんだ?」

大友はうっすらと笑みを浮かべて問い返した。丸川は言葉に詰まったが、何かを言おうと口を開きかけた。するとまたコンコン、とノックの音がした。

「はい」

大友は返事をした。

*

深山は閉店中で客のいない『いとこんち』のカウンターに一人で座っていた。トマトジュースを飲もうとしたところ、テレビから気になるニュースが流れてきた。

『……江東区で起きた二つの殺人事件は、手口が似ていることから警察は同一犯の犯行とみて捜査していましたが、今日午後、石川陽一《いしかわよういち》容疑者を殺人の容疑で逮捕しました。警察は、現場に残っていた血痕と体毛が石川容疑者のものと一致したため、今日逮捕に踏み切りました……』

ニュースを見ていた深山の脳裏に、二十五年前の父親の事件がよぎる。

深山はグラスを静かにカウンターに置き、右手の人差し指と親指で輪をつくるように右の耳たぶを触っていた。

第10話 チーム斑目が挑む最後の難事件!! 因縁の宿敵…秘めた思い…いざ最終決戦!!

大友に聞きたいことがあったのだが、ノックの音に遮られた。丸川は胸の中のもやもやした気持ちを抑えきれないまま、振り向いた。

「失礼します」

入ってきたのは稲葉だった。

「丸川？」

ここにいたのか、と言いたげな表情で、稲葉は丸川に近づいてきた。

「おまえに任せた連続殺人はどうなってる？」

稲葉が丸川に尋ねた。ニュースでも騒がれている、目黒区と江東区で起きた二つの強盗殺人事件だ。

「現場には被疑者の毛髪と血痕が残されていました。本人は否認していますが、間違いないかと」

「だったら何故割れないんだ」

「……申し訳ありません」

丸川は稲葉に頭を下げた。

「大友検事正も、いよいよ高検の検事長の内示が出るんだ。はなむけとしてだな……」

「いやいやいや、人事は人事だ」

大友は稲葉を制し、立ち上がった。

「丸川」

「はい」

「おまえはやるべきことをしっかりやれ。意味はわかるな？」

その言葉には、とてつもない圧力があった。

＊

『先日、目黒区と江東区で起きた連続殺人事件で逮捕された石川陽一容疑者は、警察の取り調べに対し、全面的犯行を認めました』

深山はいつものように耳たぶに触れながら、刑事事件専門ルームのテレビで流れるニュースを見ていた。そこに、藤野がニコニコ顔で入ってきた。そして、娘の手作りの飴だと、ひとつひとつラッピングした飴をみんなに配りはじめた。

「どうぞ〜」

藤野は深山の机の上にも飴を置いていった。ペロペロキャンディのように串が刺さった飴で、飴の部分は黄色い花の形になっている。

「あ、佐田先生、これ、うちの子の手作りの飴です」

藤野は入ってきた佐田にも飴を渡した。

「お子さんの手作り？　ああ、うちもこういう時代、あったなあ」

佐田は懐かしそうに飴を見ている。

「可愛いー。可愛くて食べるのもったいないですね」

彩乃も笑顔で受け取った。

深山は無言でラッピングを開けて飴を取り出し、舐めはじめた。

「まずい……」

「え……」

満面に笑みを浮かべていた藤野が固まった。

「煮詰めすぎですね、これ」

深山は口から出した飴を眺めている。

「やめなさいよ」

「お子さんが一生懸命作ったのにその言い方はないだろう」

彩乃と佐田が深山を非難した。

「事実を言っただけです。でも食べますよ、飴に罪はないんで」

深山は言った。

「うちの子たちには罪があるみたい……」

藤野が泣きそうになっていると、斑目が入ってきた。

「おはよう」

「おはようございます」

挨拶を返したみんなに、斑目はさっそく資料を配った。

「次の依頼だ。都内で起きた連続殺人事件。被告人の父親から依頼が来てね」

「わいせつ目的で襲われて殺害された事件ですよね？」

奈津子が尋ねると、斑目は短く頷いた。先ほどニュースでやっていた殺人事件だ。

「犯行を認めているってニュースで見たんですけど」

彩乃が言った。

「そのようだね。よろしく」

班目が言うと、資料を受け取った深山は無言でリュックを背負い、部屋を出た。

「あ……」

どうすべきか逡巡している彩乃に「おい立花」と佐田が促した。

「行ってきます」

彩乃は鞄を手に、慌てて深山を追った。

「しっかり監督してよ」

班目が佐田に言う。

「はい」

佐田は複雑な表情を浮かべた。

＊

深山と彩乃は拘置所の接見室にやってきた。奥の扉から、被疑者の石川が現れた。白いトレーナー姿の石川は、深山と同じ年頃の、ごく一般的な男性だ。

「弁護人の深山です」

「立花です」

二人はいつものように名刺を置いた。

「どうぞ」

深山は石川に椅子に座るように促した。

「では、さっそく生い立ちから聞かせて……」

深山はノートを広げた。

「あの……」

石川が遠慮がちに、だがしっかりとした口調で切り出した。深山は顔を上げ、彩乃は口角を上げて笑顔を作った。

「僕は……やってません」

石川はいきなり訴えてきた。深山は耳たぶに手を触れた。その途端に二十五年前、無実だと訴えていた父親、大介の姿が頭の中でフラッシュバックする。

「犯行を認めて、調書にサインをしてますよね？」

彩乃が尋ねた。

「サインさせられたんです。僕は何もやっていません。検事さんにも、何度もそう言ったんです」

何度も。石川は、その言葉を強調した。

「でも……」石川は検察庁での取り調べの様子を語りだした。

――石川の前の机には、二つの殺人事件の証拠類が並べられていた。石川はひたすら無実を主張した。

「それではなぜ、行ったこともない場所に、あなたの毛髪と血痕が残されていたんですか？」

検察官は尋ねた。担当は丸川だ。

「だから僕は……」

「たとえば」

丸川は強い口調で石川を遮り、立ち上がった。

「皿の上にあった大福が盗まれたとします。部屋にはあなたしかおらず、あなたの口の周りには大福の粉がついていた。今のあなたはそういう状況です」

丸川は石川のそばに来て、ぐいっと顔を近づけて言った。

「毎日毎日、毎日毎日、深夜まで同じようなことが繰り返されて……」

石川は深山と彩乃に話し続けた。

「あなたがここにサインさえしてくれれば、こんな取り調べはすぐに終わるんですよ」

心身共にボロボロになり疲れ果てていた石川は、丸川にそう言われたある日――。

「最後は、もう自分でもよくわからずにサインしてしまいました」

石川は、ガラス板の向こうで無念の表情を浮かべていた。

＊

刑事事件専門ルームのメンバーは会議テーブルに集合し、ニュース映像を見ていた。

テレビの画面には『〝都内連続殺人事件〟容疑を否認　被害者の女性　都知事候補の選挙スタッフ』と出ている。

「こちらが現場となった伊井山《いいさん》公園です」

九十九《つくも》静香《しずか》というレポーターが、現場の公園から中継を始めた。

『都内で起きた連続殺人事件で、一件目の事件の被害者・中田麻里《なかたまり》さんは、都知事に立候補した高山浩介《たかやまこうすけ》さんの、選挙スタッフとして働いていました』

ニュースの画面には『中田麻里（30）』と顔写真が出ている。そして、先月二十日収録の映像として、都知事選の街頭演説で選挙カーの上から聴衆に手を振る都知事候補の高山と中田の姿が流れた。高山は黒のスーツの上から自らの名前を大書したタスキをかけており、中田は青い選挙ボランティア用のTシャツを着ている。中田のTシャツには『一、富士！　二、鷹！　三、高山！』と、高山の名前をアピールするためのスローガンが書かれている。

画面はそこで、現在も選挙活動中の高山に九十九がインタビューしている映像に切り替わった。

「優秀なスタッフがこんな事件に巻き込まれて……非常に残念です」

高山は無念そうに目を伏せた。

次に画面は『二件目の被害者　岡由美子《おかゆみこ》さん（28）』と書かれた顔写真に切り替わった。

『一方、二件目の事件の被害者・岡由美子さんは、五年前に胃ガンが見つかり、つい先月完治の宣言をされたばかりでした』

その後、会議が始まった。ホワイトボードにはいつものように事件の概要が書かれ、部屋の中には証拠書類の箱がいくつも置いてある。

「都内で起きた連続殺人事件です。まずは一件目。五月二十八日、目黒区内で起きました。被害者の中田麻里さんが帰宅途中、伊井山公園に連れ込まれ、殺害されています。

えー、犯行時刻は同日の二十三時から二十四時の間です」

彩乃がホワイトボードを指しながら説明を始めた。

「そして、二件目。六月三日、こちらは江東区で起きました。被害者は岡由美子さん。帰宅中に巨千大橋にさしかかったところで、犯人に橋の下にへ連れ込まれ殺されました」

「巨泉大橋？」

昭和の人気タレント、大橋巨泉を思い出し明石が小声でつぶやいた。だが、字が違う。

「犯行時刻は同日の二十一時から二十二時の間です。この二つの事件の共通点は、殺害現場に被告人である石川さんの毛髪と血痕が残されていたこと。そして、二人の殺害方法が全く同じで、刃物で心臓を一突きされて殺されていました」

「……これ、刺せるか？」

遺体の写真を見ていた深山がつぶやいた。

「毛髪と血痕のＤＮＡは石川さんのと一致してるのか？」

佐田が尋ねた。

「はい」

彩乃は頷いた。深山は開示された様々な書類を見ている。

「これで否認って、ある意味勇気あるな」

明石は言った。

「犯行時刻のアリバイはどうなってる？」

佐田が尋ねた。

「一件目の犯行時刻には家に一人でいたそうですが、二件目のときは、調布中央駅の駅ビルにいたって言っていました」

「今回は物証が固い。もし覆せるとしたら、石川さん本人が殺害現場にいなかったことを証明するしかない。明石、藤野、その……何？　何駅？」

「調布中央駅」

彩乃は佐田に言った。

「そこの駅ビルに行って、該当時刻の防犯カメラの映像を確認してくれ」

佐田に言われ、明石と藤野は「はい」と立ち上がった。

「石川さんの職場に行って話、聞いてきます」

彩乃も出かける支度をする。

「あー頼んだ」

佐田が言い、三人は部屋を出ていった。

「それから深山は……」

佐田が深山を見た。深山はすでにリュックを背負って出かけようとしている。

「行ってきます」

「どこに行くんだよ？」

問いかける佐田に、深山は無言で短く頷き、出ていった。

「んだよ、これ」

佐田は、深山の頷く素振りを真似しながら、舌打ちをした。

*

深山は最初の殺害現場、伊井山公園に来て、現場と資料の写真を見ていた。被害者が連れ込まれたという入口から、殺害現場となった植え込みまでの距離を歩いて確認してみる。植え込みから入口の方を振り返り、両手でカメラのような四角い形を作り、被害者の中田が公園に連れ込まれる様子を撮影するかのように動かしていき、映像を浮かべてみた。

ニュースでは、外の道を歩いていた中田が後ろから来た犯人に公園の中へと引きずり込まれたと言っていた。中田は激しく抵抗し、入口付近にバッグが落ちた。男は中田を植え込みに連れ込んだところで刃物を取り出すが、抵抗は続いていた。だが刃物を振り上げて心臓を一突きにし、殺害した——。

自分の頭の中で映像を再生し終わった深山は、耳に触れた。

彩乃は、石川が勤務していた自動車工場に来ていた。

「石川さんは、正社員になる話が見送られて、むしゃくしゃして犯行に及んだことになっているんです」

仲が良かったという同僚の男性社員に休憩室に来てもらい、話を聞いた。

「いやあ、そんなはずはないと思います。石川は『正社員になったら責任が重くなるから、今のままでいたい』って言っていましたから」

同僚は言った。

「今のまま?」

「ええ」

同僚は頷いた。ニュースや新聞の報道とは矛盾する話に、彩乃は首をかしげた。

深山は第二の殺害現場である巨千大橋の下に来ていた。上は高速道路で、常に車が行き交う音がする。橋の下に差し掛かったところで犯人に後ろから襲われた岡は、手に持っていた携帯を落とした。深山は資料を見ながら、岡の携帯が落ちていたという場所にしゃがみこんでみた。

その後、犯人は岡を橋の脇の植え込みに連れて行き、心臓を一突きにし殺害した——。

深山は先ほどと同じように、殺害までの一連の動きを頭の中で再生した。


調布中央駅にやってきた明石と藤野は、駅ビル内の警備員室に向かった。

「防犯カメラの映像を見せてほしいんですが……」

明石が警備員に切り出した。

「ああ、弁護士さんとこの？　でもあんたら弁護士じゃないじゃないか」

『法務部　藤野宏樹』『法務部　明石達也』の名刺を見た警備員の態度は素っ気ない。

そこで明石は得意の土下寝をしようと肩にかけていた鞄を下ろした。

「明石くん、今日は僕が」

藤野が明石を制して床にうつ伏せになった。

「どうかひとつ、よろしくお願いします！」

「何やってんだよ。寝るならよそへ行ってくれ、よそへ」

「え？」

藤野が顔を曇らせる横で、今度は明石が土下寝をした。

「お願いします!」

ふたりがしばらく並んで土下寝をしていると、警備員がハハハハハ、と柔和な表情で笑った。

「そこまでされちゃあ、ねえ」

警備員が明石の肩を叩いた。

「え?」

藤野は不満そうに起き上がった。

深山は石川の父親が一人で暮らすマンションを訪ね、リビングで父親の啓太《けいた》と向かい合っていた。石川家は父子家庭だ。

「あの子は小さい頃から気が弱くて、人と争うことを嫌う子でした」

啓太の言う通り、接見室で会った石川も穏やかそうな印象だった。

「あの、柔道とかやられてましたか? 人を投げ飛ばしたりとか、今までにそういったことは?」

深山は尋ねた。

「そうですか……」

深山はメモをした。

「先生、身に覚えのないことで、人はこんなに簡単に逮捕されてしまうものなんでしょうか？」

「いえ」

啓太の問いかけに深山はすぐには答えられず、耳に触れた。深山が座った位置から見える棚には、石川の幼少時代の写真がたくさん飾ってあった。その中には、啓太と石川が二人で写っているものもある。小学生ぐらいの石川がおにぎりを手に啓太と笑っている写真を見て、深山の頭の中に、ラグビーを練習した後に大介とおにぎりを食べ、笑いあった風景が蘇ってきた。

「うまいね、これ」

そう言う大介に、

「普通でおいしい」

深山は答えた。

そして……。

「俺はやってないって言ってんだろ。いいかげんにしろ！」

どんなに身に覚えがないと否定しても連行されていく大介の様子が、再生された。

＊

深山と彩乃は刑事事件専門ルームに戻り、佐田に今日の聞き込みの結果を報告した。

「調書の内容と違った？」

「石川さんは正社員になることを望んでいなかったそうです。むしゃくしゃして犯行に及んだって、なんでそんな調書が……」

彩乃は首をかしげた。

「動機も必要だったんだろうな」

佐田が渋い表情を浮かべたところに、明石と藤野が戻ってきた。

「ただいま戻りました！」

「手に入れたぞ！　防犯カメラの映像」

明石が深山に笑顔でＤＶＤを差し出した。

「こっちだよこっち、俺が頼んだんだよ」

佐田がＤＶＤを取り上げた。

「いいとこに来た」

それまでずっと自席に座っていた深山は立ち上がり、そのまま明石の手を取り、部屋の外に引っ張っていった。

「な、な、なんだよ。なんだよ、おい！」

訳がわからないといった様子の明石を、深山は廊下で押し倒した。

「ああ、危ない、危ない！　喧嘩はやめなさい！」

佐田が叫んだが、深山は笑顔のまま明石に馬乗りになり、軽く殴りつけた。そしてついにポケットからナイフを取り出し、振り上げた。

「ああ！　ちょいちょいちょいちょい……やめろ！」

明石は動揺し、激しく抵抗した。その隙を見て、深山は明石の心臓にナイフを突き刺した。

「あ――――！」

ぐさりと心臓にナイフが刺さり、明石は目を閉じた。深山はさらに何度も心臓を突く。悲鳴を上げていた明石は「え？　え？　え？」と、目を開けた。

「おもちゃですよ」

深山が手を離すと、刃が引っ込んだ状態のナイフがびよん、と跳ね上がり、少し離れた床に落ちた。

「遊んでる場合じゃないでしょ！」

彩乃は深山を一喝し、プンプン怒りながら部屋に戻っていった。

「……ホントだよ、おまえ」

佐田はＤＶＤを手にしたまま立ち尽くしている。

「親父にも刺されたことないのに……」

明石はふらふらと立ち上がった。

「おまえ、ここ会社だよ」と佐田が言う。

藤野はすっかり怯えて足が動かなくなっている。

「何やってんだよ、大丈夫？　おもちゃでも痛いよね、こういうの。痛いから、おもちゃでもさ、おかしいんだよ、おまえ！」と佐田は珍しく明石を気づかい、深山を非難した。だが、深山はいつものようにまるで聞く耳を持たず、まだ動揺している佐田たちを廊下に置いたまま、笑顔で席に戻った。そして人体の図と傷の位置が描かれた司法解剖の結果を二枚持って、また廊下に出ていった。

「検察の資料によると、現場には石川さんの血痕が残っていました」

「急に真面目になったな」

佐田は呆れたように言った。彩乃もやってきて、深山が手にしている資料を覗き込んだ。深山が手にしている二枚の用紙は、中田と岡の傷の様子が描かれているものだ。

「ということは、怪我をするほど被害者に抵抗されて、揉み合いになった可能性が高いんです。そんな状態で、刃物で心臓を一突きするのは不可能だったんじゃないですかね」

深山は言った。

「抵抗される前に刺したってこと?」

彩乃が尋ねる。

「だとしたら、なぜ石川さんの血痕が残っていたのか……」

「今、そういう議論は必要ない」

佐田は深山を遮った。「だいたいああいうプレイをやる必要もない! 石川さんを無罪に導くためには、彼のアリバイを証明する方が先だろ?」

佐田は主張した。

「僕にとっては、有罪か無罪かは関係ないんです。知りたいのは事実なんで」

「いいか? 今回はな、物証が固い上に本人の自白調書もあるんだよ。アリバイを証明することが、依頼人の無罪を勝ち取るための一番の近道だ」

「でもそれだけだと、全ての事実はわからないです」

「わからなくていいんだよ。自分の興味よりも依頼人の利益を優先しろ!」

佐田の主張を聞き、深山は首をかしげた。向かい合っていた佐田も同じ方向に首をかしげる。

「やっぱ合わないなー」

「そりゃ合わないだろ」

深山と佐田は、合わないことを認め合った。

「俺はおまえの中で認めるのはな、あの親父ギャグだけだ」

それを聞いた彩乃たちはいっせいに首をかしげた。

「あ、親父ギャグは認めてるんですか」

深山は佐田に尋ねた。

「それはかなわない」

「佐田先生、つまんないですもんね」

「は？　俺がつま……俺のもけっこうおもしろいじゃん」

佐田はムキになって言った。

「一回も笑ったことないですよ」

「同じぐらいだよ、レベル的には」

「ったくあのふたり……トムとジェリーというか」

藤野がため息をついた。

「アムロとシャアというか……」

明石が言い、藤野が頷く。

「おもしろくないですよ」

深山と佐田の言い合いはまだ続いていた。

「笑ってたじゃないか」

「笑ってないですよ」

「笑ってたよ」

「心は絶対笑ってる」

「心ってなんですか」

「それが表に出てた。目の奥に出てたよ」

佐田は必死で言い張っていた。

「肘と膝というか……」

明石がまた言ったが、

「全然違うな」

そこは、藤野は同調しなかった。

＊

メンバーたちは会議テーブルで、三台の防犯カメラの映像を確認しはじめた。佐田と彩乃はモニターに映し出された映像をチェックし、明石と藤野はそれぞれのパソコンで再生していた。

「人が多い」

彩乃が言う通り、防犯カメラの映像はかなり俯瞰で、しかも駅ビル内を行き交う人が多すぎて、石川を見つけるのには相当苦労しそうだ。

二件目の犯行時間は二十一時から二十二時。一時間の映像を見るだけでもこれだけの人数が写っていると大変な作業だ。しかも防犯カメラ三台分だ。

そんな中、深山だけは自席で資料を見ていた。佐田は振り返り、そんな深山を睨み付けたが、もちろん深山は気にしていなかった。

「これうちの子が好きな『ウォーリーを探せ』みたいですね」

藤野は目を凝らしながら、映像に見入った。

「僕が先に見つけますよ！　赤と白の縞々の人を見つければいいんですよね？」

明石はやる気満々だ。

「それはウォーリー。石川さんね」

藤野はパソコン画面に集中しながら注意をした。

そのまましばらく時間が経過したが、四人とも集中力が途切れてしまい、ウトウトしながら映像を見ていた。

深山は立ち上がり、考えを整理しながら部屋の中を歩き回った。と、ふと藤野の席に置いてあった『週刊ダウノ』の表紙に目がいった。そこには、大きな見出しで『現職辞任による都知事選！　本命、高山氏の華麗なる経歴』と大特集のタイトルがあり、端の方には小さな見出しで『静岡県浜松市で強盗殺人事件。心臓を一突き』と別の記事が紹介されている。

深山は強盗殺人事件のページを開いてみた。『捜査本部を設置、なかなか集まらない有力情報』というサブタイトルがついているその記事は、一ページ半ほどの短いスペースではあったが、事件の詳細が書いてあった。記事の末尾に記された記者の署名には『清水《しみず》かずき』とある。

「あ、ウォーリー！　あれじゃないですか⁉」

藤野が自分のパソコンではなくモニターの方を指さし、声を上げた。

「石川くん見つかった？」

明石が尋ねた。

「ほら、エスカレーターの下」

みんなで見てみると、たしかにエスカレーターの方に向かって歩いていく石川がいた。横顔がばっちり映っている。

「これだ！」

彩乃も声を上げた。

「時間は？」

佐田が尋ねた。彩乃が防犯カメラの映像の時間を確認すると……。

「二十一時三十五分です」

「やった！　なんかください！」

藤野はガッツポーズだ。

「ちょっと待て……よし、二十一時三十五分にこの場所にいた場合は、犯行時刻には犯行現場に行けないことを、明日検証してこい！」

佐田は明石と藤野に指示をした。

「はい！」

二人は声を揃えて返事をした。

明石が立ち上がって部屋をきょろきょろと見回し、深山の机の下をのぞいた。

「あれ？　深山？」

佐田が深山の席を見て言った。そこに深山の姿はない。

「……あれ深山は？」

＊

深山は週刊ダウノの出版元『ヴァーン出版』を訪れ、編集部の『お気軽にお声掛けください』というチャイムを押した。

「はーい」

机に向かっていた編集部員たちが一斉に手を挙げる。

「あの、清水さんいらっしゃいます？」

「ああ、俺ですけど」

眼鏡をかけた無精ひげの男が返事をした。食事に出る時間もないのか、自分の机でカップラーメン『コク王』を食べていた。

「あなたの書いた、この事件に関して、詳しく教えていただけませんか？」

深山は清水に先ほどの週刊誌の記事を見せた。

「犯人も捕まってないのに、なんで弁護士がここに？」

「あなたなら、情報をお持ちなんじゃないかなーと思って」

「……タダじゃ無理だな」

清水はそう言うとカップラーメンの続きを食べ始めた。

「あなたの書いた記事を全て読みました。相当細かく調べなければここまでの記事は書けないでしょう。僕といれば、いい記事が書けるかもしれないですよ」

思わせぶりに言う深山を、清水は箸を止めて値踏みするように見上げた。

深山との取引に応じた清水は、パソコンを立ち上げた。そこには先ほど深山が見ていた司法解剖の結果が表示された。

「俺が刑事に聞いた話だと、死因は出血性のショック死だ。刃物が第三肋骨と第四肋骨の間を通って心臓を一突きされてる」

「この事件って強盗目的の犯行なんですよね？」

深山は尋ねる。

「ああ。だが、それについてもちょっとおかしな点があるんだよ」

清水は言った。

＊

そして二人はそのまま、静岡の強盗殺人事件の現場にやってきた。目の前にあるのは『あやし荘一号棟』という小さな古い二階建てのアパートだ。二階へと上がる外付けの階段の入り口には、警察が貼りつけた立入禁止の黄色い規制線のテープで、人々が出入りできないようにされている。

「……ここに強盗に入ったんですか？」

深山は思わず尋ねた。

「ああ。もう少し歩けば高級な住宅街もあるのに、わざわざこんなアパートだ」

清水も不審に思っているようだ。

「現場って入れますかね？」

深山が言ったとき、一階の一番手前の部屋のドアが開いて中年女性が顔を出した。

「こんなアパートで悪かったな！」

女性は清水の姿を見て顔をしかめた。「また来たのか？　何度来ても入れないよ！」

「管理人のおばさんだよ」

清水が深山に言った。

「おばさん言うな！　これでも昔は斉藤由貴《さいとうゆき》に似てるって言われたんだよ」

管理人は清水を追い払おうとしていたが、

「斎藤さん、このアパートって、全室同じ間取りですか？」

深山が近くまで来ると、目を丸くして顔を凝視した。

「どうも、深山です」

深山はにっこりと笑った。

「斎藤です。ゆ、ゆ……由貴って呼んでください、はい」

管理人は加奈子が深山を見るときのように目がハートになっている。

「ここが同じ間取りの部屋だよ」

そして、空いている部屋の鍵を開けてくれた。

「どうも」

深山は靴を脱いで中に入っていった。

「あんただけだったら絶対入れなかったよ。深山くんがイケメンだから入れてあげたんだからね」

管理人が清水に言う。

「あーあーわかったよ……」

けっしてイケメンとはいえない清水は、そう答えるしかなかった。

「清水さん、被害者はどこで倒れてたんですか？」

深山が尋ねると、清水は現場の間取りを写したメモを見た。

「ああ、部屋の窓際だな」

清水に言われ、深山は窓側の方へ歩いて行った。

「なるほど。こんな感じですか？」

深山は窓際の畳の上に寝転がる。

「いや、角度が違うな。こんな感じだな」

清水は深山の脚の位置を少し動かす。

「なるほど」

深山は立ち上がり、玄関に向かった。

「侵入は玄関からだが、鍵をこじ開けた形跡はない」

「玄関か……。犯人が仮に訪問者を装ってドアを開けさせたんだとしたら、強盗だって気づいたときに、被害者は驚いて逃げますよね？」

深山は玄関先に立ち、部屋の中に戻った。

「だとしたら……背中側を刺されるはずだ」

「でも被害者は正面から心臓を一突きされていた……」

清水は自分の拳で深山の心臓を突く仕草をした。

「犯人は顔見知りだったんですかね？」

深山は言った。

「なぜだ？」

「強盗なら被害者は抵抗するはずです。抵抗されている状態で、心臓を一突きで刺すのは難しいでしょう。犯人は知り合いであることを隠すために、あとから強盗に見せかけようとしたんじゃないですか？」

「なかなか面白い推理だな」

清水はメモを取った。

＊

結局、終業時間が過ぎても深山は帰ってこなかった。それどころじゃない、それから数日、出勤してこなかった。公判の準備として事件の争点や証拠などを確認するために弁護側、検察側、裁判官が集まり確認する、公判前整理手続が明日から始まる。なのに深山は行方不明のままだ。

その日、帰宅した佐田は、もう何度目になるかわからないリダイヤルボタンを押した。

「……留守電だよ。ったくもう」

リビングに入ってきながら、佐田は大きくため息をついた。

「もしもし？　深山、おまえ何やってるんだよ！　明日から公判前整理だぞ。連絡しろ！」

怒鳴りつけ、電話を切った。佐田の大声に驚き、佐田家の愛犬・トウカイテイオーがワン！と鳴く。

「そんな大きな声を出すから、ＴＴが震えてるわよ」

コーヒーを持ってきた由紀子が佐田に注意をする。

「ＴＴじゃないよ、トウカイテイオーだよ」

佐田はケージに近づいていき、「ほら、おいで」とトウカイテイオーを抱き上げた。

「深山くん連絡取れないの？」

「一週間、音信不通だ」

「自由でいいわね～」

由紀子は言うが、「自由なんてもんじゃない。制御不能だ！　トランキーロだ……」

と佐田は深いため息をついた。

＊

深山不在のまま、第一回公判前整理手続が開始された。

裁判所の一室にテーブルがいくつか並べられ、長い辺にあたる位置に裁判長と裁判官が、短い辺の片側に丸川ともう一人の検察官が、そしてもう一方に佐田と彩乃が座った。石川は両側を二人の刑務官に囲まれ、佐田と彩乃の後ろに座っている。

「弁護人、ご意見をどうぞ」

裁判長の言葉で、佐田が話しはじめる。

「検察官の証明予定事実記載書面では、本件犯行日時が六月三日二十一時から二十二時の間、巨千大橋において、となっていますが弁護人としては、その時間帯は被告人にはアリバイがあった旨を主張します」

佐田の言葉に丸川は動じず、メモを取る。だが、続けて彩乃が言った。

「調布中央駅、駅ビルの防犯カメラの映像を録画したＤＶＤを証拠物として請求いたします。これは事件の犯行時刻において、現場から三十キロ以上離れた防犯カメラに被告人である石川さんが映り込んでいる映像です」

彩乃の発言に、丸川は困惑の表情を浮かべていた。石川が二十二時までに犯行現場にいることが不可能だとすると、検察の見立ては打ち崩されてしまう。完璧なアリバイだ。

佐田と彩乃はかなりの手応えを感じていた。

「だいぶ動揺してたな」

「はい、うまいくいきそうですね」

二人で頷きあいながら刑事事件専門ルームに戻ってくると、深山が自席に座っていた。彩乃は思わず足を止めた。自室に戻りかけていた佐田も戻ってきた。深山はうつむき、両耳に手を当て、じっと何かを考えている。

「深山、おまえどこ行ってたんだ、今まで！」

佐田が声を張り上げると、深山は顔を上げた。

「静岡とか」

「静岡？　おまえまた静岡か？　静岡にいったい……」

激昂している佐田を遮るように、深山は開いた週刊誌を机の上にポンと放った。そこには浜松市で起きた強盗殺人の記事が載っている。

「『静岡県浜松市で強盗事件』。これがなんだよ？」

週刊誌を叩く佐田に、深山はアパートの写真を見せた。

「事件の現場になったアパートの写真です。このアパートの先には高級な住宅街があるんです。なのに犯人はなぜ、わざわざこのアパートを選んだんでしょう」

「あのなあ、今抱えているこの事件と関係ない事件の……」

「それとこれ」

深山は清水にもらった浜松市の事件の遺体の解剖図を見せた。

「殺害方法が石川さんの事件と全く同じなんです」

深山の発言に、自席に戻っていた彩乃が立ち上がった。

「そのためだけにわざわざ静岡に行ったのかよ？　呆れた……なんだよ、おまえ……」

「静岡の事件は、現場の状況から、強盗目的を装った可能性があるんです」

「装った？」

彩乃が尋ねる。

「そして東京の二件も、わいせつ目的を装った……」

深山は言いかけた。

「いいか、石川さんはな、もうアリバイを証明できるんだよ」

だが佐田が遮った。

「アリバイは証明できても、物証は崩せていません。検察側が描いたストーリーに合わせるため、事実がねじ曲げられることは十分にありえます」

深山は言った。「静岡で殺人があった六月十三日、石川さんは既に勾留中の身だった。ということは、石川さんが静岡で殺人を犯すことは絶対に不可能なんです。三つの事件が同一犯であることを証明できれば、石川さんが犯人ではないという決定的な証拠になります」

「おまえな、勝手なことをいろいろと類推するのはいいけれ……」

佐田が深山の机に手をついて語りだしたが、深山も立ち上がり、その言葉を遮った。

「大事なのは事実なんです。このままじゃひっくり返されますよ」

いつも飄々としている深山だが、珍しく真剣な目で佐田を見た。

「何度も繰り返されてきたんだ」

そして暗い目をしてつぶやき、部屋を出ていった。

＊

検察庁では丸川が大友の個室を訪れ、公判前整理手続で弁護側が提出した証拠について、報告していた。

「そのアリバイとやらは確かなのか」

同席していた稲葉が丸川に尋ねた。

「間違いありません。申し訳ありません」

丸川は頭を下げた。

「これでは無念のうちに死んでいった被害者が報われんな……」

大友が小さくため息をつき、立ち上がった。

「おい、稲葉」

そして稲葉を手招きし、自分はソファに座った。

「……丸川。訴因変更だ」

稲葉が丸川に言った。「江東区の事件の犯行時刻を、二十二時ではなく、二十四時まで広げるんだ」

「アリバイがある以上、石川の犯行ではないという可能性が……」

丸川は大友と稲葉の顔を見て訴えた。

「毛髪も血痕もあいつのものだろう?」

稲葉が言うと、大友がひじ掛けをトンと叩き、立ち上がった。

「検察官は処罰を請求するだけだ。裁くのはおまえじゃない。裁判官が間違いだと思えば、ちゃんと判断してくれる」

稲葉と大友の言葉に、丸川は素直に頷くことができなかった。

＊

第二回公判前整理手続の日がやってきた。

検察が申し出た訴因変更を、裁判長は認めた。

「検察官の、犯行時刻に関する訴因変更の請求については、これを許可するものとします」

裁判長が言った。

「どう考えてもおかしいでしょう！」

佐田は怒りで机を叩いて立ち上がった。

「いや、こんなことが許されないですよね？」

彩乃は声を震わせ、激しく抗議した。佐田は怒りの目で丸川を見たが、丸川は目を逸らした。

「丸川！　丸川！」

公判前整理手続終了後、佐田は勢いよく廊下に出て行き、前を歩いていた丸川を呼び止めた。

「こんなタイミングで犯行時刻の変更をするなんて、許されないでしょう?」

彩乃もつっかかるように言った。

「私は厳正公平、不偏不党を旨として職務を行ったまでです」

丸川は静かな口調で答える。

「おまえは検察という国家権力を盾にして、ひとりの無実の人間を死刑に追い込むかもしれないんだぞ」

佐田は丸川に怒りをぶつけた。

「佐田先生……失礼します」

丸川は背中を向けると、去って行った。だがその冷静を装った表情の裏に苦悶がにじんでいたのを、彩乃は見逃さなかった。

＊

斑目法律事務所に戻ってきた佐田と彩乃は、マネージングパートナー室で斑目に報告していた。

「深山は、まるでこうなることがわかっていたかのようなことを言ってました」

佐田は言った。

「今回の事件は、深山くんの父親の事件と構図が似てるんだ。彼の父親も、犯行時刻のアリバイを証明してくれる人が見つかり、公判で証言してもらった。しかし、検察は今回と同様、犯行時刻の訴因変更を行った」

斑目から聞いた事実に、佐田と彩乃は言葉を失った。深山が「何度も繰り返されてきたんだ」と言った意味はこういうことだったのか……。

「この裁判は、絶対に勝たなきゃならないんだ」

斑目の言葉は、佐田たちの胸に重く響いた。

斑目は検察庁の大友の個室を訪れた。ノックすると返事がしたので、入っていく。

「ずいぶんと卑怯な手を使ってきたな」

「え?」

自席に座っていた大友は、すっとぼけている。

「描いたストーリー通りにことが運んで、満足か?」

斑目は勝手にソファに座った。

「おいおい、言いがかりはよせよ」

大友も向かい側に腰を下ろす。

「無実かもしれない一人の男が、おまえたちに人生を握りつぶされそうになっている。おまえはそれを指示し、部下にその判断をさせた。もし石川が冤罪で極刑に処された場合、直接手を下したおまえの部下はそれを背負って生きていかなきゃならないんだ」

「被告人に対する処罰、運命を背負うのが私たちの任務だ。それを背負えない人間に、検察官は務まらん」

「ならば、おまえはこの事件を最後まで見届ける義務がある」

斑目の言葉に、大友は声を出して笑った。

「いいだろう」

「法廷で会おう」

斑目は立ち上がり、背中を向けた。

「斑目、もういいかげん過去のことは忘れろよ」

大友の言葉に返事をすることなく、斑目は振り向かずに出ていった。

＊

深山は昼間で客も誰もいない『いとこんち』のカウンター席で、携帯を見ていた。画面の『石川被告の初公判始まる』というニュースを、スクロールしていく。

「時間がないな……」

そうつぶやいたところに、携帯が鳴った。石川の父親、啓太からだ。


深山はすぐに啓太のマンションへと駆けつけた。

「急にお呼びたてしてすみません」

啓太は、お茶を淹れながら申し訳なさそうに言う。

「いえ」

「公判が始まって急に不安になったものですから」

「どうぞ」と、啓太は深山の前にお茶を置く。

「……死刑が求刑されると書いてありましたが」

「正直、今のところ、その可能性が高いです」

「先生、あの子の無実は証明できるんですよね？」

「まだわかりません」

深山は感情を込めずに言った。

「……あの子が自立してから、毎月一度は一緒に食事をすることに決めていたんです。

ああ見えてあの子は料理が上手なんです。男同士なんで、とくに何を語るということもないんですが、本当に楽しい時間でした」

月に一度、石川が作った料理を、父子で静かに食べる……深山はそんな食卓の光景を思い浮かべた。もし大介が生きていたら、深山たちもそうやって酒を酌み交わしていたのかもしれない。

「先生、息子を助けてやってください。先生、お願いします」

それまで淡々と話していた啓太は、再び「お願いします！」と腹からの大きな声で言い、深山に深々と頭を下げた。その背中は震え、啓太は嗚咽を漏らしている。

「普通でおいしいな……」

深山はお茶を飲みながら、静かにつぶやいた。

＊

『いとこんち』のカウンターには加奈子が来ていた。

「まだかな」

「まだだよ」

坂東が答える。

「ヒロくんには一番に聴いてほしいんだけどな、私の引退記念C……、D」といつもの独特な口調で言う加奈子。

カウンターには『かたかなこ、不本意ながら五度目の引退　ラストシングル　ごちそうさまの向こう側　財力の限界！　音信不通の女の子にもどります　かたかなこは永久に不滅です！』と帯に宣伝文句が書かれたCDが置いてある。

「私は今日で、マイクを置きます」

加奈子はマイクを持ち、カウンターに置くパフォーマンスをした。

「置いときな、もうずっと置いときな」

坂東が答えると、ガラっと音がして、ドアが開いた。

「ヒロくん！」

加奈子が顔を上げたが、深山ではなかった。

「あ、大翔の上司の」

坂東が言った。立っているのは佐田だ。

「深山は？」

佐田が尋ねた。

「あーまだ帰ってないんですよ」

「しかたがない……」

佐田は店に入ってきた。「もう一つの用事の方をその間に済ませてしまおう」

「用事？　もう一つ？」

坂東が首をかしげた。

「全部買おう。いくら？」

佐田はカウンターに何十枚も積み重ねて並べられいるＣＤを指さした。それらの上には『かたかなこ引退⁉　売りつくしセール全品５００円』と書かれた紙が貼られてた。

「本気？」

当の加奈子も驚いている。

「いや、喜べよ」

坂東が思わずツッコんだ。

「だってこんなこと初めてだから」

「君の曲はもう何度も聴いた。素晴らしい歌声だ。♪好き、き、き、き、き　君のそばには僕がいた〜〜」

「覚えてるよ」

坂東は佐田が歌うのを聞いて驚いている。

「ちょっと泣いた」

佐田は言った。

「泣いた？　ホントに？」

坂東は信じられずにいるが、

「知り合いに配ってやる。いいか、才能あるものは正当な評価を受けなければならない」

佐田は財布から十万円を出した。

「まさか、嘘でしょ……」

坂東はうろたえているが、加奈子はさっとお金を受けとった。

「えーっ！　十万えーん！」

加奈子は万歳をした。佐田は嬉しそうに鞄にＣＤを詰めている。

「ただいまー」

そこに深山が入ってきた。

「あ、ヒロくん！　会いたかった！」

加奈子は駆け寄っていったが、深山にはまるで目に入っていない。

「何やってんですか？」

深山は佐田に声をかけた。

「おまえに頼みがあったんだよ」

「見て見て、これ買ったんだよ」

坂東は佐田の鞄を指さした。

「え、それ買ったんですか?」

深山は目を丸くしている。

「全部買ってくれたの。素晴らしい歌声だって!」

加奈子は嬉しそうに報告した。

「耳、大丈夫ですか?」

深山は佐田に尋ねた。

「大丈夫だよ、おまえ、彼女の声を聞いて、もう鳥肌が立った!」

「泣いてましたもんね」

「泣いてない」

先ほどは加奈子に「泣いた」と言った佐田だが、そこは否定する。

だが、それでもまだ「泣いてましたよ」と言う深山の言葉に、「泣いてたの」と坂東は不思議なものを見るような目つきで佐田の顔をまじまじと見ていた。

「それで、頼みってなんですか?」

「ああ……」

深山が尋ねると、佐田は加奈子の顔を見て話し辛そうにする。

「あ、加奈子、ちょっと一回出ようか？」

坂東が気配を察して言った。

「どうして？」

深山の顔に見とれていた加奈子は足を踏ん張っている。

「あの……お釣りを計算しよう」

「え？　ヒロくん、見て、見て、お金もらっちゃっ……！」

騒いでいる加奈子を、坂東は無理やり引っ張っていった。

「それで？」

深山は改めて尋ねた。

「訴因変更で犯行時刻が延ばされて、石川さんのアリバイを証明するのが難しくなった」

佐田はカウンターの椅子に座りながら言った。

「それで？」

深山は顔色一つ変えずに尋ねた。

「依頼人の石川さんの利益のためには、真犯人を見つけるしかない。つまり、おまえがいつもやっているやり方でやるしかなくなったんだ。お互いの情報を開示して、協力してほしい」

佐田は不本意だという表情で言った。

「どうしよっかなー」

深山は隣の椅子に腰を下ろした。

「タダっていうのもねえ」

「おまえなんか見返りがほしいっていうの？」

「なんでもいいんですか？」

そう深山が言うと、佐田は「協力してくれるんなら仕方がない」と答えてしまった。

「じゃあ考えておきます。僕、物欲ないんで」と深山はニヤリと笑った。

「……わかった」

「じゃ、やりますか」

深山と佐田は立ち上がった。

まだ二十時だったが、店の外に出ていた坂東は表の札を『準備中』に変えた。

「あれ？　今日もう終わり？　早いな」

そこへ、将棋盤を手にふらりとやってきた年配の客が声をかけてくる。

「そうなのよ、今日ちょっとさあ、従兄弟が『これ』やっちゃってっから」

「これ」と言いながら、坂東は深山がいつもやる仕草を真似て、耳を触って引っ張った。


斑目法律事務所に戻ることなく、深山と佐田はそのまま『いとこんち』で事件概要の整理をはじめてしまった。いつもは刑事事件専門ルームのホワイトボードでやるように、今日は店の壁のあちこちに、三つの事件の概要が書き出された紙や、殺害現場や遺体の写真が貼り出されていた。深山はさらに壁に、浜松市の被害者、渡辺《わたなべ》美穂《みほ》の司法解剖の資料を貼った。

「三つの事件で共通しているのは殺害方法です。刃物を肋骨の間に通し、心臓を一突きで殺すという特殊な殺害方法を、別々の人間がやったとは考えにくい」

深山が説明を始めた。店には彩乃も合流している。そして、店に入ってきた坂東も一番隅の椅子に座って参加した。

「仮に同一犯だとして、なんでこの東京の二つの事件はわいせつで、静岡の事件は強盗を装う必要があったんだよ」

佐田が尋ねた。浜松の事件については『6／13　静岡県浜松市あやし荘　渡辺美穂

フリーター　犯人見つかっていない→被害者の知り合い？　証拠　とくになし　死因　心臓を一突き　失血性ショック死』と書かれた紙が貼ってある。

「そこなんですよね」

深山は言った。

「静岡の事件も、石川さんの犯行に見せかければよかったじゃないですか。なんでしなかったんだろう」

彩乃が疑問点を口にした。

「そうしたくてもできなかった」

深山は耳を引っ張りながら言った。「たとえば、石川さんが予想以上に早く捕まってしまった」

「それか、石川さんの犯行に見せかけるには、静岡は遠すぎたとか」

彩乃が深山に続けて言った。

「もしくは、東京の二つの事件と静岡の事件を同一犯だと思われたくない理由があった」

深山は言ったが、そこで三人は行き詰った。

「三人はなんで殺されちゃったのかな」

弁護士たちの議論を聞いていた坂東が素朴な疑問を口にした。

「……たしかに」

深山は頷いた。「犯人じゃなくて、被害者に視点を変えてみましょう。仮に同一犯だとして、三人の被害者には共通点があるはずです」

「共通点……」「共通点……」

佐田も彩乃も同じことを言いながら考え込んだ。

「よし、わかった！」

坂東が声を上げた。「三人とも女性、ほら！　ウーマン、ほら」

三人の写真を指さしたが、深山たちは無言で冷たい視線を送った。

「共通点……」

彩乃は自分の考察に戻った。

「オーマイアンドガーファンクル」

坂東は田口隆祐のポーズを真似してみたが、「似てないから、シー」と彩乃に追いはらわれた。

そこに、深山の携帯が着信した。

「はい」

「やっと遺族と連絡が取れたぞ」

電話の相手が興奮気味に言う。

「どなたですか?」

「清水だよ!」

「清水?」

「『週刊ダウノ』の」

「『週刊ダウノ』? ああ、清水さん!」

深山はようやく思い出して笑顔になった。

「とにかく、明日の朝九時に浜松駅で会おう」

「はい、わかりました。どうも」

深山は電話を切ると、佐田たちの方を振り返った。

「さっそく協力しがいがありますよ」

「あ?」

佐田が首をかしげた。

「明日の朝、僕は静岡の事件の被害者、渡辺美穂さんの遺族に会ってきます。二人は石川さんの接見に行って、三人との接点、細かく聞いてきてください」

深山は言った。

「わかった」

佐田が頷いた。

「細かく、ですよ」

深山が念を押すと、

「わかってるよ」

佐田はうるさそうに顔をしかめた。

＊

翌日、深山は清水と共に、静岡の事件の被害者、渡辺の実家に妹を訪ねていた。

「姉を殺した犯人を見つけるためなら、どんなことでもご協力します」

和室に通してくれた妹は、協力的だ。

「では、生い立ちから教えていただけますか？」

深山がさっそく尋ねると、

「生い立ち？」

隣に座っていた清水は不思議そうに声を上げた。

佐田と彩乃は石川の接見に来ていた。

「さっそくですが、今日は生い立ちから聞かせていただけますか」

佐田はまるで深山が乗り移ったかのように切り出した。

「はい?」

仕切り板に三人の被害者の写真を並べていた彩乃が、佐田を見た。

「今日は細かく聞きます。細かくお伺いします」

佐田はやる気満々でノートを広げた。

「私が生まれたのは……」

渡辺の妹が語りだす。

「じゃなくて、お姉さんです」

深山は慌てて妹を制した。

「あ、すいません。姉が産まれたのは一九六六年で、あ、丙午の昭和四十一年です」

接見室では石川が生まれた年から話し始めた。

「はい、一九八三年の九月の四日です」

深山が渡辺の妹に渡辺の生い立ちからずっと話を聞き、ようやく最近の話になった頃には日も暮れかけていた。

「だもんで……」

「お、だもんで？」

深山は顔を上げた。以前にこの静岡弁のおかげで事実が解明された事件を思い出す。

「だもんで、離婚してずっと一人暮らしだったんですが、五年前に胃ガンで入院して、完治したもんで、浜松に……」

「ちょっと待ってください。五年前に胃ガンで入院されたんですか？」

深山はそこに引っかかった。

「ええ」

胃ガン……。深山はノートの前のページをめくっていった。深山のノートはどのページもぎっしり埋まっている。

「うわ、その字よく読めるな。ま、人のこと俺も言えないけどさ」

「九月四日……」

佐田は細かくメモを取る。

隣から覗き込んだ清水が感心したように言った。話し疲れたのか、妹は肩を回している。そして、深山は見つけた。

『2件目の事件　岡由美子さん　5年前に胃ガンで入院して手術　完治の宣言をされた』

ニュースで流れた内容をメモしたページだ。

「その病院の名前って、覚えてます?」

深山は顔を上げて妹に尋ねた。

「たしか、東京の……勢羽《せわ》総合病院だったと」

深山は耳を引っ張りながら、メモを取った。

「えー、この半年、一年でもいいです。今お聞きした何点かのこと以外で、どんな細かいことでもいいです、何か思い出されることありませんかね?」

東京の接見室では佐田の質問が、ようやく現在までたどり着いたところだった。彩乃はすっかり疲れ果てていた。

「……あ、あ、あああ」

石川がハッとした表情で佐田を見る。

「ん？　んんんん？」

「人間ドックで、胃潰瘍が見つかりました」

「人間ドックじゃなくて、この三人の女性との接点を聞いてるんですよ」

佐田はイラついた声をあげ、台を拳で叩いた。「人間ドック、どうでもいいんだよ！」

「……マジすか」と石川はうつむき、彩乃はまあまあ、と、佐田を諫めた。

明石と藤野は喫茶店で、一件目の事件の被害者、中田麻里の選挙スタッフ仲間の女性に話を聞いていた。彼女たちが応援した高山は都知事に当選している。

「中田さんとは、一緒に高山都知事の選挙スタッフをやっていたんですよね？」

藤野がカメラを回しながら尋ねた。藤野も明石も、深山のいつもの仕草のように、左耳を触りながら、だ。

「ええ。中田さんは、もともと高山都知事が院長をしていた勢羽総合病院に入院していたそうです。で、恩返しがしたいからスタッフになったって言ってました」

「ちなみに、あの、ご出身は？」

メモを取っていた明石が顔を上げた。

「はい？」

女性が驚きの表情を浮かべた。

「明石くん、それいる？」

藤野は尋ねた。

「深山が聞くやつだから」

「そっか、でも後にしようよ」

藤野に言われ、明石は質問を変えた。

「いつ頃入院してたかって聞いてます？」

明石は質問内容を変える。「そそそそ」と藤野も納得だ。

「えーっと、たしか五年ぐらい前って言ってた気が」

「中田さんとは仲が良かったんですか？」

明石は尋ねた。

「ええ、彼女の家に遊びに行ったこともありますし。とても広くて綺麗なマンションで、女性が一人で住んでいる家とは思えませんでした。普段はなんの仕事してるのって聞いたら『秘密です』って、言われて。部屋には高山都知事に関する資料がいっぱい置いてありました」

女性が答えるのを、明石は熱心に記録した。

*

それぞれの調査から戻った刑事事件専門ルームのメンバーたちは会議テーブルに集合していた。

「つまり、三つの事件の被害者全員が、五年前の同時期に勢羽総合病院に入院していたということですね」

彩乃が言った。

「これはすごい共通点だな」

佐田が目を輝かせて言う。

「てことはこの三人は病院で知り合ってたかもしれないってことですよね」

藤野が言った。

「入院名簿、欲しいですね」

彩乃が言った。

「それは個人情報だから」

「無理じゃないすか」

藤野と明石は腰が引けている。

「争点関連の証拠として捜査してもらうよう、検察にかけあってみますか?」

彩乃が言った。

「検察〜」

藤野と明石は「無理だろう」と最初からあきらめの声を上げた。

「望み薄いだろう」

佐田も言う。

「やってみなきゃわかんないでしょ」

深山は立ち上がった。

＊

彩乃は丸川の個室を訪ね、三つの事件の共通点を示す資料を見せた。

「はい、まあ、検討しましょう」

丸川は型通りの返事をした。

「すぐに動いてください。時間がないんです」

「私も忙しいんですよ。この事件だけ担当しているわけではありませんので」

「これだってあなたの仕事でしょう?」

彩乃は強い口調で丸川に訴えかけた。

「お引き取りください」

丸川は彩乃に背を向け、自分の机に戻った。

「丸川さん」

彩乃は丸川に呼びかけた。丸川は机の上にある資料を見ていて、彩乃の方を振り向きもしない。忙しくて床屋に行く時間がないのか、もともとの毛量が多いのか、それとも掻きむしるせいで乱れてしまったのか、丸川の髪は爆発している。彩乃はその背中に向かって言った。

「あなたは、なんのために検察官になったんですか？」

彩乃は尋ねた。「私は刑事弁護に興味はありませんでした。でも、刑事弁護を知れば知るほど、助けを必要としている人の力になりたいって、強く思うようになったんです。その思いが、弁護士の原点なんだと思います」

丸川が黙っているので、彩乃はさらに続けた。

「検察は『知力を尽くして真相解明に取り組む』って、その原点を忘れていませんか？」

そして彩乃は頭を下げた。

「お願いします。力を貸してください」

彩乃が顔を上げると、丸川は彩乃の顔をじっと見た。そして彩乃の方に歩いてくると、目の前で、何か言いたげな表情をして立ち止まった。けれど丸川は、すぐに目を逸らして部屋のドアを開けた。

「お引き取りください」

そして彩乃に出て行くよう促した。彩乃はドアを出たところで立ち止まった。

「あなた、名刺投げられたことある?」

「はい?」

丸川は問い返した。だが丸川こそ、彩乃の名刺を脇に投げた張本人だ。

「私は何度もあります。男だらけの世界で、なかなか認めてもらえなくて、悔しい思いもたくさんして。それでも、弁護士やってるんです。あなたは男で、私よりずっと働きやすい環境にあるのに、それでそんな汚いことして、平気なんですか?」

丸川は突っ立ったまま、何も答えない。

「……すごいですね」

彩乃は最後に皮肉を言うと、丸川に背を向けて歩き出した。けれどしばらく歩いて方向を間違っていることに気づき、再び丸川が見ている前を通って、歩き去った。

彩乃が去った後、丸川は取り調べや公判前整理手続で、失意の表情を浮かべる石川の顔を思い出していた。このままでいけば、石川は極刑に処されるかもしれない。自分こそ、石川を追い詰めた張本人だが……。

丸川は険しい表情で立ちつくしていた。

*

深山は勢羽総合病院の受付で、職員に入院名簿を見せてほしいと交渉していた。

「入院名簿を……弁護士の方でもお見せするのは、ちょっと難しいですね」

職員は言う。

「ですよね」

深山はあっさり引き下がった。

「わかりました、また来ます」

「え？　またって…？」

職員の声が背後で聞こえてくる。だが、歩いていた深山はある人物を見つけて立ち止まった。

「ここにはなかなか顔を出せなくなりますが、頑張ってくださいね」

今や都知事となった高山が、入院患者の中年女性に声をかけていたのだ。その両隣には、緊張した面持ちのSPが目を光らせている。

「ありがとうございます」

笑顔で頭を下げる女性に高山は満足げに頷き、歩き出した。深山は名刺を見せて話しかけようとしたが、SPの男に遮られた。

＊

彩乃が事務所に戻ってくると、受付で志賀と落合に出くわした。

「どうした立花。そんなしけたツラをして」

志賀は、なぜか落合と肩を組みながら近づいてくる。

「……そんなことないです」

彩乃は苦笑いで答えた。

「そろそろ、志賀先生と僕の出番かな」

落合が笑顔で言った。

「困ったことがあったら、いつでも手伝ってやるぞ」

志賀が両手を広げている隣で、

「ハンターチャンス！　ハンターチャンス！」

ガッツポーズをしている落合が、心底、鬱陶しい。彩乃に好意を寄せている落合の真意は別のところにあると思われるが、まるで、「そろそろ男の出番だろ」と言われたような気がした彩乃は、疲れが倍増してしまい肩を落とした。

「立花先生。先生の忘れ物だと届けに来た方がいて」

そのとき、受付の女性がブースから声をかけてきて、彩乃に封筒を差し出した。

「あ、誰ですかね？」

彩乃は力のない声で尋ねた。

「お名前をお伺いしたんですが、すぐに帰られてしまって」

受付の女性は言う。彩乃は封筒を見て首をかしげた。

「髪の毛の量が多い方でした」

受付の女性は言った。ロビーの椅子に座って封筒を開けてみると、そこには勢羽総合病院の入院名簿が入っていた。入院名簿には、受診科目、入院部屋、個人名、担当医師などが書いてある。

「あああ！」

彩乃は名簿を見ながら喜びの声を上げ、名簿を抱きしめた。入院名簿を手に入れられるのは丸川しかいない。髪の毛の量が多い方といえば、間違いない。わざわざ丸川が入手し、持ってきてくれたのだ。

「一回しか言わねえぞ、サンキューな」

すっかり元気になった彩乃は、大好きな新日本プロレスの中邑真輔と真壁刀義のセリフを言いながら、刑事事件専門ルームに向かう廊下を走った。

刑事事件専門ルームに帰った彩乃は、さっそく勢羽総合病院の入院記録のコピーをとった。

「よく手に入ったね。さらにできるようになったな」

上から目線で話しかけてくる明石を突き飛ばすようにして、彩乃はコピーを渡した。

「五年前の入院名簿から、三人が同じ部屋に入院していたことがわかりました。それから……」

彩乃はみんなにもコピーを配りながら説明する。

「え、え、え？　同じ部屋にいた三人が殺されたってことですか？」

藤野が彩乃に尋ねた。

「あ、はい」

「しかも同じ部屋にいた人たちだけが知っている何かが起こった？」

深山が言った。

「はい」

彩乃が頷くと、

「でもその三人は殺されちゃったんでしょ？　じゃあダメじゃん」

明石が言うが、

「うーるーさーいの！」

彩乃はみんなを黙らせた。そして言った。

「実は四人部屋で、もう一人いたんです！」

「え？」

みんなはいっせいに彩乃を見た。

「それを一番に言わなきゃダメだろう」

佐田に言われ、

「ごめんなさい、だって……」

あの人たちがうるさいから、と、彩乃は明石と藤野を指した。

「彼女は今、何やってるんだ？」

佐田が尋ねた。

「それがまだわからないんですけど、あの、入院名簿に勤務先が書いてあったんで、志賀先生に確認してもらっています」

「志賀って……。どこに、これ？」

佐田は入院名簿のコピーを気ぜわしくめくった。

「3ページ目です。『315』です」

深山が言った。たしかに315号室には消化器内科の患者たちが入院していて、中田麻里、岡由美子、渡辺美穂、と、今回殺された三人の名前が並んでいる。佐田が四人目の女性の名前、加藤薫《かとうかおる》を指そうとしたとき、

「彼女は生きていた！」

突然、志賀がまるでミュージカル俳優のような口ぶりで大きな声を出しながら入ってきた。

「びっくりしたー」

藤野が声を上げた。

「やっぱり、私の力が必要だな」

志賀は奈津子に資料を渡しながらいつものぎこちないウインクをした。

「何やってんだよ」

佐田は苦い顔をしているが、なんと奈津子も微笑み、ウインクを返している。ついこの前まで、志賀からのアプローチを奈津子が拒んでいたのを知っている一同が「え?」という表情を浮かべる中、深山は奈津子に早く資料を、と手を伸ばした。

「今、彼女はどこにいるんだよ?」

せっかちな佐田が志賀に尋ねた。

「四人目の入院患者、加藤薫さんの会社に確認を取ったところ、一年間の海外赴任に出ていた」

「海外? どこだ?」

「ニューヨークだ」

「ニューヨー……?」

佐田が声を上げようとしたところ、

「ニューヨークにいたから、殺されないで済んだのか」

明石が納得したように言った。

「えー、来週の月曜日にニューヨークから帰ってくるらしい」

志賀は言った。

「帰国の日に空港まで迎えに行ってくれ」

佐田が明石と藤野に言ったが、「ちょちょちょちょちょ……展開早い展開早い」「待ってください、待ってください」と二人は首を横に振って後退していく。

「もし真犯人が彼女が戻ってくることを知っていたら、待ち伏せして襲ってくるかもしれませんよ？」

「僕たち見た目以上に弱いですよ」

藤野も明石もすっかり腰が引けている。

「誰も手が空いてないんだよ、行ってくれよ！」

佐田は声を荒らげた。

「僕、腹筋一回もできないんですよ」

「僕はペットボトルを開けられないことが多々あります」

二人とも断固として引き受けようとしない。

「頼れる男が必要ならここにいますが何か？」

そこに落合が入ってきた。

「びっくりしたー」

藤野はそれにすらビクリとしている。

「ちなみに、空手二級、柔道初段、ジークンドー四級です。アチャー!」

ジークンドーとはブルース・リーが開発したという武術だ。そのポーズを取りながら、落合は彩乃に向かってウインクをした。

「強いの、これ?」

明石が首をかしげる。

「なんだかわかんないけど、頼んだぞ」

佐田は落合の肩を叩き、迎えに行く役をお願いした。

「おまかせください。行きましょう」

落合はさっそく出かけようとするが、

「まだまだ、月曜日だ」

佐田は慌てて止めた。彩乃は落合のウインクの残像を振り払うように、プルプルと首を横に振っていたが、佐田たちは「ジークンドーって何?」と、ヒソヒソ話していた。

＊

月曜日、深山は佐田と彩乃とともに、事務所の会議室で加藤薫の到着を待っていた。

「重いですね」

落合が、加藤のスーツケースを持って階段を下りてきた。

「あ、はい、すみません」

「向こう持っていきますね」

「あ、はい、イケメン」

加藤は、会議室のガラス越しに深山を見て言った。

「お連れしました」

落合の後ろから、加藤が顔を出した。

「帰国早々お呼び立てして申し訳ございません」

佐田が挨拶に立つと、深山と彩乃も立ち上がり頭を下げた。

「あ、はい……あ、いえ」

加藤は少し癖のある話し方をする、小柄な女性だ。

「どうぞ」

佐田が奥の席を示した。

「あ、はい……あ、いいです」

ニューヨークに赴任していたということだが、加藤は仕事のデキる女性という雰囲気ではなく、とても腰が低い。佐田は加藤に、今日、なぜここに来てもらったかという話をした。

「三人とも……殺されたんですか？」

加藤は、驚きの表情を浮かべていた。

「当時、同じ部屋にいた人たちだけが知る、何か特別な出来事がありませんでしたか？」

深山は尋ねた。

「あ、はい……私たちの担当医が、回診中に中田さんの体に触ったことですかね」

「体に触った？」

彩乃は顔をしかめた。

「あ、はいはい。悲鳴が聞こえて、パッとカーテンを開けたら……」

加藤は当時のことを思い出して話し始めた——。


入院していたある晩、夜中に悲鳴を聞いた加藤は、目を覚ました。

「どうしたんですか？」

カーテンを開けるとパジャマの襟元を押さえて泣きそうな顔で立っている中田を、渡辺が抱き留めていた。岡もいて、心配そうに中田を見ていた。

「急に先生が体を触ってきて……」

中田が涙声で訴えたところに、医師が中田のベッドのカーテンの中から出てきた——。

「中田さんの怒りは収まらず、訴えるって言い始めたんです」

加藤は、深山たちに説明を続けた。「そのときは私たちにも証言してほしいからって、連絡先を聞いてきて……」

「連絡先を？」

深山が問い返した。

「あ、はい」

「それで、体を触られた件はどうなったんですか？」

「あ、はい。大事にしたくないからっていうことで、結局は示談にしたみたいですけど」

「ちなみにその担当医のお名前は？」

「あ、はい。高山です。都知事になった高山浩介さんですよ」

加藤は言った。

中田のベッドのカーテンを開けて出てきたときに、高山は「誤解です。治療の一環で……」と言い訳をしていたという。

加藤の話を聞いた佐田は驚き、彩乃は憤り、そして深山はいつものニヤついた表情を浮かべた。

刑事事件専門ルームに戻った深山は、ホワイトボードを見つめていた。被害者の三人と加藤、高山が線で繋がっている。

「中田さんはなんで高山のところで選挙スタッフなんてしてたんでしょう。女だったら絶対、許せないですけどね」

彩乃の怒りはまだおさまらない。

「そもそも、高山さんはどうやって石川さんの毛髪と血液を手に入れたんだろう」

深山はノートをめくった。と、腕組みをしてホワイトボードを見ていた佐田がハッと気づいて、自分の取ったメモをめくりはじめた。

「石川さんはな……三ヶ月前、人間ドックに行ってる!」

佐田は目を輝かせ、そのページを見せた。

「そんなこと僕が聞いたとき、一言も言ってないですよ?」

深山は不満そうに言った。

「俺の巧みな〝聞く力〟が功を奏したな」

佐田はドヤ顔だ。

「それって勢羽総合病院なんですか?」

「病院名? ちょっと待って」

佐田はメモを見たが……。

「書いてない。……立花」

助けを求めるように彩乃を見たが、彩乃は肩をすくめた。プロレスラーの矢野通がよくやるデ・ニーロポーズだ。

「……聞き逃してるかもしれない」

佐田はうなだれた。

「聞き逃した?」

深山が目を見開いた。

「人間ドックなんてどーでもいい、って言ってました」

彩乃が告げ口するように囁いた。

「俺? え? そんなこと言った?」ときょとんとする佐田。

「はい」

彩乃は頷いた。

「でも人間ドックはちゃんと……」

「さすが、巧みな〝聞く力〟ですね〜」

深山は佐田に顔を近づけ、からかうように嫌味を言う。

「うるさいなあ」

佐田がチッと舌打ちすると、深山もチッと舌打ちを返した。

「二度手間ですけど聞いてきます」

深山は部屋を飛び出した。

深山は接見室で石川と向かい合っていた。確認すると、やはり人間ドックに入ったのは勢羽総合病院だった。そのときに血液を採取した看護師を覚えていないかと尋ねてみると、石川はしばらく考え、自分と同じ年ぐらいの女性だったと思い出した。

「三十代の女性の方、見た目の特徴は？」

「つぶらな目で、ぽっちゃりしていて、キノコ頭です」

「キノコ頭？」

「はい、キノコ頭です」

石川はうなずいた。

「つぶらな目ってどれぐらいですか？」

「あぁー」

石川は目を細めた。「これぐらいです」

「そんなですか？」

「そうです」

石川は言うが、深山は自分のまぶたをおさえ、下がり目にしてみた。

「そんなではないです」

そう言われてもう少し目を開ける。

「もっとです」

また目を閉じてみると、

「それぐらいです」

石川は言った。

深山は勢羽総合病院の診療室の前で、出入りする看護師を見ていた。

「瀬戸口さーん、どうぞ」

十二番の診療室のドアが開いて看護師が出てきた。キノコ頭といえばそうだが、やせている。

「ぽっちゃりじゃないか」

深山はつぶやいた。

「佐野さーん、どうぞ」

十一番が開いたが、切長な目で、かなりやせている。

「つぶらな目じゃない……みんな細いな」

そう言ったところに、ひとりの看護師が歩いてきた。深山がじっと顔を見ていると、

「はい？」

どうしたのか、と、看護師が微笑みかけてくる。深山は両手の親指と人差し指で長方形のフレームを作り、下からズームアップしていった。

「ぽっちゃり、つぶらな目……キノコじゃない」

目の前の看護師の髪はショートヘアではあるが、前髪を横に流していた。

「なんなんですか？　警察呼びますよ！」

不審に思ったのか、看護師が深山を睨みつけた。

「あ、どうも」

笑顔で近づいていくと、看護師は警戒して後ずさったので、深山は手を伸ばして名刺を渡した。

「はい。あの、僕の依頼人が三ヶ月前にこの病院で人間ドックを受けて採血をしたんです。で、その血を取ったぽっちゃりしてて、つぶらな目で、キノコみたいな頭の看護師さんを探してるんですけど……」

深山は言った。

「ああ、それなら河合《かわい》さんね」

看護師は言った。

「あ、河合さん!」

そして、通りかかった看護師に手招きをした。

「はい、婦長」

どこかへ運ぶつもりだったのか、トレイに載せた大量の包帯を手にした看護師が足を止めた。その髪型は見事なまでのおかっぱというか、たしかにキノコ頭だ。

「弁護士さん」

婦長だったその看護師が、河合に深山を紹介した。

「ぽっちゃり、つぶらな目、キノコ〜」

深山は言い「バナナマン?」と、つぶやいた。

「弁護士?」

深山は、石川の血液を採取したという検査室の入り口で、河合に話を聞いていた。

「毎回三本取るんですか？」

「ええ」

「なるほど。それって、ちゃんと管理されてます？」

「もちろんです……何か？」

「紛失したことありますよね？」

深山はいきなり本題に切り込んだ。

「……どうでしょう」

河合は目を逸らし、曖昧な返事をした。

「なかったらないってはっきり言えますもんね？」

深山がさらに突っ込むと、河合はうつむいた。

「三ヶ月前に誰かが盗むのを見たんですよね？」

「どうして知ってるんですか？」

河合は焦りの表情を浮かべて顔を上げた。「ちょっ、言っちゃった……。まさか、院長が……」

「院長が盗んだんですか?」

「……もう、言っちゃった」

河合は後悔の表情を浮かべている。

「それって、誰の血液だったか覚えていますか?」

「石川陽一さんという男性のものです」

河合は観念したのか、隠さずに答えた。深山は河合が手にしているトレイの中から包帯を一つ手に取った。

「なんと、包帯が巻きほうたい」

ウヒヒヒヒ、と自分の親父ギャグに笑う深山を見て、

「やめて……仕事に戻らないと……やめてー」

河合は逃げるように去って行った。

「エクスキューズミー……エクスキューズミー? ホウタイム、イズイットナウ?」

深山がさらに追い打ちをかけるように言うと、

「やーめーてー」

河合は遠くから叫んだ。

＊

都内のとある高級ホテルでは『賢者の医師会　医療セミナー』と題された会合が行われていた。会場内には多くの医療関係者が集まっている。壇上では、勢羽病院の院長を退任し、新たに東京都知事になったばかりの高山が盛大な拍手で迎えられていた。

「先の都知事選におきましては、皆様方の多大なるご支援を賜り、厚く御礼申し上げます」

挨拶を終えた高山は、セミナー終了後、出席者たちと握手を交わしていた。握手の列は、延々と続いている。

「すんごい人気ですね」

彩乃は露骨に不快な顔をして言った。深山と佐田とともに会場に紛れ込んでいたのだ。

「今をときめく新都知事に一目会いたいってとこだろうな。深山、そう簡単には近付けないぞ」

佐田は深山に注意をした。

「はい」

いかにも言うことを聞く気などないという口調で、深山が返事をする。そして、キョロキョロあたりを伺っていたかと思うと、いつのまにか握手の列に並んでいた。

「何してんの！」

彩乃が小声で注意をするけれど、深山はもちろん気に留めていない。

「大丈夫ですか？」

彩乃は佐田に尋ねた。「あー、きちゃったきちゃった」

ついに深山の順番が来て、高山と握手を交わした。そして、そのまま高山の耳元に口をよせ、何事かを耳打ちをした。高山が驚きの表情を浮かべて深山を見た。

「何してる！」

即座にSPが寄ってきて、深山を引き離した。

「ちょちょちょちょちょっと！」

彩乃は焦りの声を上げたが、深山は落ち着き払った様子で戻ってきた。

「大丈夫ですか？」

SPが心配そうに高山に尋ねる。

「大丈夫だ」

高山は引きつった笑顔で答えた。

深山と佐田は、先ほどセミナーが行われていた会場で高山を待っていた。やがて、三人のSPを引き連れた高山が入ってきた。

「斑目法律事務所の者でございます。佐田と申します」

佐田は名刺を渡したが、深山は会場の椅子に座ったままだ。

「外で待機していてくれ」

高山が言うと、SPたちは一礼し、部屋を出ていった。

「すいません、あちらの方に」

佐田は会場の中央あたりの席を指した。そこには深山が座っている。

「次の公務があって時間がないんです。五分でお願いします」

高山が立ったまま言った。

「わかりました、五分ですね」

深山は腕時計を確認しながら立ち上がった。

「殺害された中田麻里さんは、あなたの選挙事務所のスタッフでしたよね？」

深山はさっそく、中田麻里の写真を示した。

「とても熱心なスタッフでした」

高山は答えた。

「その中田さんの次に殺害された、岡由美子さんという方をご存知ですか？」

次に岡の写真を出す。

「存じ上げません」

高山は首を振った。

「あれ、そうですか？　ではこの方はご存知ですか？　三週間前の六月十三日、浜松で強盗殺人に遭った渡辺美穂さんです」

「存じ上げませんね」

高山は冷静な口調で言った。

「本当ですか？　実はこの三人、五年前の同じ時期に同じ病院の同じ部屋に入院していたんです。あなたが院長をされていた勢羽総合病院ですよ」

「五年も前のこと、いちいち覚えてるわけないでしょう」

高山は笑いながら言った。

「ですがその部屋で、あなたが忘れたくても忘れられない、ある事件が起こったんです」

深山は言った。「あなたは治療に見せかけ、中田麻里さんに無理やりわいせつな行為をした。本人とは示談したものの、そのことは同じ部屋にいたみんなも知っていた」

「何か証拠でもあるんですか？」

声を荒らげた高山に、深山はぐっと近づいた。

「実は、そのことを証言してくれる方がいるんです。どうぞ、お入りください」

深山がドアの方に歩いていくと、彩乃がドアを開けた。彩乃の後ろから入って来たのは、加藤だ。高山の表情に動揺が走った。

「あの病室にいた四人目の女性、加藤薫さんです」

「あ、はい。あ、あ……どうも」

加藤は高山に頭を下げた。

「殺害された中田さんですが、五年前、一度はあなたと示談に応じたものの、あなたが都知事選に出ると知って選挙ボランティアスタッフを装って近づき、過去をばらさない代わりに金を出せと脅してきたんじゃないですか？」

佐田が尋ねた。「このままだとずっと彼女に脅迫され続けるかもしれない。そう感じたあなたは、中田さんを殺害した。そして、口封じのために、あの病室に入院していた全員を殺そうとした」

佐田が続けて言うと、「バカなことを言うな！」と高山は声を荒らげた。

「これは明後日発売される『週刊ダウノ』の記事のゲラです」

『都内連続殺人事件と浜松強盗殺人事件、新事実！　現職都知事と被害者の3人と意外な接点！ 隠された闇の過去に迫る!!』

原稿のゲラを手にした高山の顔から血の気が引いていく。

「あなたが中田さんに病室で行ったわいせつ行為、それを示談で済ませたこと。そして、中田さんを含めてその病室にいた三人が次々殺害されたことが書かれています。ところであちらに加藤さんがいらっしゃいます」

佐田は、部屋の隅に佇んでいる加藤を指した。そして、声をかけた。

「加藤さん、この後警察に行っていただいてよろしいでしょうか？」

「私が殺した証拠があるのか？ そもそも、殺害現場には、犯人の石川の毛髪と血痕が残されていたんだろ？」

高山は佐田を睨み付けた。

「よくご存知ですね」

深山は笑った。「でも、石川さんの毛髪と血痕を入手できた人間がいるんです。石川さんの人間ドックを担当した、あなたです」

深山は再び高山に近づいていった。

「こちらで調べたところ、石川さんが人間ドックを受けた際に取った三本の採血管のうち、一本がなくなっていました。その血液を盗んだのは、あなたですよね」

「証明でき……」

高山は深山に向き直って口を開きかけた。

「できます」

深山は断言した。

「あなたが血液を盗んだところを見た看護師さんがいました。ちゃんと証言してくれましたよ。あ、まだ五分経ってない。まだ話しますか？」

深山は腕時計を高山に見せた。高山はついに立っていられなくなったのか、崩れ落ちるようにして椅子に座り込んだ。そして隣の椅子に片手をついたまま床の一点を見て、荒い息を繰り返していた。

しばらくすると、高山は体勢を立て直して部屋を出て行き、ＳＰを引き連れて歩いて行った。深山たちはその姿を見送っていた。

*

深山は斑目とマネージングパートナー室で話していた。

「……もうすぐ結審だね」

「ですね。でも何が起こるか、最後までわからないのが法廷ですから」

深山は遠い目をして言った。

「そうだね」

斑目は頷いた。「私は大介に何もしてやれなかった。大事な親を失った君にも。よけいなお世話だったかもしれないが、せめてそばに置いて見守ることが私の役目だと思ったんだ」

斑目は席を立ち、飾ってあるラグビーボールに触れた。そこには深山の父、大介の名前も入った寄せ書きがされている。

「それが、『あと半分』の答えですか」

先日、深山が斑目になぜ自分をヘッドハンティングしたのかと尋ねたところ、半分は深山の採用で、あと半分の理由を語ろうとしなかった。だが、今日も改めて問いかけた深山には明確には答えずに、斑目は窓の外を見ていた。

そんな斑目を見て少し微笑むと、深山は部屋を出て行こうとした。だが、斑目が「あ、そうだ」と深山に声をかける。

何ごとかと振り返った深山に、斑目は聞いた。

「耳触るのって……」

こう？　こう？　こう？と、斑目は片手で耳たぶを引っ張り、今度は両手で両耳を引っ張り、最後に耳の穴に指を入れてスポンと抜く仕草をした。

「これ、血の巡りがよくなるって、あるの？」

「……耳って、なんのことですか？」

深山は眉間にしわを寄せて問い返した。

「ああ、癖なんだ」

斑目は言った。

「へ？　僕、耳触ってます？」

なんと、あれだけ耳を触る仕草が深山のトレードマークのように周囲には認識されているのに、本人は気づいていなかったのだ。

「いや、いいいい。大丈夫」

斑目が言うと、深山は再び笑って出ていった。

＊

裁判所では石川の裁判が行われていた。深山は「最後までわからないのが法廷」と言っていたものの、すでにこの事件は決着が見えている。

「弁護人、弁論をどうぞ」

法廷内に、裁判長の声が響いた。

「弁護人からはとくにありま……」

深山が立ち上がったそのとき、ドアが開き、大友が入ってきた。法廷内の注目が集まる中、大友は傍聴席の一番端に座った。

「あります」

低い声で深山は前言を撤回し、話し始めた。

「この事件は、すでに真犯人が捕まり、その罪をすべて認めているため、石川さんの無実は明らかです。ですので、事件に関してこれ以上僕から皆さんに訴えることはとくにありません」

深山は被告人席に座る石川、そして、傍聴席に座る啓太を見た。彼らの姿を見ると、二十五年前に連行されていった大介の姿を思い出してしまう。

「ですが、石川さんの無罪が確定しても、生活が元通りになるわけではありません。何もなかった平穏な日々を、幸せを……過ぎ去った時間を取り戻すことはできません。誤った逮捕、起訴によって、その人の人生は大きく狂わされてしまうんです」

静かな口調で語る深山の声を聴きながら、大友は傍聴席の隅で深山から目を離さずにいた。

「今回の事件は、刑事裁判で最も大きな罪とされる冤罪事件です。冤罪事件は、多くの人を不幸にします。被害者とその家族は、罪なき者を憎み、ある日突然、身に覚えのない容疑で加害者にされてしまった者は、やり場のない怒りと、恐怖を抱え、日常を奪われてしまうのです。そしてその家族は、犯罪者の家族として、世間の非難にさらされる……」

自らの経験からか、ゆっくりと実感のこもった口ぶりで話しながら、深山は席を離れ、傍聴席の方を向いて数歩歩いた。

「日本の刑事裁判における有罪率は、九十九・九％。なぜこのような高い数字が出るのでしょうか?」

深山は検察官席の丸川を見た。

「それは、国家権力である検察官が起訴を決めた内容は正しいはずであると、誰もが疑わないからです。ですが、本当にそうなんでしょうか。我々はそこに隠されているかもしれない本当の事実を見逃してはならないんです」

深山はそう言うと、裁判官に向き直った。

「どうかみなさん、目で見て、耳で聞いて、考え、自分の答えを探してください」

深山は自分の目と耳と、胸のあたりに触れる仕草をし、話し続けた。

「起こった事実はたった一つです。弁護人からは以上です」

深山が心から発した言葉に、法廷内は静まり返った。弁護人席の彩乃も、そして検察官席の丸川も、傍聴人席の刑事事件専門ルームのメンバーたちも、沈痛な面持ちをしていた。

そんな中、佐田は唇の端にかすかな笑みを浮かべて頷き、斑目は小さく息を吐き、大友はいつもよりさらに厳しい表情を浮かべていた。

「判決を言い渡します。主文、被告人は無罪」

裁判長から石川に判決が言い渡された。佐田と彩乃が、弁護人席で安堵の息を漏らした。石川は声を上げてその場に泣き崩れ、その声が響き渡る中、大友は立ち上がって法廷を出ていった。深山は無表情で一点を見つめていた。

＊

裁判を終え、彩乃たちが廊下を歩いていると、丸川が階段から降りてくるところに出くわした。

「丸川さん。……ありがとうございました」

彩乃は丸川に駆け寄り、立ち止まって頭を下げた。

「なんのことでしょう?」

丸川は表情を変えずに、歩いていこうとした。

「……丸川」

佐田は呼び止めた。

「事実は、ただひとつですから」

丸川が振り返って言った。深山が先ほど法廷で語った言葉を口にした丸山の顔は、いつもの気難しい表情ではなく、かすかに微笑んでいた。「……また、法廷で会いましょう。失礼します」

丸川は短く言うと、去っていった。


裁判所の外を深山が歩いていると、正面から大友が歩いてきた。二人は足を止め、しばし無言で向かい合った。お互いの唇の端には、かすかな笑みが浮かんでいた。


——大友の頭の中に、二十五年前の検察庁での光景が蘇ってきた。

取調室で不安そうに座っている深山大介の前に座った大友は、机を指で叩きながら大介に圧力を加えた。

「おまえがやったんだろう」

前のめりになり、大介の顔を睨み付けた。

「……何度も言いますが、やってません」

「おまえの指紋の付いた傘が、証拠として現場から発見された」

大友は折りたたみ傘の写真を見せた。

「……な?」

そして、これ以上ないほどの威圧的な声で、追いつめていった。

大友がそのことを思い出していると、深山が口を開いた。

「なぜ笑ってるんですか?」

深山も笑顔で尋ねた。

「いやあ、君がずいぶん得意げな顔をしていたからね、つい」

大友はさらに笑った。

「事実を見つけられず、真犯人が捕まっていなかったら、石川さんはあなたたちに殺されていたかもしれない」

そう話す深山の表情は、いつものアルカイックスマイルから、普段はあまり見せることのない真剣なものに変わっていく。

「いやあ、我々検察は被告人の犯罪を証明する立場だ。我々の努力の結果、有罪になったら、裁判所がそう判断したということだ。我々が殺したなどとは聞き捨てならないね。心外だよ」

「裁判所の判断に大きな有罪のバイアスをかけるのは、あなたたちですよ」

「君は勘違いをしている。我々は被害者のために、犯罪を犯した人間を許すことはできない。この社会の正義を全うする使命がある」

「……『正義』とか『真実』とかっていう、百人いたら百通りの考えがあるようなもの、僕は信じないですよ」

いったん目線を地面に落としてから、深山はまっすぐに大友を見つめた。

「ある日突然、僕はあなたたちに父を奪われた。その日を境に全てが一変した。あんたはその歪んだ正義とやらで、何人の人生を狂わせるんだよ?」

静かな口調だった。だが、深山の声は、そして目は、いつもは他人にまったく見せない怒りをにじませている。静かに、ゆっくりと、しかし深い怒り。

「冤罪事件で加害者にさせられた人間も、犯罪の被害者なんだ。僕はその立場に立ってずっと弁護を続ける。あなたがあなたの正義というものを貫くのであれば、僕は事実だけを信じて、あなたの前に立ち続けますよ」

静かな怒りを込めた声色でそれだけ言うと、一瞬だけ目を閉じて、深山は立ち去った。

大友は力を抜いてふっと笑い、振り返って深山の背中を見つめた。

＊

翌日のニュース番組では、稲葉の謝罪会見が放送された。

『東京地検の稲葉です。本件の誤認逮捕について、無実である石川さんに大変な苦痛を与えてしまったことを、心よりお詫び申し上げます。一同、真摯に受け止め、今後、同じことが二度と起こらないよう、職務を徹底してまいる所存でございます……』

マネージングパートナー室でテレビを見ていた斑目は、読んでいた新聞を机の上に置いた。『法務省人事』の欄には『東京高検・検事長（大阪高検検事長）斎藤《さいとう》悠一郎《ゆういちろう》』と、載っていた。検事長に選ばれるのは大友だと目されていたが、彼の昇格は見送られた。

テレビから流れてくる誤認逮捕への謝罪の声を聞きながら、斑目は冤罪だと信じる亡き友、深山大介との思い出のラグビーボールをじっと見つめていた。

同じとき、検察庁では大友が机に両肘をつき、顔を抱え込むようにしてため息をついていた。そして両手を顔からはずして机をゆっくりと、何度も指で叩いていた。じっと一点を睨み付けながら。

*

深山は『いとこんち』の厨房で、メロンを切っていた。

「今日は、ヒロくんに言わなきゃいけないことがあります。かたかなこ、引……、退を撤……、回します」

目の前に座った加奈子は、マイクを手に話し始めた。

「おまえ、この前マイク置いたばっかかじゃねーかよ」と坂東が茶化す。

「だって、ヒロくんの上司がお金出してくれて、またCD作れることになったから」

加奈子は新曲『走れサダノウィン』のCDを手にして言った。佐田が馬主の競走馬の歌だろうか？

二人のやりとりには目もくれず、深山はパンケーキの生地をまぜていた。

そこに「坂東さん！」と彩乃が入ってきた。

「あ、彩乃ちゃん、来てるよ！」と坂東はテーブル席を指した。

「連絡ありがとう」彩乃はとびっきりの笑みを浮かべて坂東に礼を言った。

「道標さん」と坂東はテーブル席にいたアフロの客を紹介した。振り向いてサングラスをはずした道標《みちしるべ》明《あきら》は、彩乃にウインクをした。

「あーーやぁーーー」と彩乃はあまりの喜びに声にならない声を上げた。新日本プロレスの田口隆祐、別名・道標明だ。彩乃がオーマイアンドガーファンクルのポーズをしながら近づいていくと、田口も返してくれた。

「スーパー・ジュニア、めっちゃ感動しました」

田口は四年ぶりにベスト・オブ・スーパー・ジュニアというプロレスの大会で決勝進出を果たしたのだ。

「ああ、ありがとうございます」

「写真撮ってもらっていいですか？」

「あ、いいですよ」

「よかったー、うれしいー。坂東」

「撮る、撮る、撮る、撮る……坂東って呼び捨てか!?」

文句を言いながらも、坂東は彩乃から携帯を受け取った。

田口はTシャツの襟にピンク、赤、黄色、緑のサングラスをかけているが、さっき自分がかけていたオレンジ色のサングラスを、「顔にかけます?」と彩乃にさしだした。

「いいんですか?」

「ああ、いいですよ」

田口が渡してくれたオレンジ色のサングラスをかけ、彩乃はさらに興奮してオーマイアンドガーファンクルのポーズをする。

と、そこに、トイレから首にチェーンを巻いた強面の男が出てきた。

「あー! 真壁選手!」彩乃はサングラスをはずし、驚きの声を上げた。

「え? 普段からチェーンつけてるんですか?」

「いや、するに決まってんだろ」と真壁は答え「おい、このチャンネエ誰だよ?」と、田口に尋ねた。

「プロレスファンらしいっす」

「何? プロレスファン?」

「そうなんです、はい、大好きなんです」

「何どうしたの?」

「写真撮ってもらおうと思って」

「写真？　いいよいいよいいよいいよ」と真壁はニコニコしながら彩乃の横に立った。

「これ、つけたい」と彩乃は首のチェーンを指す。

「わがままだな」真壁にそう言われても、「えー、つけたいつけたい！」と彩乃はもう興奮マックスだ。真壁はチェーンをはずしてくれた。

「いいんですか？」と彩乃が効くと「いいよいいよ」と真壁が彩乃の首にかけてくれる。

「はい、ポーズして。両方のポーズでね」坂東が声をかけると、彩乃は右手の親指と人差し指で田口のポーズをして、左手で人差し指を立てる真壁のポーズをした。

「オネエチャンひとり？」写真を撮り終えると真壁が声をかけてきた。

「はい、ひとりです」

「一緒に飲もうよ」

「やーん。嬉しい。今年のG1めっちゃ楽しみなんです」

彩乃が言うと、「よかったなよかったな」と坂東が一緒に喜んでくれる。

深山は完成した『深山風　バナナパンケーキ〜ヨーグルトクリーム添え〜』をカウンターに置いて自分も腰を下ろした。

「あ、ちょうど……」彩乃が席を立ち、カウンターにやってきた。

「ちょうど？」と深山は首をかしげた。

「スイーツができあがったんで、食べてくださーい」

彩乃がさっと深山の皿を手に取り、真壁たちがいる自分のテーブルに持っていった。

「んーうまいね。ナッツの香ばしさが最高だね」

スイーツ真壁はすっかりご機嫌だ。いつのまにか加奈子もテーブルに参加してパンケーキを食べている。パンケーキを取り上げられた深山はカウンターの中に戻っていった。

「おいしいって！」と彩乃が深山に声をかけた。

「オニイチャン、うまいよこれ、うまいうまい」真壁もほめてくれた。

「これつけました？」彩乃は真壁に尋ねた。

「何これ？」

「チーズ」

「マジで？」真壁もチーズをつけて食べ始める。

「チーズじゃなくてヨーグルトだけどねー」

深山はもう一皿作っておいた分をカウンターに持ってきて、両手を合わせた。

「では、いただきマサチューセッツ工科大学」

両手を合わせ、一人で食べ始めた。

「深みが出るよね、んーうまいこれ」真壁が言う。

「やっぱり丁寧にやることは大事だね」

深山は意味ありげにつぶやき、ニッと笑った。


佐田は久々にのんびりとした気分で、ソファに寝転んで小型犬のトウカイテイオーを撫でていた。

「来週のニューヨークなんだけど、フライトはファーストクラスでいいわよね？　モナコの穴埋めだから」

由紀子が声をかけてくる。

「……うん」

佐田は苦い顔で頷いた。

「ねえパパ、ニューヨークで食事するとき、ロスからボーイフレンド呼んでもいいよね？　モナコの穴埋めだから」

そこに、かすみが尋ねてきた。

「穴埋め穴埋めって、まあ、ファーストクラスはしょうがないにしても、ボーイフレンドはダメだよ」

「なんで？　なんでダメなのか説明して」

「そりゃあやっぱり……」

「説明になってない！」

由紀子とかすみは声を揃えて言った。

「楽しい旅になりそうね」

「ママ、クリントンストリートのパンケーキ食べたい！　楽しみだね！」

「うん」

喜び合う二人に疎外感を感じながらも、佐田はフッ、と声を上げた。二人がびっくりして佐田を見たけれど、なんだか楽しくなってきた。佐田はもう一度、フッ、と、声に出して笑った。

＊

数日後、歩きながら本を読んでいた志賀がロビーのソファに腰を下ろすと、隣に落合がいた。

「あ、志賀先生」

「おお落合、何読んでんだ？」

志賀は落合が読んでいた本をのぞきこんだ。

「ああいいえ」

落合は背中に本を隠した。

「志賀先生こそ」

落合に言われ、志賀も慌てて本を隠した。これまで刑事事件に無関心を装っていた企業法務担当弁護士の二人が読んでいたのは『はじめての刑事弁護　初級編』だった。

刑事事件専門ルームでは、明石が布にクロスステッチで『A』の文字を刺繍していた。ちゃんと丸い刺繍枠をつけて布をピンと張り、一針一針縫っている。

「明石くん」

「はい」

「奈津子さんと志賀先生、つきあってるかどうか聞いた？」

藤野が明石に尋ねた。藤野の向かい側には、奈津子が座っている。

「聞いてないっすね」

明石は刺繍をしながら立ち上がった。

「まあいいか、聞かないで」

藤野は言った。

「え？」

奈津子は拍子抜けしたように声を上げた。


彩乃はオカダ・カズチカと撮った写真や『いとこんち』で矢野やヨネ、真壁、田口たちと撮った写真に囲まれて仕事をしていた。

「タナに会いたかった～」

彩乃は棚橋弘至の写真を手に、つぶやいた。

「愛してまーす」

彩乃は写真に向かって声を上げた。


『独占スクープ！　都内連続殺人事件・浜松強盗殺人事件　殺人容疑で現職都知事逮捕被害者3人に犯した罪』

深山は自席で、今日発売の『週刊ダウノ』に載っている記事を見ていた。記者の名前はもちろん清水かずきだ。

「おい、深山！」

そこに佐田がいかめしい顔つきで出勤してきた。

「深山先生、今度何やったんですか？」

奈津子が不安の声を上げ、室内に緊張の空気が走った。佐田はまっすぐに深山の机に向かい、バン、と手をついた。

「昨日娘がな、モナコの穴埋めに、今度ニューヨークで、ホット……パ、パンケーキをパパと一緒に食べたい、って言うから俺はこう言ったんだよ。パパのことは、ほっとけ――き！」

佐田は自分で口にした親父ギャグに、こらえきれずに笑ってしまった。

「八点」

明石が採点した。

「え、かかってるじゃない？　かかってるじゃない？」

佐田は不満げだ。

「さすが、佐田先生」

深山は立ち上がった。

「モナコの次はニューヨークですか。いいなあ。ホント景気」

「四点」

彩乃が言うが、二人は顔を見合わせて爆笑している。

「ホットケーキとホント景気。アッハッハッハ、やっぱかなわないや」

佐田は深山の肩を叩いた。

「やっぱあの二人はなんというか……」

藤野がつぶやくと、「わかった、海老と蟹だ！」と明石が言った。

「うーん、それはどうかなあ」

藤野が首をかしげる。

「そんな洒落はやめなしゃれ！」

突然、彩乃が声を上げた。

「え、なんて？」

振り返った深山の顔からスッと笑みが消えた。佐田も笑っていない。

「え？」

彩乃は戸惑いの声を上げた。

「ザリガニいた。どうぞ、あちらの沼に行ってもらって」

藤野と明石が深山と佐田の方に行けと進める。

「何点なの、これ」

佐田は深山に尋ねている。

「違います、一緒にしないでください」

彩乃が反論したところに、斑目が入ってきた。

「仲良しだね、次の依頼だ。頼んだよ」

深山は渡された資料にちらりと目を落とすと、すぐにリュックを背負った。

「では、接見に行ってきます」

「気を取り直して、立花、行くぞ！」

「はーい」

彩乃も立ち上がる。

「ザリガニじゃありません」

そして明石たちに言い残して、部屋を出ていった。

「行ってらっしゃ〜い！」

メンバーたちは声を揃えて見送った。

「ダジャレ三兄弟！」

明石がその背中に声をかけた。

廊下を歩いていると、ふと深山が言った。

「ああ?」

「あ、そうだ」

佐田が尋ねる。

「見つかりましたよ、欲しいもの」

「あれか、なんだよ?」

佐田は『いとこんち』で深山と協力するために交わした約束を思い出した。

「なんでもいいんですよね」

「なんでもいいよ」

「じゃあ、サダノウィン」

深山は佐田の前に出て、足を止めた。

「……ちょっと待って。今聞こえなかったからもう一回言ってくれる?」

「サ・ダ・ノ・ウィン」

深山はゆっくりと言った。

「サダノウィンは俺の命なんだ」

「やっぱり馬は自然に返さなきゃねえ」

深山は壁に片手をつき、佐田のゆく手を阻む。

「こだわりがわからない」

佐田の後ろにいた彩乃は首をかしげた。

「ありえねえから！」

佐田が深山をよけて歩き出す。

「何、イライラしてるんですか」

「だっておまえ、物欲ないって言ったじゃないか」

「ないですよ、だから探したんです」

「ありえないっ！」

佐田は首を振った。

「イライラしないでくださいよ。糖分摂ったほうがいいですよ、ほら」

これ舐めて、と深山が飴を渡す。

「これ舐めたら許してくれんのかよ」

「まあじゃあ、考えますよ」

深山の言葉に、佐田はチッと舌打ちしながら飴を受け取った。そして飴を舐めながら再び歩き出し、すぐに足を止めた。

「ウエッ、辛っこれ、辛っ！　おまえなんだ、これ？」

佐田は咳き込みながら包んでいた紙に飴を吐き出した。

「大丈夫ですか？」

彩乃が駆け寄った。

「トウはトウでも、トウガラシ！」

深山は得意げに言った。佐田が見ると、飴の袋には『糖辛子――TOGARASHI』とある。

「四点」と彩乃は言った。

「バカじゃねえの、おまえ！」

佐田は泣きそうな顔をして怒鳴っている。

「辛っ、ざっけんなよ！　おまえこれ……」

佐田の声を背中で聞きながら、深山はいたずらっ子のような笑みを浮かべて歩きだした。

Cast

深山大翔《みやまひろと》 …… 松本潤

佐田篤弘《さだあつひろ》 …… 香川照之

立花彩乃《たちばなあやの》 …… 榮倉奈々

丸川貴久《まるかわたかひさ》 …… 青木崇高

明石達也《あかしたつや》 …… 片桐仁

藤野宏樹《ふじのひろき》 …… マギー

戸川奈津子《とがわなつこ》 …… 渡辺真起子

落合陽平《おちあいようへい》 …… 馬場徹

佐田由紀子《さだゆきこ》 …… 映美くらら

坂東健太《ばんどうけんた》 …… 池田貴史

加奈子《かなこ》 …… 岸井ゆきの

志賀誠《しがまこと》 …… 藤本隆宏

深山大介《みやまだいすけ》 …… 首藤康之

大友修一《おおともしゅういち》 …… 奥田瑛二

斑目春彦《まだらめはるひこ》 …… 岸部一徳

TV STAFF

脚本 …………………… 宇田学

トリック監修 ……… 蒔田光治

音楽 …………………… 井筒昭雄

プロデュース ……… 瀬戸口克陽
佐野亜裕美

演出 …………………… 木村ひさし
金子文紀
岡本伸吾

製作著作 ……………… TBS

BOOK STAFF

脚本 …………………… 宇田学

ノベライズ …………… 百瀬しのぶ

装丁 …………………… 市川晶子（扶桑社）

校正・校閲 ………… 株式会社ゼロメガ

DTP …………………… Office SASAI

編集 …………………… 佐藤弘和（扶桑社）

企画協力 ……………… 塚田恵
（TBSテレビメディアビジネス局
マーチャンダイジングセンター）

日曜劇場『99.9』
刑事専門弁護士
SEASONI(下)

発行日　2021年12月2日　初版第1刷発行

脚　　本　宇田学
ノベライズ　百瀬しのぶ

発 行 者　久保田榮一
発 行 所　株式会社 扶桑社
〒105-8070　東京都港区芝浦1-1-1　浜松町ビルディング
電話　(03) 6368-8870(編集)
(03) 6368-8891(郵便室)
www.fusosha.co.jp

企画協力　株式会社TBSテレビ
印刷・製本　株式会社広済堂ネクスト

ISBN 978-4-594-09007-4

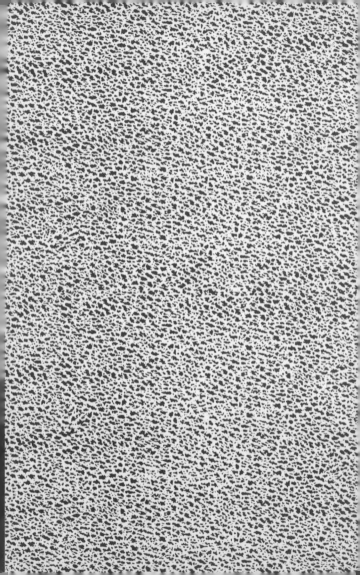